퓨어
바디

# 퓨어바디

**초판 1쇄 발행** | 2016년 2월 17일

**지은이** 김휘
**발행인** 이대식

**편집** 김종숙 나은심 손성원
**마케팅** 김혜진 배성진 박중혁 **관리** 홍필례
**디자인** 모리스

**주소** 서울시 종로구 평창길 329(우편번호 03003)
**문의전화** 02-394-1037(편집) 02-394-1047(마케팅)
**팩스** 02-394-1029
**홈페이지** www.saeumbook.co.kr
**전자우편** saeum98@hanmail.net
**블로그** blog.naver.com/saeumpub
**페이스북** facebook.com/saeumbooks

**발행처** (주)새움출판사
**출판등록** 1998년 8월 28일(제10-1633호)

ⓒ 김휘, 2016
ISBN 979-11-956326-0-2 03810

이 도서의 국립중앙도서관 출판예정도서목록(CIP)은 서지정보유통지원시스템
홈페이지(http://seoji.nl.go.kr)와 국가자료공동목록시스템(http://www.nl.go.kr/kolisnet)에서
이용하실 수 있습니다. (CIP 제어번호 : CIP2016002660

# 퓨어
# 바디

**김휘 장편소설**

새롬

# 잿빛 도시

## 1

"정신이 들어요? 눈 좀 떠 보세요."

누군가가 볼을 두드렸다. 빈은 겨우 눈을 떴다. 우윳빛 시야 속에, 배양된 세포 덩어리들 같은 형체들이 들러붙었다가 떨어지고는 이내 멀어졌다. 이윽고 웅성거리는 소리가 귓속 가득 밀려들더니 눈앞에 무언가 보이기 시작했다. 제일 먼저 눈에 들어온 건 바로 앞에 있는 간호사였다. 투명한 홍채, 긴 눈썹이 있는 세 개의 눈. 이형인(異形人)이었다.

빈은 얕은 숨을 겨우 내뱉으며 눈을 감았다가 다시 떴다. 침상 주위로 하나둘 이형인들이 보였다. 네 개의 팔을 가진 사람, 세 개의 눈을 가진 사람, 길게 늘어진 귀를 가진 사람, 코끼리 코를 가진 사람, 얼굴 전체가 털로 덮인 사람⋯⋯. 그들 사이를 비집고 한 남자가 말을 걸어왔다.

"정신이 드셨군요. 기분은 좀 어떠세요?"

청진기를 목에 건 남자는 빈처럼 신체가 정상인 남자였다. 남자가 빈의 얼굴을 살폈다. 빈은 눈을 깜박였다. 눈두덩이 부어올랐는지 눈 뜨기가 불편했다. 응급실에 실려온 지 24시간 만에 깨어난 빈의 모습은 처참했다. 오른쪽 귀밑과 찢어진 머리 부위를 꿰맨 상태였다.

지난 인사에서 동료에게 밀린 빈은 이번엔 당연히 자신의 차례라고 생각했다. 빈은 근무태도와 업무실적에서도 높은 평가를 받았다. 그런데 또 밀렸다. 웃음소리와 박수 소리로 요란한 동료의 승진파티에서 빈은 술잔만 비웠다. 버스에서 내려 집까지 걸어오는 동안 빈은 취해서 몸을 제대로 가누지 못했다. 집 근처에서 이형인 패거리에 둘러싸였을 때 위기상황인지도 알아차리지 못할 정도였다. 대략 다섯 명. 뒤로 다가온 한 놈이 옆구리를 가격해 고꾸라지고서야 깨달았다. 그들이 네 번째 아이를 뺏긴 아비들이란 걸. 그들은 빈을 가격할 때마다 '네 번째 아이' 어쩌고 하며 욕설을 내뱉었다. 집행절차에 의해 빈이 거둔 네 번째 아이의 수는 적지 않았다.

남자가 빈의 눈을 크게 열더니 가슴 위로 청진기를 들이댔다. 차가운 금속이 가슴에 닿자 빈은 숨을 천천히 내쉬었다. 침상을 둘러싼 얼굴들로 시선을 돌렸다. 낯선 눈과 마주친 건 그때였다. 부은 눈 때문에 시야가 흐릿했지만 빈을 바라보는 눈만큼은 알아볼 수 있었다. 응급실 통로를 오가는 사람들 너머 움직임 없는 눈. 차갑고 집요한 데가 있었다.

누굴까. 언제부터 날 보고 있었던 걸까.

하지만 낯선 눈은 다가온 직장동료들 뒤로 금세 사라졌다. 동료들은 한마디씩 건넸다. "정말 다행이다. 재수 없이 밤길에 당할 줄 누가 알았겠냐" 따위의 위로에서부터 난민보호소를 이탈한 난민들의 범죄행각이 흉악해졌다는 소문까지 입에 올렸다. 잦은 재난은 해안 침식이 도로유실과 건물붕괴로 이어지듯 인간의 삶과 영혼을 갉아먹었다. 재난 피해는 저지대의 가난한 이형인들 몫이었다. 정부는 피해보상과 삶의 터전을 복구하는 문제에 대책을 내놓지 않았다. 난민보호소에 그들을 수용하는 수준으로 일관했는데, 불결하고 좁은 난민보호구역에 분노와 불만까지 가둔 셈이었다. 그곳에서도 아이들은 계속 태어났다. 네 번째 아이도 태어났다. 인구정책상 이형인 부부에게 허용되는 자녀의 수는 셋까지였으므로 단속대상인 네 번째 아이는 인구조절부서에서 거둬갔다. 단속 집행건수는 난민구역과 빈민구역에서 잦았다.

인구조절부서 집행관 빈은 업무수행에 빈틈이 없었다. 네 번째 아이의 냄새를 잘 맡았고, 세금 걷는 관료처럼 집요하게 찾아 거뒀다. 그의 합법적인 주된 업무 중 하나였다. 그런데도 그 일로 그는 범죄의 표적이 되었다. 생각하면 두통이 밀려왔다. 여기에 동료들이 들려준 흉흉한 이야기까지 더해 머릿속에서 싹이 돋아 식충식물의 줄기와 잎으로 자라는 것 같았다.

머릿속 사진을 찍고 엑스레이 촬영까지 마친 빈은 골절된 데는 없다는 의사의 소견을 듣고 안도했다. 주사를 맞고 잠든 지 얼마나 됐을까. 눈을 떠 보니 세눈박이 간호사가 수액을 교체하는 중이었다. 그는 눈을 비비며 집에 연락했는지 물었다. 간호사는 세 눈을 깜박거리며 말했다.

"연락이야 당연히 취했죠. 연결이 안 되던데요? 다시 연락해 볼까요?"

빈은 연락 대신 양말 한 켤레를 요구했다. 맨발인 게 불편했다. 비죽 나온 왼발을 담요 밑으로 넣었다.

다음 날, 빈은 한참을 망설이다가 아버지 집에 전화를 했다. 신호만 갔다. 아버지 핸드폰으로도 시도해보았다. 어찌된 일인지 신호조차 가지 않았다. 빈은 요 근래 아버지와 통화한 일이 없음을 깨달았다. 한 달 전, 빈이 한마디 상의 없이 직장 근처로 방을 얻어 나간 뒤로 아버지는 그에게 한 번도 전화를 걸지 않았다. 먼저 연락하지 않는 빈의 행동을 괘씸하게 여겼는지도 몰랐다. 아버지는 직장 일에 자부심을 드러내는 아들을 못마땅해했다. 네 번째 아이를 적발해 거두는 일을 이야기할 때면 어두운 낯빛을 드러냈다. 빈은 이해할 수 없었다. 생각해보면 이해할 수 없는 건 한두 가지가 아니었다. 어머니가 집을 나가 소식이 없는데도 미동조차 보이지 않던 아버지였다.

빈이 일곱 살 때였다. 부모님 사이에 침묵과 냉기가 감돌던 어느 날, 아침 일찍 집을 나간 어머니에게 계속 연락이 닿지 않았다. TV에선 그날 낮에 일어난 H 쇼핑센터 화재속보가 흘러나왔다.

"아빠, 혹시 엄마가 저기 간 건 아니지?"

TV 앞에 옹그려 앉은 어린 빈은 화면을 가리켰다. 화면을 바라보던 아버지는 얼굴을 두 손에 묻었다.

"맞아. 저기야. 엄마는 저기서 사고를 당한 거다."

손바닥에 눌린 입술에서 새어나와서일까. 어린 빈의 귀에도 분명한 답변으로 들리지 않았다. 모호했다. 아버지는 매사 그랬다. 발바닥 얼룩만 해도 그런 식이었다. 왼발바닥에 넓게 퍼져 있는 검푸른 얼룩은 그리다 뭉갠 뱀피무늬를 연상시켰다. 어떻게 생기게 된 얼룩인지 빈은 수차례 물었지만, 그때마다 아버지는 기억나지 않는다며 얼른 양말이나 챙겨 신으라는 주의만 주었다. 빈은 완고하고 비밀스럽기까지 한 아버지가 답답했다.

부재중 전화가 있었는지 확인했다. 일곱 건이 있었다. 다섯 건은 회사 동료 번호였고, 두 건은 아버지 번호였다. 걸려온 날짜는 폭행당한 그날이었다.

음성사서함에 메시지가 있었다. 역시 아버지 번호였다. 남긴 시각은 같은 날 저녁 9시 40분.

빈은 음성메시지의 확인 버튼을 눌렀다.

"빈아, 전화가 안 되는구나. 너한테 급히 할 말이……."

아버지의 숨찬 목소리는 중간에 끊겼다.

# 2

퇴원하자마자 빈은 직장 부근에 있는 그의 원룸으로 갔다. 아버지 집으로 갈 건지 잠시 망설이긴 했다. 음성사서함에 담긴 아버지의 다급한 목소리가 걸렸지만 아버지를 만나면 머리가 복잡해질 게 분명했다.

아버지가 나한테 급히 할 말이란 게 뭐란 말인가. 딱 거기까지였다. 빈은 깔끔하게 생각을 정리했다.

원룸에 도착한 빈은 곧바로 침대에 누워 잠을 청했다. 빈은 빈둥대면서 며칠을 보냈다. 잠에서 깨면 패스트푸드를 시켜 먹고 TV를 봤다. 뉴스에서는 재방송처럼 사흘 전이나 한 달 전, 아니 일 년 전에도 들었을 법 싶은 소식들이 흘러나왔다. 잦은 재해로 인한 사상자 수와 피해규모, 계속된 국지전과 테러, 난민수용소에서 발생한 살인과 폭행, 투신자살 증가……. TV에 넋을 놓다보면 금세 오후가 되고 저녁이 되었다. 빈은 밤이 되면 거리를 구경했고, 낮이 되면 거리를 쏘다녔다. 정상인 전용 레스토랑에서 혼자 식사를 했고, 정상인 전용 의류매장을 둘러보다가 와이셔츠도 두어 벌 샀다.

여느 날처럼 느지막이 침대에서 몸을 일으킨 빈은 하품을 하며 리모컨으로 TV를 켰다. 또 쇼핑이나 할까. 잠깐 뇌리를 스친 생각은 금세 사라졌다. 의욕이 생기지 않았다. 여전히 몸이

결렸다. 고정해놓은 채널에선 드라마가 흘렀다. 화장대 앞에 붙어 앉아 입술에 루주를 바르는 여주인공은 예뻤다. 선홍빛으로 반짝이는 도톰한 입술이 섹시하다고 느낀 순간 윤지가 눈앞을 스쳤다. 전화해볼까. 빈은 고개를 저었다. 그녀가 빈에게 시큰둥한 반응을 보인 건 두 달 전부터였다. 다른 남자가 생긴 것이다. 빈은 질투를 느꼈지만 내색하지 않았다. 늘 신중하게 그 무엇과도 끈적이지 않도록 거리를 유지할 줄 아는 자신이 만족스러웠다. 그녀가 새 남자친구와 싸웠다며 전화를 걸어왔을 때도 부드러운 어조로 위로의 말을 건넸다. 그런데 지금 빈의 머릿속은 온통 그녀의 하얀 얼굴뿐이었다. 빈은 호흡을 고른 뒤 핸드폰을 집어들었다.

수화기 너머로 들려온 윤지의 목소리는 밝았지만 반가워하는 느낌은 없었다. 빈은 신경 쓰지 않았다. 그동안 새 남자친구와 관계가 깨졌을지도 몰랐다. 그녀가 보고 싶어 미칠 것 같았다. 폭행을 당했다고 하자 "많이 다쳤어?" 하고 묻는 그녀의 건조한 말투에도 흥분이 일었다. 빈은 다 죽어가는 간절한 목소리로 속삭였다.

"병원에서 정신이 들면서 제일 먼저 보고 싶었던 사람이 너였어. 우리, 지금 만날까?"

"어쩌지. 나 결혼식 준비 때문에 무척 바쁜데. 내가 얘기 안 했나?"

빈은 머릿속에 횅한 기분이 밀려들었다. 아랫입술을 물었다.

윤지의 목소리가 나른하게 들려왔다.

"여보세요, 여보세요? 안 끊은 거지? 왜 말이 없어?"

"바닥에 떨어진 펜을 찾고 있었어. 결혼 축하해. 상대는 물론 멋진 사람이겠지? 넌 충분히 행복할 자격이 있는 여자야."

빈은 패브릭 소파의 터져 나온 실밥을 신경질적으로 잡아 뜯었다.

"고마워. 내 정신 좀 봐. 전화 길게 못 하겠는데 어쩌지. 나, 나가봐야 하거든."

"그래, 결혼 준비 잘해. 행복해라. 내가 빌어줄게."

통화를 마친 빈은 바닥을 세게 딛고 일어섰다. 냉장고에서 우유 팩을 꺼내고는 벽시계를 보았다. 점심때가 다 되었지만 딱히 뭘 먹고 싶지는 않았다. 핸드폰이 울린 건 우유 팩 뚜껑을 막 돌리려는 찰나였다. 낯선 번호였다. 빈은 누구와도 통화할 기분이 아니었다. 핸드폰은 끈질기게 울렸다. 빈은 잠시 망설이다 통화 버튼을 눌렀다.

수화기에서 아버지가 나무 씨냐고 묻는 남자 목소리가 들려왔다.

"그런데, 누구시죠?"

목소리는 아버지 친구 박영기 기자라고 자신을 소개했다. 박영기? 처음 듣는 이름이었다. 아버지 친구가 자신의 핸드폰으로 전화했다는 사실 또한 의아했다.

"제 핸드폰 번호를 어떻게 아셨죠?"

그는 아버지에게 번호를 받았다고 대답했다. 아버지는 왜 이 자에게 번호를 알려줬을까. 더 어이가 없는 건 전화한 용건이었다. 아버지 행방을 묻고 있었다. 빈의 모른다는 대답에도 그는 정말이냐고 거듭 물었다. 목소리엔 의심하는 기색이 역력했다. 빈은 핸드폰을 귀에 바투 댄 채 우유 팩 뚜껑을 한 손으로 돌리며 미간을 찌푸렸다.

"모릅니다. 아버지와 무슨 용무라도 있으신가요?"

중요한 일로 만나기로 했는데 연락이 안 된다는 게 박영기의 답변이었다. 그러면서 이번에는 아버지한테서 무슨 얘기를 듣지 못했냐고 물었다.

"무슨 얘기요?"

"이를테면 서류에 관한 이야기 같은 거."

"글쎄요, 못 들었는데요."

"새 책 원고 작업에 대해서는?"

빈은 모르겠다고, 최근 한 달 동안 아버지를 보지 못했다고 잘라 말했다. 박영기는 만나자고 했다. 이야기를 더 나누는 게 좋겠다는 것이었다. 빈은 컨디션이 좋지 않았다. 무엇보다도 낯선 누군가를 아버지 때문에 만난다는 사실이 내키지 않았다. 하지만 몇 초간 망설이다가 빈은 약속시간과 장소를 메모지에 받아 적고, 인상착의까지 들은 뒤 전화를 끊었다.

빈은 유리컵에 우유를 반쯤 부어 들고 창가로 갔다. 창문을 열고 올려다본 오전의 하늘은 부옜다. 잿빛 안개로 윤곽을 잃은 도시는 순간 동결된 거대한 파도의 고요를 품은 듯 보였다. 빈은 안개 속으로 시선을 주다가 박영기가 건넨 몇 마디를 떠올렸다. 안개 같은 소리였다.

아버지는 아버지만의 일에 빠져 있었다. 말도 없이 여행을 떠났고, 여행에서 돌아와선 가벼운 산책을 다녀온 사람처럼 방에서 책을 읽거나 원고 쓰는 일에 파묻혔다.

별일이 뭐가 있겠어. 또 훌쩍 여행 떠난 거지.

빈은 유리컵을 기울여 우유를 한 모금 마셨다. 컵 안에 엉긴 띠를 보고는 표정이 일그러졌다. 우유 팩을 들어 유통기한을 확인했다. 빈은 남은 우유를 싱크대 배수구에 붓고 나서 입안을 헹궜다. 뒷맛이 찜찜했다.


3


유리문을 밀고 막 들어선 카페 안은 커피 향이 가득했다. 빈의 눈에 한 중년 사내가 들어왔다. 창가 테이블에 앉은 그는 깔끔한 정장차림이었고, 두 손바닥을 턱에 댄 채 창밖을 내다보고 있었다. 전화로 알려준 인상착의대로라면 저 사내였다.

"박영기 기자님이신가요?"

고개를 돌린 박영기는 빈을 빤히 보며 악수를 청했다. 가까이서 보니 하얀 얼굴에 손잡이처럼 붙은 주먹코 때문인지 박영기는 진중한 인상을 풍겼다. 어디선가 본 듯했다. 어디서 봤을까. 박영기의 눈길에 스친 희미한 점 같은 빛이 낯설지 않았다.

빈이 마주 앉자 박영기는 제보자를 대하듯 많은 질문을 건넸다. 아버지가 연락하지 않았느냐, 어디 간다고 하지 않았느냐…… 빈은 모른다고 답하고는 무슨 일인지 침착한 어조로 설명을 요구했다. 날아온 답변에 빈의 표정이 굳었다.

"위험을 느껴 어딘가에 숨은 것 같네."

"숨다니요? 쫓기고 있다는 겁니까?"

박영기는 고개를 끄덕였다.

"누구한테요?"

"아직은 뭐라 말할 단계가 아니네. 중요한 건 그들이 자네 아버지를 찾아내기 전에 우리가 먼저 찾아야 한다는 거지."

"못 찾게 되면요?"

"그들에게 잡히면 죽을지도 몰라. 자네도 위험해질 수 있고."

빈은 방금 들은 소리가 한 번에 와 닿지 않았다. 박영기는 진절머리 난다는 듯 팔짱을 끼며 이어 말했다. 아버지가 그들에게 치명적인 자료를 가지고 있다면서 그걸 박영기에게 건네주겠다고 하고는 약속 장소에 나오지 않았다는 것이었다.

"그들이라니요? 그러니까 그들이 누굽니까?"

박영기는 난처한 표정으로 커피를 마셨다. 그런 뒤 잔을 조심스레 내려놓았다.

"자네만 알고 있어야 하네."

빈은 박영기를 응시했다.

"그들은 테러단체일세."

빈은 귀를 의심했다.

"말도 안 돼요. 테러단체라니요."

"일단 거기까지만 말하지. 그 문서들을 찾는 게 더 시급해."

"아버지가 테러단체와 관련이 있다는 얘긴가요?"

박영기가 고개를 끄덕였다. 빈은 갑자기 차가운 물속에 던져진 기분이었다.

"자네한테 무슨 문서 이야기 같은 거 없었나?"

빈이 없었다고 하자 박영기는 잘 생각해보라고 채근했다. 아버지가 무사히 돌아오느냐 하는 문제가 걸려 있다는 것이었다. 그러고는 뭔가 생각하듯 창밖에 눈길을 주다가 다시 빈을 바라봤다. 눈이 마주치는 순간 빈은 침을 삼켰다. 그 남자였다. 침상 주변에서 말없이 빈을 바라보던 남자. 차갑고 집요한 눈길.

빈은 의구심이 솟았다.

"혹시 사흘 전. 행복병원에 가신 적 있습니까?"

"그건 왜?"

빈은 마른침을 삼켰다.

"제가 그 병원에 있었거든요."

의식이 돌아왔을 때 침상 부근에서 박영기를 본 것 같다고 하자 그의 목소리 톤이 올라갔다.

"아! 자네가 거기 있었나? 난 취재 때문에 그 병원에 몇 번 드나들었지."

"제가 잘못 본 게 아니네요. 세상 참 좁습니다."

이자는 왜 날 바라보고 있었을까.

박영기가 빈의 머릿속을 읽기라도 한 듯 "이제야 생각나는 군."하며 흥미롭다는 표정을 지었다.

"내가 잠시 쳐다봤던 환자가 자네였구먼. 누굴 좀 닮아서 눈 길이 갔었지. 이거 대단한 우연인걸."

대단한 우연일지는 몰라도 빈은 유쾌하지 않았다. 의혹이 완벽히 해소됐다는 안도감은 들지 않았다. 불편했다. 이해할 수 없는 것투성이였다. 박영기가 꺼낸 모든 말이, 그리고 아버지의 행방과 그간의 행적이.

빈이 물었다.

"박 기자님이 보시기에 제 아버지는 어떤 사람이었죠?"

평소 아버지에 대한 반감에서 나온 질문이었다. 타인의 눈에 비친 아버지는 어떤 사람이었을까 궁금했다. 박영기는 재킷 안 주머니에서 자홍색 담배를 꺼내 입술에 꽂았다. 뭔가 떠올랐는 지 피식 웃었는데, 빈은 그 표정이 눈에 거슬렸다.

"전에 〈이데아〉라는 잡지사에 함께 있을 때부터 느낀 거지만, 자네 아버지는 비밀이 많은 친구였어."

"비밀?"

박영기는 고개를 끄덕였다.

"결혼할 때 직장 동료들에게 알리지도 않더군. 아내가 사망했을 때도 말없이 넘어갔지. 참, 자네 어머니 돌아가셨을 때 기억나나?"

"어렴풋이요. 제가 일곱 살 때 H 쇼핑센터 화재로 돌아가셨죠."

"그래? 정확한가? 시신도 찾았나?"

"못 찾았다고 들었습니다."

"못 찾았다고 들었다? 그럼 자네 어머니가 H 쇼핑센터에 간 걸 어떻게 확신하지?"

확신? 한 번도 생각해보지 않은 의문이었다. 어머니에 대한 모든 건 아버지에게 들었다.

"그나저나 집에서 그 친구 작업하던 원고를 본 적이 있나?"

또 원고. 빈은 고개를 저었다. 박영기의 두 눈에 알 수 없는 반짝임이 스쳤다. 아버지에게 무심했다는 질책의 의미일 터였다. 음성메시지가 걸렸다. 말을 채 잇지 못하고 끊긴 메시지. 위급한 상황이었을까. 아버지는 숨은 게 아니라 납치당한 건지도 모른다. 박영기가 잘못 생각한 것일 수도 있지 않을까. 빈은 실종신고부터 해야겠다고 생각하면서 박영기를 바라보았다. 음성메시지 이야기를 꺼낼까. 내키지 않았다. 빈은 쉽게 사람을 믿는 법이 없었다. 아버지의 친구라지만 그는 낯선 사람일 뿐이었다. 실종신고를 해야 할지 모르겠다는 소리만 빈의 입에서 겨우 흘러나왔다.

박 기자는 고개를 저으며 피곤한 미소를 지었다.

"아니래두."

성인 남자의 실종신고는 단순가출로 처리되곤 해서 수사가 잘 이루어지지 않는다는 게 박영기의 설명이었다. 그는 생각에 빠진 얼굴로 재떨이에 담뱃불을 눌러 껐다.

"어딘가 숨어 있는 거야."

"어떻게 그걸 확신하시죠?"

"자네는 자네 아버지를 얼마나 알고 있다고 생각하나?"

갑작스러운 한방이었다. 빈은 답변하지 못했다. 혀가 달아난 듯 입을 움직일 수 없었다. 가치관과 성향이 달라 아버지와 자주 부딪쳤던 그는 아버지를 이해하고 안다고 할 만한 게 거의 없었다. 그래서일까. 테러단체라는 말만으로도 아버지를 심정적으로 밀어내고 싶어졌다.

아버지가 그런 자들과 왜?

아니다. 지금 그런 생각이나 하고 있을 때가 아니었다. 아버지가 테러단체와 관련됐다는 사실이 직장에라도 알려지면 무슨 일이 벌어질지 몰랐다. 빈은 정신이 아득해졌다. 인공자궁플라자의 인구조절부서. 어떻게 들어간 직장인가. 입사시험을 어렵사리 통과한 것도 그렇지만, 중요한 건 시험응시자격이 되는 신분조건이었다. 정상인이어야 하며, 정상인 양부모를 가졌다는 확실하고 깨끗한 신분조건. 박영기는 빈도 위험해질 수 있다고 말했지만, 빈이 정작 위기감을 느낀 건 직장에서 자칫 아웃될 수 있다는 불안 때문이었다.

빈은 마른침을 삼켰다.

"이제 어떻게 해야 하죠? 뭘 어떻게 해야 할지 저로선……."

"지인들한테 먼저 수소문을 해보게. 아버지가 그동안 어떤 사람들과 접촉했는지, 아버지가 내게 건네주려던 정보자료가 어디에 있는지 말이야."

"정보자료요?"

"그 안에 명단이 있을 거야. 테러조직의 핵심 멤버들 명단이지."

박영기는 찾게 되면 알려달라고 당부했다. 그래야 아버지가 안전해질 수 있다는 말도 잊지 않았다. 매사 사태를 냉정하게 가늠하기가 몸에 밴 사람 특유의 표정이었다. 그는 손목시계를 들여다보았다.

"벌써 시간이 이렇게나 지나버렸군. 어떤 거라도 좋으니 알아내거나 생각난 게 있으면 즉시 연락 줘야 하네."

박영기는 빈의 어깨를 툭 치고는 카페 밖으로 사라졌다. 빈은 그가 사라진 출입문에서 눈을 떼지 못했다.


4


빈은 아파트 현관 우편함에서 우편물을 뽑아 들고 6층으로 올라갔다. 벨을 눌렀다. 인기척이 없었다. 비밀번호를 입력하려고 손을 뻗는데 벌어진 문틈이 보였다. 문손잡이를 당겨 안으로 들어서자 어두운 실내가 푹푹 쪘다. 음식물 쓰레기 냄새가 코끝을 스쳤는데, 불을 켠 순간 눈이 휘둥그레졌다. 물건은 뒤집어져 있었고 서랍이란 서랍은 모두 열려 있었다.

누가 이렇게 만들어 놓았을까.

박영기가 했던 말들이 스쳐 지나갔다. 모두 사실이었다. 집 안의 상태가 그걸 증명했다. 펼쳐진 채 나뒹구는 잡지나 서류철로 책상 주위는 발 디딜 틈 없었고, 서랍이나 수납장 안도 헤집어진 상태였다. 침대도 시트가 벗겨진 채 자리가 비스듬히 옮겨져 있었다. 빈은 집 안 곳곳을 훑어보았다.

그들은 그걸 찾았을까. 그것은 박영기 말대로 그 테러단체의 내부정보와 조직원들의 명단이 기재된 문서일까. 아버지는 그동안 뭘 하고 다녔던 걸까.

아버지를 떠올려보았다. 떠올릴 만한 게 별로 없었다. 기껏해야 혼자 있는 걸 좋아하고, 방에 틀어박혀 책을 읽거나 글을 쓰곤 했다는 정도. 아버지가 쓴 글들은 '사라진 것들에 대한 이야기'라는 제목의 시리즈로 일 년마다 출간되었다. 이 세상의 사라진 것들과 지금도 계속 사라지고 있는 것들에 대한 이야기였다. 그건 허무하게도 끝없는 주제였다. 이를테면 유적지, 식물종, 동물종, 언어, 삼각주, 섬, 만년설, 그리고 그 밖의 다양한 사물과 현상들……. 언젠가 빈은 "그런 걸 카메라에 담고 글로 남기는 일이 무슨 의미가 있죠?" 하고 물었다. 아버지는 턱을 어

24

루만지며 희미한 미소로 이렇게 말했다.

"의미는 주어지는 게 아니라 만드는 거야. 그리고 말이다. 사라진 것들은 흔적을 남기고 싶어 하지. 흔적은 말을 해. 나는 그 말을 들어주기 위해 이 일을 한다. 그것이 존재했던 것들에 대한 예의라고 믿기 때문이지."

귓가에 생생했다. 이해해서, 절절하게 동감해서가 아니었다. 지금도 아버지의 그 말은 빈에게는 뜬구름 잡는 허랑한 소리로만 기억된다. 전직 시사잡지 기자였던 아버지가 언제부터 그런 일을 시작했는지는 기억나지 않는다. 아버지는 현장을 찾아 자주 여행했는데, 그때마다 짧게는 일주일, 길 때는 한 달이나 두 달씩 집을 비웠다.

아버지는 어디에 있는 걸까. 얼마나 대단한 걸 숨긴 걸까.

빈은 그들이 그걸 찾아가지 못했으리라는 짐작으로 집 안 곳곳에 시선을 주었다. 아버지는 은밀한 곳에 숨겼으리라. 집은 아니다. 빈은 꼭 그럴 것 같았다. 빈의 눈에 아버지는 지나칠 정도로 신중하고 세심한 사람이었다. 빈은 서랍은 물론 옷장과 아버지의 외투 속주머니까지 죄다 뒤졌다. 두 시간 넘게 살폈지만 수첩 비슷한 것도 보이지 않았다. 빈은 냉장고에서 생수병을 꺼내 들었다.

물을 오래도록 들이켠 뒤 이번엔 자동응답기의 음성사서함 접속번호를 눌렀다.

삐익.

"여기 행복병원인데요. 나빈 씨 보호자 되시는 분은 속히 병원으로 와주십시오."

삐익.

"L 출판사입니다. 보내주시기로 한 원고의 마감날짜를 잊으신 건가요? 사흘이나 지났는데 원고도, 연락도 깜깜무소식이군요. 핸드폰도 안 되고 도통 전화를 안 받으시네요."

메시지는 모두 일곱 개. 가장 최근 것으로 병원에서 간호사가 남긴 메시지가 있었고, 나머지는 아버지의 일과 관련된 메시지였다.

빈은 L 출판사에 먼저 전화했다. 『사라진 것들에 대한 이야기』 시리즈를 출판해온 곳이었다. 통화가 연결되자 원고 이야기부터 꺼내는 편집장의 말투엔 반가움과 원망이 뒤섞여 있었다. 아버지가 전화한 것으로 착각한 것이다. 빈이 자기소개를 했다.

"아드님이시라고요?"

편집장은 새된 목소리로 되물었다. 빈은 자동응답기에 남겨진 메시지를 듣고 전화했다고 말하고는 아버지에게서 연락 온 게 없었느냐고 물었다.

"연락을 받았다면 이렇게 답답해하지 않겠지요. 무슨 사정이 생겼으면 미리 연락을 주시면 좋을 텐데. 전에는 이런 적이 없었거든요."

대화를 더 진척시킬 만한 건 없었다. 전화를 끊고 나자 떠오른 게 있었다. 두 달 전, 아버지가 출판사측으로부터 계약 파기를 당한 사실이었다. 무슨 내용의 책이며, 왜 계약이 파기되었는지는 모르겠지만 절망스러워하던 아버지의 모습이 기억났다. 생각해보니 불안해하는 구석도 있었다. 그런 것 같았다.

하지만 L 출판사는 아니었다. 출판사명을 아버지에게 들은 것 같은데 기억나지 않았다.

*

빈은 시내 곳곳을 돌아다니며 아버지를 최근에 보았을 법한 사람들을 찾아 나섰다. 아버지가 즐겨 찾던 장소에도 갔다. 허사였다. 아버지 사진을 내밀며 근래에 보았는지 물었다. 어떤 곳에서는 언젠가 보았다고 기억하는 사람과 마주치기도 했지만, 다시 물어 확인해보면 그건 최근이 아닌 한참 전의 일이었다. 아버지를 찾아다닌 지 5일째 되는 날부터는 빈은 아버지가 어쩌면 이 자욱한 도시의 잿빛 안개 속에 녹아버린 건 아닌가 하는 터무니없는 상상까지 하게 되었다.

다시 원점이었다. 더 막막해졌다. 빈은 집중해서 서재의 책상 서랍을 구석구석 더듬었다. 단서 하나라도 건져보겠다는 일념으로 몇 번이나 집 안을 뒤졌다. 그럴수록 어두운 생각들이 뒷목에 붙어 따라다녔다. 아버지의 과거, 어머니 죽음에 대한 의문, 아버지가 숨어 있을 가능성, 테러단체와의 연루……

빈은 숨을 몰아쉰 뒤 책장 앞에 섰다. 손끝으로 책등을 쓸면서 아래 칸으로 시선을 내렸다. 시선과 손끝이 교차한 칸에서 『대지의 노래』를 뽑았다. 한때 베스트셀러 작가였던 제갈영웅의 소설이었다. 제갈영웅이란 이름을 세상에 알린 『냉동인간』 시리즈는 그 옆 칸에 1권에서 6권까지 나란히 잠들어 있었다. 제6권이 마지막이 된 이 시리즈가 아버지 책장에 꽂힌 걸 빈은 오래전부터 봐왔지만 한 번도 꺼내 읽은 적은 없었다.

『대지의 노래』를 제자리에 밀어 넣고, 『냉동인간』 시리즈 1권에 손끝을 댔다. 그 순간 뇌리를 스치는 것이 있었다. 아버지가 그 작가의 칼부림으로 다칠 뻔한 일이었다. 두 차례였다. 첫 번째는 빈이 어렸을 때이고, 두 번째는 5년 전이었다. 아버지는 두번 다 경찰에 신고하지 않았다고 했다. 아버지는 왜 신고하지 않았을까. 제갈영웅은 왜 아버지에게 칼을 휘둘렀을까. 그런 의문을 이제야 떠올리는 자신이 빈은 신기했다. 더 떠올려보려 했으나 그 이상 생각나지 않았다. 빈은 허탈했다. 다 무시하고 하루 빨리 회사에 복귀해 일에 파묻히고 싶었다. 폭행당한 것도 억울한데 휴가를 이런 식으로 날리다니. 그것도 아버지 때문에. 빈은 모든 것이 못마땅했다.

부자 간의 마찰은 심심치 않게 있었다. 직장을 잡을 때만 해도 그랬다. 아버지는 빈이 바이오소프트사의 인공자궁플라자 인구조절부서에 지원한 걸 알고 격노했다.

"정상인의 인구수를 유지시키는 신성한 곳이에요. 아버지가 날 주문 입양한 곳도 그곳이잖아요. 도대체 뭐가 문젠데요?"

빈이 그렇게 대꾸하자 어두운 낯빛이 되어 방으로 들어가버린 아버지. 그랬던 아버지가 쫓기고 있다니, 빈은 여전히 믿기지 않았다. 숨을 길게 뱉으며 고개를 돌리자 눈에 닿은 것이 있었다. 거실 탁자 위 우편물 더미.

빈은 그것들을 집어들고 하나하나 살폈다. 제우스사 신제품 특가행사 안내서, 인공자궁플라자 '정상인 영아 입양 설명회' 안내서, 아파트 분양안내서, H 백화점 세일 안내서, 그리고 파피루스 헌책방 낭독회 안내서……

낭독회?

빈은 파피루스 헌책방의 낭독회 안내봉투를 한참 동안 들여다봤다. 이전에 그걸 뜯었다가 야단을 맞은 일이 있었다. 광고성 우편물 같아서 뜯어봤을 뿐인데, 아버지는 화들짝 놀라며 빈의 손에서 그것을 낚아챘다. 지금 돌이켜봐도 자연스럽지 않았다.

빈은 봉투를 뜯었다.


파피루스 헌책방에서 향기로운 차와 함께 시와 소설을 낭독하는 시간을 갖습니다. 참석해주시면 감사하겠습니다.


빈은 아래쪽에 인쇄된 날짜와 시간을 보았다. 볼펜으로 그어진 그 위에 다른 날짜와 시간이 삐뚤빼뚤 기재되어 있었다.

낭독회는 나흘 전이었다.

# 5

비 내리는 거리에 어스름이 차올랐다. 빈은 발밑의 철벅거리는 소리, 우산 두들기는 소리에 귀가 먹먹했다. 주위를 살피다가 빌딩 꼭대기 전광판에 눈을 주었다.

'정상인 영아 입양 설명회'
○○월 ○○일 바이오소프트사 C동 빌딩 20층. 정상인 영아 주문 입양은 정상인 부부의 의무이자 권리입니다. 환경국과 바이오소프트에서 공동으로 알려드립니다.

인구조절부서에서 전담하는 설명회 광고였다. 빈은 자신이 그 일정을 잊고 있었음을 깨달았다. 하긴 병가 중이므로 잊었어도 그만일 터였다. 다음 달 설명회가 열릴 것이다. 매달 이어져야 할 만큼 설명회는 '정상인 인구수 유지'에 필요했다. 단속에도 불구하고 이형인 인구수가 정상인들보다 증가하고 있었다. 세상이 이형인들로 뒤덮일지 모른다는 가능성은 인간 신체미의 전형성 고수 측면에서 정상인들에겐 문제였다. 정상인 인구수가 상대적으로 감소한다는 것은 그래서 심각했다. 정상인 부부들은 임신을 하지 않았다. 아니, 하면 안 되었다. 이형의 신체를 가진 아이를 낳게 될 것이기 때문이었다. 아이를 원한다면 인공자궁플라자에서 공급하는 정상아를 주문 입양해야 했다. 이럴 정도로 환경오염이 정상아 출산에까지 지장을 주게 된 건 아주 오래전부터 시작된 일이었다. 빈이 알고 있는 내용은 자세하지 않았다. 과거의 일을 세세하게 기술한 신문자료나 책을 접할 수 없었으므로 누군가의 호기심 당기는 귓속말로 '옛날에 말이야' 식으로 들은 게 다였다.

어느 날 동시다발적으로 도시 전역의 분만실에서 기이한 모습의 영아들이 성난 메뚜기 떼처럼 쏟아졌다고.

그날을 시작으로 이형의 모습으로 태어난 아이의 수가 증가했다. 당시 당국에서는 의학전문가를 동원해 역학조사에 매달렸지만, 산모 배 속 태아에 변형을 초래하는 인자가 무엇인지는커녕 경로도 밝혀내지 못했다. 시간이 흐를수록 사람들은 지쳐갔다. 환경학자들은 대지의 여신 '가이아'가 노했다고, 인간의 탐욕과 방만이 초래한 재앙이라고 비꼬았다. 우왕좌왕하는 사이 위기감과 공포가 악취처럼 전 세계로 번졌다. 부부들은 임신을 기피했다. 산달이 다가오는 산모들은 커다래진 자신의 배를 손가락 끝으로 건드리며 시한폭탄이라도 안고 있는 듯 불안에 떨었다. 고아원마다 버려진 아기들의 울음소리가 넘쳐났다. 그 불가항력적인 사태는 자욱한 안개가 되어 도시를 덮었다.

빈은 허공에서 번쩍이는 설명회 광고를 잠시 올려다보다가 발걸음을 재촉했다. 모퉁이를 지나 단층 건물들이 늘어선 거리에 들어섰다. 5층짜리 낡은 건물이 눈앞에 나타난 건 약도를 보며 헤맨 지 20분쯤 지났을 때였다.

출입문을 밀자 투명한 풍경소리가 울렸다.

빈은 바닥에 닿는 구둣발 소리를 느끼며 안으로 걸음을 옮겼다. 벽을 메운 책장들이 천장까지 닿아 있고, 풀지 않은 책 상자들이 구석에 탑을 이루었다. 책방 안은 사람들을 모아놓고 낭독회를 열 만한 공간은커녕 걸어 다니기도 여유롭지 않았다.

어디에서 낭독회를 연다는 거야, 대체.

발소리가 들렸다. 아래로 난 계단에서 누가 올라오고 있었다. 잠시 뒤 모습을 드러낸 건 긴 생머리의 이형인 여자였다. 그녀는 네 팔 가득 책 상자를 안은 채 힘겹게 발걸음을 옮기고 있었다. 책 상자가 무거워 보였지만 빈은 민소매 밖으로 드러난, 네 팔마다 잡힌 근육에 눈을 흘길 뿐이었다. 그녀는 출입문 옆에 책 상자를 내려놓은 뒤 허리를 세웠다. 이마의 땀을 손등으로 훔치다가 빈과 눈이 마주치자 입술 끝을 살짝 올렸다.

"뭘 도와드릴까요? 특별히 찾는 책이라도?"

"나흘 전, 낭독회가 있었죠?"

빈의 말투가 딱딱했는지 여자의 입가에서 미소가 사라졌다. 빈은 주머니에서 낭독회 안내서를 꺼내 펴보였다.

"아버지가 나무 씬데, 당신이 이걸 아버지 앞으로 보낸 거 맞죠? 그날 아버지가 참석했는지 알고 싶어요."

여자는 나무 씨가 그날 오지 않았다고 대답했다. 빈은 다시 물었다.

"낭독회가 있을 때마다 아버지가 참석했나요?"

"그건 왜 묻죠?"

그녀가 아래쪽 두 손을 허리에 얹자 빈은 목소리에 더 힘을 줬다.

"아들이 아버지 행적을 묻는 게 뭐 잘못됐습니까?"

"질문이 이상하잖아요."

여자는 관심 없다는 듯 주저앉아 상자 입구에 붙은 테이프를 뗐다. 신경을 자극하는 날카로운 소리가 나도록 동작은 거침없었다. 빈은 그 모습을 바라보다가 소리를 내질렀다.

"아버지가 사라졌단 말입니다!"

여자가 동작을 멈추고 일어났다.

"사라지다뇨?"

빈은 단서를 찾다가 낭독회 안내문을 발견했고, 도움되는 이야기를 들을 것 같아 이곳에 왔다고 설명했다. 여자는 여전히 내키지 않은 표정이었다. 낭독회를 어디서 하냐는 물음에도 빈을 쳐다보기만 했다. 여자는 몇 초 뜸을 들이고서야 지하 서고라고 대답했다.

"얼마나 비밀스러운 낭독회이기에 지하 서고에서 하는 겁니까?"

은근히 무시하는 말투였다. 여자의 미간에 세로로 주름이 잡혔다가 사라졌다. 여자는 낭독회 회원들이 시와 소설을 읽고 이야기 나누는 조촐한 자리라고 설명했다. 이어 빈이 몇 명이나 모이냐고 묻자 여자의 눈이 뾰족해졌다.

"그런 것까지 말해야 하나요?"

여자는 만만치 않아 보였다. 빈은 자극하지 말자는 생각으로 손을 내밀었다.

"저는 나빈이라고 합니다. 이름이?"

"손마리."

마리는 싸늘한 표정을 풀지 않은 채 말했다. 빈은 마리의 눈을 응시했다.

"마리 씨, 난 아버지한테 문제가 생겨서 여기에 온 겁니다. 낭독회 회원 중에 아버지의 행방을……."

마리가 말을 잘랐다.

"좀 더 기다려보는 게 어때요? 연락 안 되는 곳으로 여행을 떠났을지도 모르잖아요?"

빈은 답답했다. 그렇다고 아버지가 남긴 음성메시지에 대해 털어놓을 수는 없었다. 대신 출판 계약 파기 건에 대해 들은 것이 있는지 물었다. 마리는 고개를 저었다.


b


빈이 털보를 떠올린 건 버스 정류장 광고판에 눈을 준 순간이었다. 광고판의 맥주 이미지가 빗물에 반짝였다. 파피루스 헌책방에서 나와 버스를 기다리던 빈은 맥주의 하얀 거품 이미지에 갈증을 느꼈다. 털보가 운영하는 맥줏집은 마침 멀지 않은 곳에 있었다. 아버지가 기자시절부터 드나들던 곳으로 빈은 아버지를 따라 몇 번 가본 적이 있었다. 이형인 밀집구역에 위치해 있어 손님 대부분은 이형인들이었다. 그래서일까. 빈의 기억 속에 그곳은 갱들이 드나드는 술집처럼 음침했다. 털보의 외모도 그런 분위기에 한몫했다. 털보는 팔다리의 길이며 몸집이 고릴라와 흡사한 것도 모자라 얼굴 전체가 털로 덮인, 별명 그대로 털보였다. 아버지는 털보가 놀라운 능력을 가진 사람이라고 말하곤 했지만 놀라워봤자 이형인일 뿐이라는 게 빈의 생각이었다. 입을 벌리며 큰 소리로 잘 웃는 털보는 모자라거나 경박해 보이기까지 했다. 사진 속에서나 봤던, 오래전에 멸종된 고릴라도 그렇게 웃을 것 같지는 않았다.

어둠을 밀어내는 가로등과 네온 광고로 가득한 골목. 잡다한 것들을 파는, 딱히 뭐라고 규정할 수 없는 가게들이 길 양편으로 들어차 있었다. 구불구불한 골목은 우산들로 꿈틀대는 거대한 송충이처럼 보였다.

구부정한 자세로 담배를 문 이형인 무리가 입구를 막고 서 있었다. 빈은 가슴이 답답해졌다.

괜히 온 건 아닐까. 돌아갈까.

빈은 망설이다 그들 틈을 비집고 빠른 걸음으로 지하 1층으로 내려갔다. 유리문을 밀고 들어서자 음식 냄새와 뒤섞인 담배 냄새가 코를 자극했다. 어두침침한 조명 아래 테이블마다 담배 연기가 피어올랐다. 말소리와 잔 부딪는 소리에 조각난 음악 소리는 소음에 가까웠다. 마침 털보가 어기적거리며 주방에서 나왔다. 그는 빈을 알아보고는 누런 치아와 붉은 혀가 보이도록 입을 헤벌리며 그를 테이블로 안내했다.

"나 작가의 고매하신 아드님께서 이런 누추한 곳까지 왕림하시다니 영광이군."

"손님 많네요. 이 시간에."

털보는 한 손으로 입을 가리며 목소리를 낮춰 말했다.

"세상은 흉흉하고 술 처먹을 일 빼곤 낙이 없다는 거지."

털보는 빈의 방문이 신기하다는 듯 가는 눈을 반짝였다. 빈은 서론은 생략하고 최근에 아버지를 봤는지 질러 물었다.

"한 보름 전쯤 여기 와서 한잔하고 갔지."

"무슨 얘기 없었어요?"

"별 얘기 없었는데. 좀 우울해 보이긴 했지. 왜? 무슨 일 있나?"

빈은 아버지의 행방이 묘연하다고 말했다. 털보는 고개를 갸웃했다.

"이상하네. 그제도 자네 아버지의 행방을 묻는 사람이 있었어."

귓속으로 미끄러진 얼음조각 같은 말이었다. 빈은 마른 숨을 삼켰다.

"이형인이었나요?"

"아니, 정상인이던데. 최근에 자네 아버지를 본 적 있느냐고 묻더군."

빈은 박영기를 떠올리며 인상착의를 캐물었다. 180센티미터쯤 되는 키에 허연 얼굴에다 모자를 눌러썼다고, 털보는 기억을 더듬으며 읊어댔다. 박영기는 아니었다.

"나무 그 양반에게 무슨 일이 생긴 건가?"

"모르겠어요. 혹시 짐작되는 것 없나요? 아버지 행동이나 나눴던 이야기 중에서요."

"글쎄, 워낙 차분하고 조용한 사람이라……. 자기 고민 같은 건 잘 드러내지 않잖아."

"……."

"그러고 보니 생각나는 게 하나 있긴 한데……."

빈은 시선을 맥주잔 밑바닥까지 가라앉히다가 다시 끌어올렸다. 기억을 더듬던 털보는 아버지가 언젠가 판도라월드 극장에서 열린 서커스와 이형콘테스트를 관람하고 와서 침울한 얼굴로 술을 마셨다고 전했다.

"왜 침울해했을까요?"

털보는 어깨를 으쓱했다.

"나야 모르지."

"그때가 언제였죠?"

"한 서너 달 전? 그나저나 걱정되네. 엊그제 그 사내가 찾아왔을 때만 해도 심각하게 생각 안 했는데. 헌데 자네까지 이러는 걸 보니 무슨 사달이 난 게야."

그 말에 빈은 기분이 더 무거워졌다. 맥주를 한 모금 삼키고는 뜸을 들이다가 물었다.

"두 달 전에 아버지가 출판 계약을 파기당한 일이 있는데, 그와 관련해서 무슨 얘기 들은 거 있어요?"

"아, 그거."

털보는 입을 살짝 벌렸다. 뭔가 아는 표정이었다.

"출판사 이름 아세요?"

털보는 망설이는 듯 머릿속을 손가락으로 긁더니 빈의 눈을 응시했다.

"Q 출판사라고 들었네만."

Q 출판사? 빈은 아버지가 어떤 내용의 책을 출판하려고 했는지 아느냐고 물었다.

"그것까지는 모르겠는데."

털보는 주방 쪽을 힐끔거렸다. 빈은 자꾸만 달아나는 그의 시선을 좇았다. 시간을 잘못 택했다. 손님들이 계속 밀려들어 몇 명 없는 종업원들이 테이블 사이를 날다시피 움직였다. 카운터에서는 외눈박이 종업원이 수화기를 머리 위로 올리며 "사장님!" 하고 불러댔다. 빈은 털보가 뒤뚱거리며 카운터로 달려가는 모습을 바라보며 맥주잔을 입에 댔다.

아버지의 행방을 물었다는 정상인 사내는 누굴까. Q 출판사는 무슨 이유로 계약을 파기했을까.

빈은 맥주잔을 마저 비우고는 주위로 고개를 돌렸다. 누군 가가 어깨를 쳤다. 올려다보니 귀가 코끼리 귀처럼 넓게 늘어진 사내가 충혈된 눈을 번득이고 서 있었다.

"뭡니까? 날 알아요?"

"알다마다. 당신은 날 기억하지 못하겠지만 난 알지. 내 아이 를 뺏어간 당신을 내가 어떻게 잊겠어?"

또 네 번째 아이.

빈은 이 코끼리 귀 사내는커녕 그가 말하는 아이도 기억에 없었다. 이형인들이 하나둘 다가와 빈을 둘러쌌다. 좁은 보폭으 로 알짱대며 다가온 난쟁이, 커다란 돼지코를 가진 사내, 거구 에다 눈이 넷인 사내, 팔이 넷인 사내…… 건물 입구에서 담배 를 물고 서 있던 이들이었다. 일전에 한 번 호되게 당한 터라 빈 은 겁이 났다. 합법적인 집행이었을 뿐 잘못은 법을 위반한 당 신에게 있다고 대꾸하는 빈의 목소리는 떨렸다. 흔들림 없는 표 정의 사내가 흥분한 어조로 소리쳤다.

"법? 법 좋아하시네! 자식 뺏어 가는 게 법이야? 내가 애원했 어. 내가 봐달라고 빌었다고! 당신, 나와 내 아내한테 어떻게 했 지? 내 아이 어딨어? 어디로 빼돌렸어?"

코끼리 귀 사내가 멱살을 움켜쥐고 빈을 일으켜 세웠다. 의 자가 넘어지고 테이블이 흔들리면서 술병과 맥주잔이 바닥에 떨어져 박살이 났다. 빈은 주위로 시선을 던졌다. 이형인들 뿐이었다. 섬뜩했다. 심장이 죄어 왔다. 사내가 바닥에 침을 뱉은 뒤 주먹으로 빈의 얼굴을 가격했다. 바닥에 나동그라진 빈은 일어나지 못했다. 코에서 진득한 피가 흐르는 게 느껴졌다.

동료의 승진파티가 있던 그날도 빈은 낮 동안 저지대의 D 구역을 돌았다. 마지막으로 방문한 부부에겐 네 번째 아이가 있었다. 빈 일행이 갑자기 들이닥쳐 그들은 아이를 숨길 겨를이 없었다. 생후 3개월 된 아기는 심하게 돌출한 구강, 쭈글쭈글한 회색 피부와 긴 팔 때문에 털 없는 아기 오랑우탄처럼 보였다. 부부의 애원에도 빈은 아랑곳하지 않았다. 자녀 수 제한에 관한 법 조항을 읊어준 뒤 서류를 내밀어 아이 아버지에게 서명을 요구했고, 울부짖는 여자의 품 안에 있던 아이를 강제로 빼내는 걸 무표정하게 지켜보았다. 법을 위반한 이형인 부모는 그 아이를 기를 수 없었다. 거둬진 아이는 환경국 관할 보호소로 보내졌다. 바이오사가 정부로부터 위탁받아 집행하는 범위는 아이를 거둬 보호소로 가는 수송차량에 태우는 것까지였으므로 이후 아이가 어디로 이동되고 어떻게 키워지는지 빈은 알 수 없었다. 관심도 없었고, 그에 대해서 자세하게 들은 바도 없었다.

빈은 화장실 세면대에서 얼굴에 물을 퍼부었다. 입가와 코 부위에 얼룩진 핏물을 닦아냈다. 털보가 사람들을 말려주고 물리지 않았다면 또 집단폭행을 당했을 것이다.

재수 없군. 여길 오는 게 아니었는데.

거울 속 얼굴 뒤로 낙서가 눈에 들어왔다. 누렇게 변색된 벽 가득한 낙서문구. 살기가 느껴졌다. 정상인들을 향한 저주와 욕설들이었다. 빈은 뒷걸음질 쳤다. 크고 작은 글씨들은 금방이라도 꿈틀거리며 새까만 병정개미 떼처럼 벽에서 쏟아져 덮쳐올 것 같았다.

대신 사과하며 골목까지 따라 나온 털보에게 빈은 폭행한 사내를 신고하겠다고 소리쳤다. 무언가 끓어올라 악이라도 써야 했다.

감히 날 쳐? 왜 내게 불만을 토하는 거야!

뛰는 심장 소리마다 그렇게 외쳐댔다. 맞은 부위가 욱신거렸다. 빈은 골목을 벗어나 대로변으로 나왔다. 젖은 보도블록과 아스팔트가 불빛에 하얗게 번들거렸다. 시선을 돌리자 이십 층 높이의 판도라월드 빌딩이 한눈에 들어왔다. 털보가가 말한 그 빌딩이었다. 빌딩 꼭대기의 대형 전광판은 화면을 바꾸며 이형 콘테스트와 서커스 홍보영상을 흘려보냈다. 빌딩의 벽면에 걸린 홍보문구가 시선을 잡아끌었다.

'세상의 이형이란 이형은 다 모인 판타스틱한 세계.'

문구 옆으로는 난쟁이 피에로의 모습이 빗물에 반짝였다. 피에로는 어서 오라고 손짓하고 있었다. 이형에 대한 호기심을 이용해 웃음을 팔고 돈을 끌어모은 건 언제부터였을까. 일그러지고 결여된 듯 보이는 것들이 기괴하고 낯설게 보일수록 사람들은 두려워한다. 혐오하기까지 한다. 그러면서도 손가락질하며 웃음을 터뜨린다. 정상인일수록 두려움을 감춘 웃음소리는 크게 부풀어 오른다. 그건 방어적이고 전략적인 것이라고, 불완전하고 위태로운 건 이형인들이 아니라 정상인들인지 모른다고, 언제부터인가 빈은 생각했다. 정상인이 자부하고 매달리는 정상성이 곧 녹아 없어질 반짝거리는 얼음처럼 느껴질 때도 있었던 것이다. 빈은 시선을 돌려 거리를 바라보았다. 판도라월드 주위는 차와 인파로 혼잡했다. 스치고 겹치면서 밀려다니는 기기괴괴한 모습들. 빈은 그가 서 있는 거리가, 도시가 거대한 판도라월드처럼 보였다.

택시에서 내려 집으로 걸어가는 동안 아릿한 통증이 온몸에서 아우성쳤다. 그 느낌이 커질수록 이형인 사내가 내뱉은 말이 머릿속을 맴돌았다.

"내 아이 어딨어? 어디로 빼돌렸어?"

빈은 문을 걸어 잠그고 소파에 누웠다. 눈을 감고 있자니 머릿속으로 화장실 벽에 가득했던 글씨들이 새까맣게 기어들었다. 생각을 떨쳐버리려고 머리를 흔들었다. 핸드폰의 진동을 느낀 건 그때였다.

전화 속 목소리는 직장동료였다. 동료는 무슨 일 있느냐고 물었다. 가라앉은 목소리 때문일 것이다. 빈은 다른 얘긴 다 빼고 잠깐 들른 맥줏집에서 또 집단폭행을 당할 뻔했다고만 대답했다.

"이형인들이 문제야"

동료는 그렇게 말하고는 일이 밀려 정신이 없었다는 볼멘소리를 늘어놓기 시작했다. 요 며칠 사이 제보가 들어와 이형인의 네 번째 아이를 넷이나 거뒀다고 했다. 줄곧 그 이야기만 듣다가 전화를 끊은 뒤 빈은 눈을 감았다. 목소리가 들렸다. 이형인 부부가 울부짖던 목소리. 맥줏집에서 빈의 멱살을 잡던 사내의 욕설도 생생했다. 빈을 바라보던 아버지의 침울한 시선도. 눈을 뜬 건 그때였다. 다시 의문이 머릿속을 스쳤다.

제갈영웅은 왜 아버지에게 칼을 휘둘렀을까.

빈은 일어나 책장에서 제갈영웅의 책을 한 권 뽑았다. 오래전 화제를 불러일으키며 단숨에 베스트셀러가 됐던 『냉동인간』 시리즈. 빈은 처음으로 소설 내용이 궁금해졌다. 시리즈 1권의 페이지를 천천히 넘겼다.


머리부터 발끝까지 하얀 멸균복을 착용한 그들은 자동배출버튼을 눌러 -196°C의 거대한 냉동저장 탱크에서 M4004호 캡슐을 꺼냈다. 컨베이어 벨트를 타고 관 모양의 캡슐이 자동해동 시술대에 미끄러져 내려왔다. 성에가 잔뜩 낀 캡슐의 특수 유리덮개 안에 한 남자가 수많은 노즐 선이 몸 곳곳에 연결된 채 잠자듯 누워 있다. 그들은 자동해동 시술대에 캡슐을 고정시킨 뒤 해동작업을 시작했다. 시술대 옆 조종판 위로 램프들이 빠르게 깜박거렸고, 온도 표시 숫자가 천천히 바뀌기 시작했다. 조종판 옆 스크린에는 해동 중인 신체 상태가 시시각각 그래프로 표시되고 있었다. 혈관, 심장, 신경세포, 뇌, 망막……. 혈관을 메우던 동결보조제가 빠져나가면서 서서히 혈액이 주입됐다. 피가 돌자 피부색이 조금씩 달라졌고, 심장박동이 살아나면서 모니터에 표시된 그래프가 춤을 추기 시작했다. M4004는 망막을 움직이는지 눈두덩이 떨렸다. 총 34시간이 소요됐다. 이윽고 M4004의 눈이 가늘게 벌어졌다…….

# 퓨어바디

## 7

몇 번의 신호음이 울린 뒤 차분하게 가라앉은 여자 목소리
가 들렸다.

"네. Q 출판사 편집장 민인주입니다."

빈은 다짜고짜 출판 계약 파기 건에 대해 질러 물었다. 목소
리가 다시 건너온 건 한참이 지나서였다.

"그 건에 대해서는…… 글쎄요. 더 이상 말하고 싶지 않군요.
이미 지난 일이고, 작가님한테 할 말 다 전했거든요. 나무 작가
님에게 직접 들으세요."

빈은 아버지가 며칠째 연락이 되지 않아 문제가 생긴 것 같
다고 빠른 어조로 말했다.

"그래서 두 달 전 그런 불미스러운 일도 있고 해서 뭔가 짚이

는 게 있는지 묻고 있는 겁니다."

"설마……."

'설마'라는 희미한 말 뒤로 침 삼키는 소리가 들렸다. 몇 초간의 침묵이 어떤 짐작을 불러왔다. 빈은 계약이 파기된 이유를 재차 물었다. 편집장은 선뜻 답을 달지 않았다. 잠시 뒤 그녀가 이유라고 꺼낸 말은 새롭지도 않았다. 출판사 대표가 일방적으로 계약 파기 결정을 내렸다는 것이다.

빈이 물었다.

"그러니까 그 이유가 뭐냐구요?"

그녀는 뜸을 들인 뒤 뜻밖의 말을 뱉었다. 출판사 대표 앞으로 협박편지가 왔다는 것이었다. 빈은 놀라지 않을 수 없었다. 협박내용이 뭐냐고 묻자 그녀는 주위의 귀를 의식해선지 낮은 목소리로 말했다. 그 책을 출간하면 명예훼손과 허위사실 유포로 거대 소송이 시작될 거라는 내용이었다고. 빈은 핸드폰을 귀에 바짝 댔다.

"누구죠? 어디서 보낸 편진가요?"

"거기까지만 말하죠. 저희로서도 어쩔 수가 없었다는 걸 이해해주셨으면 좋겠습니다."

"대체 누가……."

"아, 그만하세요. 이미 끝난 일입니다."

"아버지가 출간하려던 원고 내용은 어떤 거죠?"

"말할 수 없어요. 아니, 모릅니다. 기획서만 받고 계약한 거예요."

"그러니까 그 출간기획서에 나와 있었을 거 아닙니까? 대략 뭐에 대한 내용을 내겠다는 건지 말입니다."

"모릅니다. 몰라요. 끝난 일이니 더 이상 묻지 마세요."

빈은 어이가 없어 무슨 말을 이어야 할지 생각나지 않았다. 몇 초 뒤 그녀의 목소리가 들려왔다.

"다시 말씀드리지만 그 일은 두 달 전에 끝났어요. 더는 할 말이 없습니다. 하루빨리 나 작가님과 연락이 닿길 바랍니다."

빈은 통화가 끊어진 핸드폰을 내려다보았다. 쫓겨난 잡상인이 된 기분이었다. 그녀의 말투에 조바심이 묻어 있었다. 그게 마음에 걸렸다. 그 일은 끝난 게 아니었다. 뭘 어떻게 알아봐야 할까. 막연한 가운데 다시 제갈영웅이 머릿속을 스쳤다. 웹스카이 검색창을 띄워 상세검색란 메뉴로 들어갔다. 추정연도를 입력하고 키워드로 '제갈영웅', '문화잡지 이데아', '나무 기자 인터뷰'를 검색했다.

1초, 2초가 퍽 길게 느껴졌다. 화면 가득 문서 목록이 떴다. 빠르게 움직이던 빈의 눈동자가 아버지가 쓴 인터뷰 기사에서 멈췄다.

상상의 한계를 넘어서는 괴물작가 제갈영웅과 인터뷰하다
—인터뷰/ 나무 기자 진행 / 문화잡지 〈이데아〉

아버지는 제갈영웅에게 매료된 듯 보였다. 인터뷰 기사만 보면 그랬다. 아버지는 제갈영웅의 시리즈 여섯 권째 출간을 축하한다는 말을 시작으로 그의 근황을 물었다. 그러고 나서 냉동인간이 등장하는 긴 시리즈 소설을 쓰게 된 특별한 계기나 이유에 대해 물었다. 제갈영웅의 답변은 무성의했다. 그냥 재미있어서, 어쩌다 보니 쓰게 됐다나. 그러면서 제갈영웅은 작품을 쓰는 동안 손끝에서 문장이 물 흐르듯 나오는 특이한 체험을 했다고 말했다. 빈은 웃음을 참기 힘들었다. 뭔가 있는 척하며 거들먹대는 답변은 우스웠다. 그런 답변에 대해 경이롭다, 역시 괴물작가라 다르다며 치켜세우는 아버지의 문장은 얕고 유치했다. 아버지가 이전에 진행해왔던 인터뷰 기사와는 톤 자체가 달랐다.

작가님 소설을 읽으면서 정말 주변에 냉동인간들이 거리를 활보하고 다닐지 모른다는 착각이 들었습니다. 그런 냉동인간들과 직접 만나 인터뷰해보면 좋겠다 싶기도 하고요. 이번 작품이 발표되면서 실제로 자신이 냉동인간이라고 소동을 피우는 등 이상한 현상들이 벌어지고 있지 않습니까. 그만큼 작가님 작품이 독자들을 잡아끄는 아주 강한 매력이 있다는 걸 단적으로 보여주는 것이지요.

이건 떠보는 거로군.
빈은 제갈영웅을 코앞에서 관찰하는 아버지를 상상했다. 그러고는 다음 페이지를 검색하다 제갈영웅이 '구름도 침투사건'의 인질이었다는 사실을 알게 됐다. 빈은 그 사건에 대한 자료도 찾아보았다. 눈에 들어온 기사의 연도를 보니 빈이 일곱 살 때 일어난 일이었다.

가이아수호연대 소속으로 밝혀진 테러분자들이 구름도에 침입해 인질극을 벌이며 경찰과 충돌했다. 테러분자들은 저항하다 모두 사살되었다. 이 과정에서 두 명의 인질 중 인공자궁플라자 원장이 사망했고, 다른 한 명인 제갈영웅 작가는 부상을 입어 병원으로 옮겨졌다.

가이아수호연대 소속 테러분자. 빈은 박영기가 말한 테러단체를 떠올렸다. 연결되는 지점일까. 그자들이 왜 하필 제갈영웅을 인질로 삼았을까. 의문이 계속 솟았다. 몇몇 기사를 통해 알게 된 건 제갈영웅이 그 사건으로 후유증에 시달려 지금까지 소설에 손을 못 대고 있고, 근래에는 일 년 전 사망한 동료 작가 살해 의혹이 제기돼 신문에 몇 차례 이름이 오르내렸다는 정도였다.

빈은 제갈영웅이 어떤 식으로든 연관됐을지 모른다는 추측에 기댔다. 그를 만나보고 싶었다. 『냉동인간』 시리즈를 낸 출판사에 전화해 제갈영웅의 주소와 연락처를 물었지만 모른다는 답변만 돌아왔다. 박영기라면 알고 있을까. 빈은 핸드폰에

저장된 번호를 찾아 통화버튼을 눌렀다.

"나무에게서 소식이 온 건가?"

박영기의 목소리는 기대에 차 있었다. 빈은 아직 연락이 없다고 답하고는 제갈영웅이 사는 집 주소를 알아봐줄 수 있느냐고 부탁했다.

"제갈영웅 집? 거긴 왜?"

"직접 만나 물어볼 게 있어요."

"재미있군. 그 작가와 어떤 관련이 있기에 그러지?"

빈은 그 작가가 전에 아버지를 해치려고 한 일이 떠올랐는데 관련성이 있는지 알아보려는 것뿐이라고 설명했다.

"해치려고 했다고? 그거 놀라운걸."

"이유는 저도 모릅니다. 일단 연관이 있는지 알아보려는 거예요."

박영기가 혀 차는 소리를 냈다.

"좋아. 제갈영웅 주소는 책임지고 알아볼 테니 나와 만나서 함께 가지."

동행은 필요치 않았다. 주소만 얻으면 될 일이었다. 빈은 괜찮다고 혼자 가겠다고 했지만, 박영기는 빈의 말은 들은 척도 않고 함께 가는 걸로 마무리하고는 전화를 끊었다.

# 8

"자, 여기 주소."

빈이 조수석에 앉자 박영기가 반으로 접은 종이를 내밀었다.

"알아봤는데 제갈영웅이 사람 만나는 걸 꺼려서 얼굴 보기가 쉽지 않을 거라더군."

박영기는 차를 출발시키며 말을 이었다. 제갈영웅이 심한 외상성 스트레스 장애에 시달려왔고, 어스름 내린 밤이 되면 근처 공원을 배회하곤 한다는 것이다. 한번은 누군가 먼발치에서 찍은 흐릿한 사진을 웹스카이 소셜 네트워크 사이트에 올렸는데, 그 밑으로 그를 동정하거나 비아냥대는 댓글이 수없이 달렸다는 이야기까지 박영기는 쉴 새 없이 전해주었다. 이미 웹스카이 검색에서 찾아 읽은 내용이었기에 빈은 대수롭지 않다는 듯 창밖으로 시선을 돌렸다.

한 블록을 막 지났을 때였다. 우회전을 해야 하는데 차들이 서행하더니 아예 움직이지 않았다. 사방에서 터져 나오는 클랙슨의 비명. 그 너머에서 거친 구호소리가 들려왔다. 소리는 점점 가까워졌다. 빈은 밖으로 나가 무슨 일인지 살핀 뒤 다시 차 안으로 들어왔다.

"또 이형인들의 시위행렬이에요."

박영기는 창문을 열고 담배를 물었다.

"매년 불어나는 재해난민 때문에 골치야. 정부로서도 대책이 안 서겠지. 이러다가 온 세상이 난민보호소로 뒤덮일 판인걸. 거기에 들어갈 비용이며, 부지며, 장난이 아니라고. 그런데 저들은 끝없이 복지 운운하며 불평만 쏟아내지. 더 골치 아픈 건 말야, 보호소를 이탈한 난민들이 범죄를 저지른 뒤 지하세계로 숨어들어 간다는 거야. 거긴 거대한 개미굴 같은 곳이잖아. 한번 숨어들어 가면 찾아내기란 불가능하지. 정체불명의 온갖 인간들이 좀비 떼처럼 숨어 살고 있으니."

빈은 지하세계를 상상했다. 떠오르는 건 악취와 쥐들이 들끓는 어둠이었다. 그가 접했던 기사 내용과 무성한 소문은 그런 상상을 가능케 했다. 최근 살인사건 용의자의 행방을 다룬 기사도 그랬다. 건설 노무자로 동원된 난민수용소 거주자가 임금 문제로 갈등을 빚어오다 고용주를 살해하고 달아났는데, 행방은 오리무중이었다. 경찰은 그가 지하세계로 몸을 감추었으리라 생각했는데, 그 짐작이 맞다면 용의자 체포는 물 건너간 셈이었다.

지하세계의 탄생은 불안과 공포에서 비롯됐다. 도시인의 든든한 발 역할을 해온 지하철이 붕괴되리라곤 그 누구도 상상하지 못했다. 삼십 여개의 노선이 촘촘한 직물처럼 짜인 지하철로 못 가는 곳은 없었지만 사고가 나자 전 노선이 마비됐다. 몇 개 노선의 지하구간 터널과 지하역사 이십여 곳이 한두 달 간격으로 무너져 질식과 매몰로 수천 명의 사상자가 속출했다.

매몰된 시신을 찾거나 참사현장을 복구할 겨를도 없이 이어진 붕괴사고는 도시 전체를 패닉 상태에 빠뜨렸다. 지하철이 제일 안전하다는 믿음이 무너진 것이다. 시민들이 지하철 이용을 꺼리자 지하철 노동자들의 대량 실업 문제가 사회혼란으로 이어지더니 노선이 하나둘 운행을 멈추기 시작했다. 지하철이 도시인의 일상과 기억에서 사라지는 건 한순간이었다. 승객과 지하철 노동자가 빠져나간 지하 공간은 죽은 도시의 밤처럼 횅했다. 불안과 공포의 시간이 흐른 뒤 그곳으로 숨어들어 가는 이들이 생겨났다. 갈 곳 없는 빈민, 부랑자, 정체를 알 수 없는 은둔자…… 그리고 보호소를 이탈한 난민까지.

박영기가 고개를 저으며 긴 숨을 내뱉었다.

"곳곳이 지진에다 강력태풍에다 홍수로 도시가 작살났네. 뻑하면 시위에다 폭동, 테러까지 끊이지 않으니 시끄러워서 어디 살겠나."

한참 동안 시위행렬을 바라보던 박영기는 차를 뒤로 빼 다른 길을 택했다.

차가 멈춘 곳은 거대 생물의 유골처럼 드러누운 아파트 앞이었다. 황량한 기운이 감돌았다. 먼지 섞인 바람이 거리를 쓸며 지나갔고, 흙 묻은 비닐봉지 따위가 허공에서 마른 춤을 추며 날아갔다. 빈은 박 기자 뒤를 따라 아파트 현관으로 들어섰다. 608호 우편함에서 우편물을 뽑아 들어 수신자를 확인한 뒤 엘리베이터 앞으로 갔다. 겉칠이 군데군데 벗겨진 엘리베이터 문에 '수리 중'이라고 쓴 종이가 붙어 있었다. 하는 수 없이 계단을 올랐다.

이윽고 608호 앞에서 빈은 초인종을 눌렀다. 문은 열리지 않았다. 박 기자의 턱짓에 빈은 2초 간격으로 총 쏘듯 초인종을 눌렀다. 10초쯤 지났을까. 슬리퍼 끄는 소리가 가까워지더니 문이 거칠게 열렸다.

"이 녀석들! 다 죽여버릴 거야. 못된 놈의 새끼들!"

일그러진 얼굴이 빈과 박 기자를 번갈아 보았다.

"당신들 뭐야, 미쳤어?"

박 기자가 부드러운 미소를 지었다.

"안녕하세요. 제갈영웅 작가님. F 신문사에서 나온 박영기 기자라고 합니다. 잠시 인터뷰를……."

제갈영웅이 문손잡이를 잡아당겼다. 그때 빈이 문 안으로 다리와 팔을 재빠르게 밀어 넣자 박영기가 밖에서 문을 당겼다. 맥없이 열린 문 안으로 빈과 박영기가 제갈영웅을 밀고 들어갔다.

"누가 들어오라 그랬어? 나가! 나가!"

박영기가 몇 마디만 나누고 가겠다고 하자 빈은 곧바로 기자인 척 말을 던졌다.

"많은 시간이 흘렀지만 독자들이 작가님 소설을 기다리고 있다는 거 잊지 않으셨죠?"

제갈영웅은 책 표지의 사진에서 본 그 모습이 아니었다. 불에 그슬려 쪼그라든 종이인형과 다르지 않았다. 거실 안은 휑

했는데, 소파 옆 티 탁자 위로 패스트푸드 포장지가 널려 있고 빈 술병이 나뒹굴었다.

"난 병자야. 몸이 아파. 머리가 아프다고. 그러니 제발 가. 더이상 말하고 싶지 않다고."

"책 이야기 말고 다른 이야길 하죠."

빈이 말했다.

제갈영웅이 반응을 보인 건 빈이 '구름도 사건'을 거론했을 때였다. 빈이 당시 상황을 기억나는 대로 설명해달라고 요청하자 하얗게 부르튼 제갈영웅의 입술 사이에서 거친 숨소리가 뚝뚝 떨어졌다.

"당시 어디서, 어떻게 인질로 잡혔죠?"

제갈영웅의 충혈된 눈이 커졌다.

"몰라. 기억 안 나. 내가 언제? 지금 무슨 헛소리를 하는 거야?"

그의 마른 입술에 웃음소리가 진득한 침처럼 길게 매달렸다. 빈은 의뭉스러운 눈길을 그에게 고정한 채 계속 물었다.

"나무 기자 알죠? 나무 기자에게 칼을 휘두른 이유가 뭡니까? 그것도 두 차례나요."

제갈영웅의 얼굴에서 웃음기가 사라졌다. 빈은 그에게 얼굴을 들이대며 소리쳤다.

"나무 씨 어디 있습니까? 이번에도 당신이 어떻게 한 건가요?"

제갈영웅은 눈썹 하나 꿈쩍이지 않았다. 박영기는 제갈영웅을 바라보다가 빈에게 시선을 주었다. 호기심 가득한 눈이라기보다는 군침 섞인 집요함이 배인 눈이었다. 빈은 언성을 높였다.

"말 좀 해보세요!"

비쩍 마른 육십 대 사내의 몸이 멱살이 잡힌 채 흔들렸다. 입술 사이에선 신음 섞인 비명이 터져 나왔다. 분위기가 험악해지자 박 기자가 빈을 끌고 아파트 밖으로 나왔다.

그가 빈의 어깨를 두드렸다.

"자네 어린앤가? 감정적이 되어선 안 돼. 차근차근 몰아야지. 그건 그렇다고 치고. 자네 잘못 짚은 거 아닌가? 저 작가, 생각보다 형편없이 망가졌는걸. 저런 환자가 자네 아버지를 어떻게 했을 거라고 생각하나?"

빈이 한숨을 내쉬었다. 박영기가 계속 다독였다.

"자자, 이런 식으로 감정 소비할 시간이 없네. 내가 말한 그 자료를 찾아. 그것만 찾으면 자네 아버지는 숨은 곳에서 안전하게 제 발로 걸어나올 걸세."

단단하고 차분한 어조였다. 빈은 박영기를 바라보았다. 입가에 걸린 미소는 기대고 싶을 만큼 부드러웠다. 박영기가 고개를 끄덕인 뒤 빈의 어깨를 툭 쳤다.

"자네 아버지가 안전하게 숨어 있기만을 바라자고."

# 9

빈은 옷도 벗지 않고 침대에 몸을 뉘었다. 그의 시선이 벽에 걸린 그림들에 머물렀다. 시선이 오래 가닿은 건 책장 옆 어린 아이의 초상화였다. 어머니는 빈의 다섯 살 생일 선물로 그를 그렸다. 하지만 그 그림을 자주 들여다보고 어루만진 건 어머니였다.

"자네 어머니가 H 쇼핑센터에 간 걸 어떻게 확신하지?"

박영기의 말은 살에 박혀 보이지 않는 가시가 되었다. 어머니는 그때 사망한 게 맞을까. 아버지는 무슨 확신으로 어머니가 H 쇼핑센터 화재현장에 있었다고 말했을까.

아버지와 어머니 사이에 감돌던 침울함이 걸렸다. 방문을 잠궈두고 아버지와 어머니는 몇 번 언성을 높였다. 무엇 때문인지 어린 빈은 알 수 없었다. 한 목소리는 설득했고, 또 한 목소리는 주장했다. 두 목소리는 소곤거리더니 이내 흐느끼는 소리로 합쳐졌다. 빈은 기억을 떠올릴수록 머릿속이 안개로 자욱해졌다. 아버지가 거짓말을 한 건 아닐까. 말이 적고 매사 모호한 구석이 있는 아버지. 그 위로 박영기 기자가 들려준 아버지의 또 다른 모습을 덧칠하자 수상한 아버지가 완성되었다. 어머니의 죽음 역시 아버지의 비밀스러운 구석과 연결되어 있을지 몰랐다.

대체 내가 제대로 아는 건 뭐지.

빈은 침대에서 일어나 앉아 왼발을 오른쪽 허벅지 위에 올렸다. 양말을 잡아당기자 발목과 발뒤꿈치에 이어 발바닥이 드러났다. 발바닥의 검푸른 얼룩. 얼룩만큼이나 모호한 아버지. 빈은 양말 속으로 다시 발을 넣은 뒤 책상으로 갔다.

『냉동인간』 1권을 집어들어 읽다만 페이지를 펼쳤다.

M4004는 눈꺼풀을 겨우 열었다. 방 안은 천장의 하얀 불빛으로 환했다. 눈이 부셨다. 눈앞에 희끄무레한 무언가가 보이기 시작했다. 이상한 일이었다. 머리에서 발끝까지 하얀 가운을 착용한 그들은 모습이 달랐다. 네 개의 팔을 가진 사람, 세 개의 눈을 가진 사람, 길게 늘어진 귀를 가진 사람, 코끼리 코를 가진 사람, 얼굴 전체가 털로 덮인 사람…… 어찌된 일일까. M4004는 이해할 수 없었다. 꿈일까. 그는 자신을 해동시킨 사람들이 이형인들이라는 사실에 경악했다. 그는 미래문명의 혜택을 누리기 위해 냉동인간이 된 자발적인 신청자였다.

책의 3분의 2쯤 페이지를 넘겼을 때 핸드폰이 울렸다.

"이야, 살아 있었네. 몸은 좀 괜찮냐? 이거, 세상 무서워서 어디 살겠냐?"

빈의 대학 친구이자 옥션 S의 직원인 문정훈의 목소리였다.

"그럭저럭. 조금씩 사람 꼴이 돼가는 중이다. 참, 다음번 경매 진행은 언제? 기막힌 것 좀 들어왔냐?"

빈이 말하는 기막힌 것이란 실험실에서 새롭게 만들어진 생명종 특허였다. 그것에 쏠리는 사람들의 관심은 스포츠 중계만큼이나 대단했다. 새로움에 대한 갱신과 낙찰가가 얼마인지가 매 회마다 뉴스거리가 될 정도였다. 빈은 경매가 있는 날이면 '정상인 영아 입양 설명회'가 열리는 강당 맞은편 옥션 S 경매장에서 문정훈과 경매를 즐기곤 했다.

"출품의뢰 들어온 거? 물론이지."

정훈은 어떤 것들이 들어왔는지 설명을 늘어놓았다. 말할 때마다 판타스틱하다는 말을 남발하는 정훈의 말버릇이 흥을 돋는 데가 있어서 그의 설명을 듣는 동안 빈은 어두운 생각을 잊었다. 하지만 통화를 마치자마자 다시 신경이 곤두섰다. 또다시 전화가 울렸다. 정훈이라고 생각했는데 막상 뜬 번호는 털보 것이었다.

수화기 너머 털보의 목소리에 흥분이 실려 있었다. 아버지의 행방을 물었다는 정상인 남자 이야기였다.

"우리 종업원이 봤다는데……."

털보는 종업원이 판도라 극장에서 그 남자를 두 번이나 봤다고 전했다. 빈은 핸드폰을 쥔 손에 힘을 주었다.

"그자가 판도라 극장에 또 나타날까요?"

털보는 잠복을 하자고 했다. 망설일 이유 따위는 없었다. 그 남자의 얼굴을 아는 사람은 털보와 종업원뿐이었으므로 빈은 전화를 끊자마자 털보가 기다리는 판도라월드 18층으로 달려갔다.

엘리베이터는 만원이었다. 건물 벽마다 띠를 이룬 서커스 홍보포스터가 시선을 끌었다. 극장 홀 입구 앞에 털보가 보였다. 그는 맥주통만 한 몸통을 좌우로 움직이고 있었다. 빈이 두리번거리며 그에게 다가갔다.

"사람들이 다 쳐다보잖아요."

"뭘 모르는군. 이래야 우리가 잠복한다는 걸 위장할 수 있는 거야. 난 말이야, 사실 가만히 있는 걸 못 견디는 성격이라서."

빈은 털보의 엉뚱해 뵈는 면이 거슬렸다. 그를 믿고 따라나선 자신이 괜한 짓을 하는 건 아닌가 싶었다. 수상한 남자의 인상착의를 다시 묻는 빈의 말투는 뻣뻣했다. 털보는 몸통을 계속 움직였다.

"키는 약 백팔십 정도고, 얼굴이 재수 없이 희면서 말끔하게 생긴 편이야. 머리 모양은 모자를 써서 잘 모르겠어. 눈썹이 자네처럼 꽤 짙은 편이고 말야. 표정도 별로 없었어. 어떻게 보면 전형적인 킬러스타일이라고나 할까. 그자를 떠올리니까 갑자기 기분이 으스스해지는구먼."

빈은 시선을 돌려 사람들을 바라보았다. 짧은 팔이 넷인 사내가 꽃다발을 가슴에 안고 지나갔고, 이어 난쟁이 한 무리가 다가와 털보를 흉내 내며 허리를 흔들더니 하이에나 웃음소리를 뿌리고는 멀어졌다. 서커스 시작까지는 한 시간이나 남아 있었다. 빈은 사방에서 날아오는 웃음기 묻은 시선들을 견디며 입술을 물었다. 털보가 말했다.

"그자는 말야. 자네 애비가 이곳에 자주 온다는 걸 아는 자이거나 판도라 극장에 오는 걸 즐기는 자일 거야."

"아버지가 이런 델 자주 찾았다니 뜻밖인데요."

"서커스가 얼마나 재미있는데!"

"지난번에 서커스를 보고 와서는 우울해했다고 그랬잖아요."

"그랬지."

"왜일까요? 아버지가 여길 온 건 다른 이유가 있었던 거 아닐까요?"

"어떤 이유?"

털보는 겉눈썹을 세우며 빈을 바라보았다.

"글쎄요. 그건 저도 모르죠. 짚이는 거 정말 없어요?"

털보는 대답 대신 어깨를 으쓱하더니 입을 벌렸다. 빈은 털보의 눈이 한 여자의 엉덩이에 가 있는 걸 알아챘다. 여자는 목 없이 어깨에 머리가 붙은 데다 아래로 내려갈수록 비대해지는 몸집이었는데, 다리까지 짧아 멀리서 보면 피라미드가 걸어가는 것처럼 보였다. 걸을 때마다 좌우로 실룩대는 엉덩이는 거대했다.

"맙소사! 저 기막힌 엉덩이 좀 봐. 완전 내 이상형이라고."

지나가는 사람들이 시선을 흘겼다. 피라미드 엉덩이도 고개 돌려 이쪽을 보았다. 그녀가 건너편 에스컬레이터 쪽으로 사라지자 털보는 또 다른 엉덩이에 눈을 주며 물었다.

"자네 이상형은 어떤 여잔가?"

털보가 두툼한 팔꿈치로 빈의 옆구리를 몇 차례 찌르자 빈은 짜증이 이는 걸 견디며 무심하게 대답했다.

"전 여자한테 관심 없습니다."

"하긴 자네야, 이형인들 몸뚱아리들은 눈에 들어오지도 않겠지. 이목구비와 팔다리가 두 개씩인 정상인이어야겠지."

빈은 털보를 쳐다보았다. 털보는 세상이치에 통달한 도인처럼 가늘게 뜬 눈으로 빈의 시선을 맞받았다.

"하지만 난 정상인은 재미없더라. 우리 같은 이형인들은 신체가 다 제각각이라 미학적으로 바라볼 여지가 무궁무진하거든."

"미학적이라고요?"

빈은 쓴 미소를 짓다가 슬그머니 그 미소를 얼굴에서 지웠다.

"자네도 그런 환상적 경지를 깨달아야 할 텐데, 안타깝구먼. 정상인들은 이형인들을 늘 비딱한 시선으로 보지. 자네도 그렇겠지?"

빈은 대답하지 않았다. 털보는 빈을 흘겨보고는 말을 이었다.

"우리 이형인들은 각기 다른 모습 그 자체로 유일하고 완벽해. 정상인들이 어떻게 바라보든 말든 말일세. 우린 다양한 모습인 만큼 자유로워. 다르다는 걸 결함이나 장애로 보지 않아. 자네는 아름다움이 완벽함에서 온다고 보나? 아니, 불안하고 불완전하고 어딘가 빈 여백이 있기 때문에 아름다울 수 있는 거야."

빈은 눈을 내리깔며 팔짱을 꼈다. 털보의 애기는 따분하고 불편했다. 털보는 몸통을 힘 있게 좌우로 움직이며 빈을 재밌다는 듯 바라보았다.

"스스로 완전하다고. 기준이라고 생각하는 정상인들은 그래서 싱겁고 재미없다고."

빈은 털보의 웃음 섞인 말이 거슬렸다. 순간 마리가 떠올랐다. 검은 생머리에 네 팔을 가진 그녀. 톡톡 쏘는 말투, 훑는 듯한 눈빛. 빈은 고개를 저었다.

하품이 나올 즈음 극장 문이 열렸다. 표를 산 관람객들이 노아의 방주로 입장하는 운 좋은 동물들처럼 줄지어 안으로 들어가기 시작했다. 많은 수의 정상인이 섞여 있는 그 행렬에서 빈과 털보는 시선을 떼지 않았다.

서커스가 다 끝나고 관객들이 홀을 다 빠져나갈 때까지 그들이 찾는 정상인 사내는 보이지 않았다.


# 10


통유리 너머 파피루스 헌책방 안을 주시하던 빈의 시선은 줄곧 손마리에게 가 있었다. 그녀의 표정은 어두워 보였다. 책을 넣은 종이봉투를 손님에게 건네며 미소를 짓지만 입술 끝에 간신히 걸린 미소일 뿐이었다. 빈은 마리를 처음 봤을 때부터 그녀가 무언가를 숨기고 있다고 느꼈다. 아버지가 사라졌다고 소리친 순간 마리의 얼굴에서 뒷걸음질하는 표정이 보였다.

무작정 쳐들어가서 몰아붙일까.

숨기는 게 있지 않느냐고 다그치면 어떻게든 대답을 들을 수 있을지도 몰랐다.

때마침 마리가 밖으로 나오는 것이 보였다. 그녀는 모자를 눌러쓰고 손가방을 어깨에 둘러메고는 출입문을 걸어 잠갔다. 그러고는 주위를 살피며 빠른 걸음으로 걷기 시작했다. 빈은 들고 있던 음료 캔을 쓰레기통에 던진 뒤 슬그머니 그녀 뒤를 밟았다. 거리엔 이형인들이 무리 지어 지나갔고, 차가 끼어들어 길을 막기도 했다. 그사이 마리는 행인들 속으로 파묻히더니 더 이상 보이지 않았다.


얼마나 걸었을까.

어디선가 허공을 울리는 박수 소리가 들렸다. 빈은 소리가 난 쪽으로 발걸음을 옮겼다. 얼마쯤 가자 더 나아갈 수 없을 정도로 한 무리의 군중이 쇼핑센터 앞을 새까맣게 덮고 있었다. 댄스 가수의 거리공연이 한창이었다. 가수는 현란한 춤을 선보이며 노래에 열심이었다. 노래는 빈의 귀에 감기지 않았다. 머릿속은 마리의 행방에 대한 물음표로 가득했다.

발길을 돌려 열 걸음쯤 내디뎠을 때 갑자기 찢어지는 듯한 외침이 들렸다.

사람들은 웅성거리며 일제히 허공 어딘가를 향해 손가락을 가리켰다. 쇼핑센터 맞은편 고층빌딩 꼭대기에 누군가가 있었다. 사내였다. 고층인 데다 안개에 가려 나이나 얼굴 생김새는 파악할 수 없었다. 그럼에도 빈은 그가 정상인임은 한눈에 알아볼 수 있었다. 저자는 위험하게시리 왜 저곳에 올라갔을까. 빈은 사내에게서 시선을 뗄 수 없었다. 사내가 외치는 구호는 목청을 찢는 긴 울림처럼 들렸다. 사내가 뿌린 하얀 종이가 허공에서 어지러이 떨어졌다. 하얀 종이는 파닥이며 죽어가는 새처럼 허공에서 경련했다. 전단지였다.

빈은 발밑에 나뒹구는 전단지 한 장을 주웠다.


퓨어바디의 인권을 보장하라! 퓨어바디를 생식세포 생산용 가축으로 착취하는 만행을 즉각 중단하라!


퓨어바디의 인권?

빈은 전단지를 손에 쥔 채 그 자리에서 꼼짝할 수 없었다. 토막 난 소리로만 외치는 사내는 외치기 위해 존재하는 것처럼 끊임없이 외쳤다. 옥상 난간에 떼로 나타난 무장경찰들이 사내에게 다가가고 있었다. 난간 위를 걷기 시작한 사내의 모습은 위태로웠다. 빈은 입안이 탔다.

군중 속 여기저기서 탄식 섞인 새된 비명이 튀어나온 건 얼마 지나지 않아서였다. 사내가 허공으로 몸을 던진 것이다. 경찰들이 사내가 추락한 지점을 둘러쌌다.

잠시 후 공용TV가 설치된 곳에 사람들이 겹을 이루며 모여들었다. 커다란 화면에선 투신 소식이 속보로 흘러나왔다. 아나운서는 경찰 관계자의 말을 인용해 투신자살자는 정신이상자라고 전했다.

정신이상자?

빈은 한참을 서서 화면을 응시하다가 고개를 돌려 사람들을 바라보았다. 시선이 당겨졌다. 사람들 속에 마리가 있었다. 마리는 네 손으로 얼굴을 묻은 채였는데 잠시 후 고개를 들더니 손등으로 눈가를 훔쳤다. 주위 사람들과 다른 반응이었다. 그녀는 언제부터 현장에서 벌어진 일들을 지켜보고 있던 것일까. 그런 의문으로 그녀를 바라보는데 뒷목이 서늘했다. 빈은 고개를 돌렸다. 도로의 화단 왼쪽으로 겹겹이 몰려드는 사람들 속한 남자와 눈이 마주쳤다. 중년쯤 돼 보였고 정상인이었다.

왜 날 보고 있는 거지.

빈은 그 자리에서 꿈쩍할 수 없었다. 그것도 잠시, 사람들 무리가 움직이면서 어깨가 밀쳐졌고, 그 바람에 기우뚱한 자세로 몇 걸음 뒤로 물러섰다. 고개를 다시 돌렸을 때 중년 남자는 보이지 않았다.


심장은 좀처럼 진정되지 않았다. 빈은 그 이유를 알 수 없었다. 투신을 목격해서인지, 전단지의 글귀 때문인지, 마리 때문인지, 아니면 눈이 마주친 중년 사내 때문인지.

빈은 냉장고에서 찬물을 꺼내 마신 뒤 책상 위에 아무렇게나 놓여 있는 《냉동인간》 1권에 손을 뻗었다. 이 책 역시 묘한 냄새를 풍기고 있었다.

빈은 페이지로 시선을 내렸다.

M4004는 놀라운 사실을 알게 되었다. 해동에서 깨어난 사람들의 일부는 동물 우리에 갇혀 전시되거나 인류진화박물관에 박제된다는 것이었다. 그에게 이런 이야기를 들려준 이는 네 팔 달린 H 박사였다. 그는 M4004를 신기하게 여겨 다른 이들이 없을 때 말을 걸었고, 그에게 종이와 펜을 쥐여주었다.

빈은 M4004가 H 박사와 주고받는 대화를 눈여겨 읽으며 두 인물의 표정을 상상했다. 이 장면을 써내려갔을 오래전 제갈영웅을 상상했다. 빈은 고개를 저었다. 육십 대지만 팔십 대 노인처럼 비쩍 말라 초췌해 보이는 체구. 그리고 그의 시든 눈빛만 떠올랐다. 그는 왜 아버지에게 칼을 휘둘렀을까.

11

"수리 중."

엘리베이터 문에 붙은 안내문은 아직도 그대로였다. 빈은 현관 입구까지 들어온 빗물을 피해 계단을 올라갔다. 벨을 다섯 번쯤 누르자 체인이 걸린 상태에서 문이 한 뼘 정도 열렸다.

"안녕하세요. 얘기 좀……."

문틈 사이로 제갈영웅의 탁한 두 눈이 흔들렸다.

"가시오. 난 할 말 없으니까."

"몇 분이면 됩니다."

"난 기자들과 더는 대화하고 싶지 않네."

"사실 저, 기자 아닙니다."

"……."

제갈영웅이 빈을 노려보았다. 빈은 문틈에 얼굴을 댔다.

"나무 기자의 아들 빈이라고 합니다. 아버지가 행방불명이 돼서 그 문제로……."

"그걸 나더러 믿으라는 건가? 그날 같이 온 F 신문 박 기자는 뭐야."

빈은 그날 그와 같이 온 이유를 설명했다. 제갈영웅의 눈빛이 흔들리는가 싶더니 일순 고요해졌다. 그는 다시 차가운 말을 내뱉었다.

"아비가 행방불명된 걸 왜 내게 와서 묻나. 다시 말하지만 난 할 말 없네. 제발 가주게."

한 뼘 정도 벌어져 있던 문은 소리를 내며 닫혔다. 빈은 그 자리에 몇 초 동안 서 있었다. 어떻게 할까. 떠오르는 건 없었다. 발길을 돌렸다. 계단참에 내려섰을 때였다. 계단을 오르는 요란한 발소리가 들렸다.

한 무리의 사람들이 계단 통로에 나타났다. 그들 중 누군가가 빈의 어깨를 쳤다. 반사적으로 고개를 돌린 빈은 오십 대쯤으로 보이는 여자와 눈이 마주쳤다. 그녀는 독이 잔뜩 오른 눈으로 빈을 힐끔거리더니 제갈영웅의 문 앞으로 갔다. 그러고는 벨을 마구 누르다가 주먹으로 문을 두드렸다.

"안에 있는 거 우리가 모를 줄 알아. 빨리 문 열어!"

잠시 뒤 문이 열렸다. 사람들은 문을 거세게 열어젖히고는 밀고 들어갔다. 빈은 발소리가 나지 않게 다시 계단을 올라 문 가까이 귀를 댔다. 윽박지르는 소리가 웅얼웅얼 들렸다.

"자살한 사람이 나와 무슨 상관…… 음흉하게…… 여기 목격자가 있잖…… 재수사를 요청했…… 난 상관없는 일이야. 나가시오…… 왜 죽였…… 살인자야. 부검에서도……."

빈은 짐작했다. 제갈영웅에게 들이닥친 이들은 유가족 측이었다. 그들은 일 년 전 사망한 한 작가의 죽음이 자살이 아니라며 목격자를 내세워 재수사를 요구했다. 하지만 용의자로 제갈영웅을 지목한 그들의 주장에 신빙성이 떨어진다는 분석이 지배적이었다. 목격자가 봤다는 용의자는 먼 거리에 있었으므로 죽은 작가의 집에서 나온 남자가 제갈영웅인지 정확하지 않았다. 빈은 기사를 읽었을 때만 해도 제갈영웅이 구설수에 올랐구나 정도로만 여겼다.

의심이 솟았다. 목격자가 본 게 제갈영웅이 맞다면, 비밀 유지를 위해 살인도 하는 인물이라면, 제갈영웅은 누군가에게 또 위해를 가할 수 있다. 아버지가 그 대상일 수 있었다. 아버지에게 칼을 휘두른 전력이 있는 그가 또 아버지를 노렸을지도 모르는 일이었다. 그런 추측이 제갈영웅의 아파트를 벗어나려던 빈의 발걸음을 붙잡았다.

빈은 한 시간가량 아파트 주변을 배회하다가 다시 제갈영웅의 아파트로 갔다. 608호 문 가까이에 귀를 댔다. 아무 소리도 들리지 않았다. 초인종을 눌렀다. 한 번, 두 번, 세 번. 고요했다. 그사이 집을 비운 것일까. 잠을 자는 것일까. 빈은 주먹으로 문을 세게 두드렸다. 기적이 없었다. 빈은 한 번 더 두드리려다가 포기하고 계단을 내려왔다. 다리에 힘이 빠졌다.

해소되는 것 하나 없이 시간만 흘렀다. 의문이 꼬리를 물었다. 마리도 보이지 않았다. 투신 사건 이후 파피루스 헌책방은 며칠째 불이 꺼져 있었다. 2층 방 창문도 어둠을 품고 있었다. 전날도 빈은 헌책방 근처를 헤매다가 발길을 돌렸다. 마리는 무슨 일로 헌책방과 집을 비운 걸까. 마리의 경계하는 듯한 눈빛이 걸렸다. 투신 현장에서 네 손에 얼굴을 묻던 모습도.

지금은 있을까.

빈은 핸드폰을 꺼내 파피루스 헌책방으로 전화를 걸었다.

"네. 파피루스 헌책방입니다."

마리의 목소리였다.

그동안 어디에 갔던 걸까. 뭘 숨기고 있는 걸까. 통유리 너머 마리를 엿보며 빈은 출입문 가까이 다가갔다. 손잡이를 잡으려다가 멈췄다. 건물 뒤쪽 입구로 가 낡은 회색 계단을 통해 2층으로 올라갔다.

확인차 초인종을 누른 뒤 주위를 살폈다. 좁은 복도는 어두침침하고 적막했다. 빈은 잠긴 문손잡이를 만지작거리다가 문 옆으로 난 창문 쪽으로 다가갔다. 별도의 잠금장치 없이 물음표처럼 머리가 구부러진 고리가 걸려 있었다. 한 번 더 주위를 살핀 뒤 지갑에서 작은 카드를 꺼내 문틈으로 밀어 넣어 아래위로 몇 번 움직였다. 고리가 풀리는 쇳소리가 났다. 빈은 조심스럽게 창문을 열어 그 안으로 몸을 집어넣었다.

빈은 어둠 속으로 몇 발짝을 내디뎠다. 창문으로 들어온 거리의 빛은 집 안을 밝혀주기에는 희미했다. 빈은 걸음을 더 내디디면서 무언가를 보려고 애썼다. 빈은 거의 일 분 동안 꼼짝하지 않았다. 그러자 주변에 있는 것들의 윤곽을 알아볼 수 있었다. 희미한 박하향이 나는 거실은 카펫이 깔려 있었다. 시선의 마디처럼 하나하나 눈에 들어왔다. 낡은 목재가구들과 유리로 된 사각 꽃병, 베란다 한쪽을 차지한 크고 작은 선인장 화분들, 주방의 사인용 식탁과 약간 비뚤름하게 걸린 그림액자……. 빈은 왼쪽 큰방으로 들어갔다. 화장대 위는 몇 개의 화장품 용기로 가지런했다. 화장대 서랍과 옷장을 차례로 뒤졌다. 침대 머리맡 탁자엔 은색 액자들이 놓여 있었는데, 손마리의 사진들이었다. 함께 찍은 비쩍 마른 노인의 모습도 보였다. 코끼리 코처럼 길게 늘어진 쭈글쭈글한 코 위로 동그란 안경을 쓴 노인은 손마리와 나란히 서서 웃고 있었다.

주방은 깨끗했고 잘 정돈되어 있었다. 주방 옆으로 창문 없이 어두침침한 골방 하나가 눈에 들어왔다. 빈이 스위치를 올리자 불이 켜지면서 침침했던 방 안이 색을 입고 살아났다. 먼지 쌓인 상자와 잡동사니도. 사방의 벽은 아이가 그린 것 같은 그림과 낙서들로 뒤덮여 있었다. 꽃 그림, 집 그림, 사람 그림…… 빈은 이상하게도 그림과 낙서 앞에서 주춤했다. 낯선 이에게 대답하기 곤란한 질문을 받기라도 한 것처럼 불편한 느낌에 사로잡혔다. 뭐지. 빈은 고개를 저으며 한 발 물러서서 불을 껐다. 다른 방으로 들어갔다.

벽마다 책으로 가득했다. 빈은 방 안을 둘러보며 한쪽 벽 모서리에 붙은 나무책상 쪽으로 갔다. 뜯지 않은 우편물들이 눈에 들어왔다. 그것들을 살펴보려고 집어들다 그 밑에 깔린 책한 권을 발견했다. 가운데 갈피에 반으로 접은 종이가 보였다.

빈은 종이를 빼 펼쳤다.


○○○○년 ○○월 ○○일 토요일 오후 6시. 7번 카타콤에서 집회를 갖습니다.


그 아래에는 붉은 인장이 큼지막하게 찍혀 있었다.

가이아수호연대.


## 12


불이 환했다. 문 닫을 시간이 다 되었는데도 손님 서너 명이 책을 고르고 있었다. 빈은 통유리 너머로 마리를 바라보았다. 그녀는 전화기를 귀에 댄 채 고개를 끄덕이며 뭔가를 적고 있는 중이었다. 표정이 어두웠다. 빈은 그녀의 표정에서 시선을 떼지 않았다.

웹스카이 검색으로 얻은 가이아수호연대에 대한 정보는 놀라웠다. 기사와 웹문서들은 하나같이 같은 말을 속삭였다. 가이아수호연대는 오래전 환경운동단체로 활동했지만 지금은 환경운동단체를 가장한 테러단체라는 것이었다. 박영기가 말하는 테러단체가 가이아수호연대일까. 아버지가 그런 단체와 닿아 있었던 걸까. 이제 마리가 아버지의 행방불명은 물론 가이아수호연대라는 테러단체와 무관하다고는 생각하기 힘들어졌다.

빈은 마음을 다잡은 뒤 문을 열고 안으로 들어갔다. 마리와 눈이 마주쳤지만, 처음 온 손님인 양 책장 앞으로 걸음을 옮겼다. 책을 뽑아 들추며 그녀를 힐끔 보았다. 그녀의 눈은 커튼으로 가려진 밤의 창문처럼 보였다. 손님들은 금방 나갈 성싶지 않았다. 종잇장 넘기는 소리만 흐르는 고요에 빈은 숨이 막혔다. 빈은 지하 서고로 통하는 계단을 내려갔다.

낡은 나무책상 하나와 철제의자 여러 개가 놓인 것 외엔 지하 서고 안은 여유롭지 않았다. 사방으로 천장까지 쌓인 수두룩한 책 상자 탑들만 눈에 들어왔다. 낭독회를 빙자해 아버지가 수상한 자들과 만나던 아지트. 아버지는 그런 자들을 만나 무엇을 하려고 했을까. 나는 이곳에서 무엇을 확인하게 될까. 빈은 벽 쪽에 놓인 의자에 앉아 숨을 몰아쉬었다. 얼굴을 두 손에 묻었다.

빈은 인기척에 슬쩍 눈을 떴다. 마리의 발, 무릎, 허리가 차례로 계단을 내려왔다. 늘어뜨린 마리의 왼쪽 두 번째 손끝에 무언가가 반짝거렸다. 가위였다. 불길한 상상이 현실로 이어지는 것인가. 빈은 박영기의 말이 사실이 아니길 바랐다. 피돌기가 빨라지는 걸 느꼈다.

마리가 긴 소파 쪽으로 다가왔을 때였다. 빈은 솟듯이 일어나 가위 든 마리의 팔을 뒤로 꺾었다. 바닥에 떨어진 가위는 쌓인 책 상자들 사이로 들어가버렸다.

등 뒤로 네 팔을 모두 잡힌 그녀가 옅은 신음을 뱉었다.

"이거 놔요."

"정체가 뭐야?"

"정체라니, 무슨 소리를 하는 거죠?"

빈은 가이아수호연대가 어떤 단체냐고 물었다. 마리는 입가에 메마른 미소를 지으며 물었다.

"이거 놓고 얘기하죠."

당당한 어조였다. 빈은 작정했던 목소리가 한풀 꺾이는 기분에 저항하며 물었다.

"가위까지 들고 내려와서 뭘 하려고 했지?"

마리는 찬웃음을 흘렸다. 종이 박스를 열려고 가지고 온 것뿐이라고 말했다. 거짓말 같았다. 빈은 팔을 바짝 당겨 잡아 안은 마리의 가슴이 가쁘게 오르내리는 걸 느꼈다. 그녀가 싸늘한 어조로 물었다.

"내가 가위로 당신을 어떻게 할 거라 생각한 모양인데, 팔 아프니까 빨리 놔줘요."

빈은 내키지 않았지만 망설임 끝에 팔을 놓아주었다. 마리는 네 팔을 움직여 아픈 부위를 어루만지고는 테이블에 걸터앉았다. 그러고는 담배 한 개비에 불을 붙여 물었다. 하얀 연기가 허공으로 피어올랐다. 마리는 눈썹 하나 깜짝거리지 않고 볼이 패이도록 담배를 빨아들였다. 흰 연기가 그녀의 웃음기 묻은 짙은 눈매를 희미하게 가려주었다. 빈이 다시 물었다.

"정체가 뭐야? 가이아수호연대는 뭐지?"

"가이아수호연대가 어쨌다고 정체 타령이죠?"

"왜 아버지를 쫓고 있나? 아니지. 아버지 어디 있지?"

"무슨 소리예요? 나도 걱정된다구요."

"당신, 가이아수호연대 접선책쯤 되는 거 맞지?"

하얀 연기가 형체를 흩뜨리며 사라졌다. 그녀의 검은 눈이 반짝였다.

"난 아는 게 없어요."

빈은 재킷 안주머니에서 가이아수호연대 인장이 찍힌 종이를 꺼내 그녀의 얼굴 가까이에서 흔들었다.

"끝까지 거짓말이군. 아는 게 없다는 사람 방에 이런 게 왜 있는 거냐고."

마리는 코웃음을 치며 길게 웃었다.

"가택침입까지 해서 겨우 그런 걸 집어 왔군요. 어디 우편물 사이에 잘못 끼어들어 온 건가 본데 난 모르는 내용이에요. 정말이에요. 난 몰라요."

빈은 그녀의 비웃는 듯한 눈빛을 응시했다.

"그럼 다른 걸 물어볼까?"

빈은 투신 사건이 있던 날 그곳에 간 이유를 물었다. 마리의 표정에서 웃음이 사라졌다.

"미행했군요."

"투신자살한 남자와 아는 사이인 모양이지?"

"아뇨, 모르는 사람이에요."

그녀는 빈의 눈을 응시했다.

"울기까지 하던데……, 그 남자 누구지?"

마리의 두 눈이 미세하게 흔들렸다. 슬픈 기색이 스친 것도 같았지만, 그녀는 "더 할 말이 내겐 없어요. 그만하죠." 하고는 무언가를 겨우 견디는 모양으로 입술을 꾹 물고는 등을 돌렸다.

"가위가 어디로 간 거야?"

그녀는 그렇게 중얼거리며 바닥을 살피더니 책 상자 탑 사이로 사라졌다. 어디로 갔지. 또 다른 공간이 있었던가. 빈은 순간 정신이 또렷해졌다. 그녀가 연기를 하고 있다는 생각이 들었다. 가위를 찾아 손에 쥐면 어떻게 돌변할지 알 수 없었다. 빈은 마리를 따라 벽처럼 높게 쌓인 책 상자 탑 사이로 들어섰다.

책 상자 탑에 가려졌던 벽에 책장 통로가 있었다. 어두침침했지만 책장이 안쪽으로 더 깊이, 길게 이어져 있는 게 한눈에 들어왔다. 천장까지 빼곡하게 들어찬 낡은 책들. 언제 출판된 것들일까. 빈이 알 만한 작가 이름, 책 제목은 거의 없었다. 가위를 찾지 못했는지 마리는 어두운 통로 안쪽 부근에서 허리를 접어 바닥을 더듬고 있었다. 마리에게서 시선을 거둔 빈은 책장을 올려다보며 걸음을 옮겼다. 아래 칸으로 시선을 훑느라 어깨를 기울이기를 반복하면서 아홉 걸음쯤 걸었을 때였다. 아래 두 번째 칸에서 아버지의 『사라진 것들에 대한 이야기』 시리즈 여덟 권을 발견했다. 뜻밖의 장소와 순간이라는 의미 때문일까. 빈은 잃어버렸던 물건을 찾은 듯 반가웠다. 몸을 낮춰 가운데 4권을 빼보았다.

무언가가 있었다. 책이 빠져나간 틈 뒤쪽이었다. 빈은 3권과 5권도 뽑은 뒤 빈 공간 가까이 눈을 댔다. 어둠 속에 누런 종이 봉투가 모로 서 있었다. 빈은 손을 안쪽으로 넣어 그것을 끄집어냈다.

"이게 뭐지?"

가위를 찾느라 바닥만 내려다보던 마리가 고개를 돌렸다. 빈이 다시 물었다.

"여기 이 책들 뒤에서 이게 나왔어. 당신이 넣어둔 건가?"

마리는 고개를 저었다.


## 13


봉투에서 나온 건 두툼한 종이 뭉치였다. 몇 장을 넘기려는데 사각사각 청량한 소리가 났다. 소제목으로 묶인 여러 장이 빈의 눈에 들어왔다. 누렇게 바랜 종잇장들이 너덜거렸다. 빈은 페이지를 좀 더 넘겼다.

그러다가 어느 순간 빈은 손을 멈추었다. '제갈영웅에 대하여'라는 소제목과 마주친 것이다. 제갈영웅. 놀라지 않을 수 없었다. 빈이 혐의를 두고 있는 인물이 아닌가.

"같이 봐요."

마리가 바싹 다가서자 빈이 종이 뭉치를 당겨 안으며 한 발 물러섰다.

"나무 작가님 물건이 맞는 모양이군요."

마리가 마른 미소를 지으며 물었다.

"생각해봐요. 당신 말대로 가이아수호연대가 끔찍한 테러단체고, 내가 그 접선책이어서 나무 작가님을 해코지할 수 있는 악당이라면 작가님이 이곳에 저런 물건을 숨겨두었겠어요?"

마리는 빈을 흘겨보며 구석의 낡은 나무책상에서 철제의자를 끌어내주었다.

제갈영웅에 대하여

제갈영웅에게 걸려온 전화는 뜻밖이었다. 나는 차갑고 뻣뻣한 목소리로 응대했다. 그에 대해서는 이미 머릿속에 X 표시를 해둔 터였다. 생각 같아선 모든 걸 폭로해버리면 시원하겠지만, 뭘 어떻게 폭로를 할 것인가. 구름도 침투 현장에서…… 가이아수호연대 반정호 대표가 곤란에…… 제갈영웅은 『냉동인간』 시리즈 제7권을 쓰지 못할 테니 가만히 놔둬도 자괴감과 불안에 무너지게 될 일이었다.

이틀 뒤 제갈영웅은 집으로 찾아간 내게 다짜고짜 이상한 소리를 늘어놓으며 위협했다. 익명의 편지를 보내놓고 시치미 떼지 말라는 것이다. 익명의 편지라니 나로선 금시초문이었다. 몹시 흥분한 걸로 보아 내가 익명의 편지를 보냈다고 착각했음이 틀림없었다. 그는 누군가에게 협박을 받은 것이다. 그렇다고 칼을 들고 나를 덮치다니. 나를 죽일 셈이었을까.

이 글은 기록된 연도로 보아 구름도 침투사건 7개월쯤 뒤에 쓰인 것 같았다. 몇 개의 단서들이 눈에 띄었다. 익명의 편지, 가이아수호연대, 반정호 대표, 구름도 침투……. 이 중 빈은 '익명의 편지'에 집중했다. 제갈영웅이 아버지에게 칼부림한 이유가 무엇인지 짐작할 수 있는 단서였다. 편지를 보낸 자는 누굴까. 편지의 내용이 어떻기에 제갈영웅이 아버지를 해치려고 했을까. 빈은 페이지들이 흩어지지 않도록 조심해서 넘겼다.

이건 또 뭔가. '화진과의 만남'이란 제목에서 빈은 시선을 멈췄다.

화진. 이 여자는 또 누구지.

## 화진과의 만남

창문 너머 실루엣이 눈에 들어왔다. 책 꾸러미를 든 노인 옆으로 그녀의 모습이 보였다. 그녀는 파피루스 헌책방에 혼자 남아 있었다.

파피루스 헌책방?

빈은 시선을 들어 마리를 보았다. 마리는 갑자기 자신을 응시하는 빈의 시선이 놀라운지 눈을 깜박였다. 빈은 짙어지는 불안을 느꼈다. 어떻게 된 일일까. 우연이라기엔 누군가가 쳐놓은 덫에 걸린 기분이었다. 빈은 다시 종이로 눈을 돌렸다.

나는 문을 열고 들어갔다. 반갑게 알은체를 하는 노인의 등 뒤로 화진의 멍한 눈빛이 흔들렸다. 그녀를 처음 본 건 난쟁이 반정호와 우연히 마주쳤던 카페에서였다. 반정호는 같은 테이블에 둘러앉은 사람들을 내게 은밀히 소개해주었다. 그들 중에 그녀가 있었다. 카페에서 봤을 때보다 더 수척한 모습이었는데, 내 시선이 불편한지 화진은 지하 서고로 내려가버렸다. 노인은 그녀가 걱정된다며 내게 눈짓을 했다.

나는 지하 서고 계단을 내려가면서 고개를 빼 화진을 찾았다. 벽을 따라 상자와 책이 빼곡히 쌓인 안쪽 구석에 그녀가 보였다. 발소리를 들었는지 작은 책상에 앉아 책을 보던 그녀가 시선을 들었다. 텅 빈 눈빛이었다. 화진은 나를 쳐다보고는 시선을 다시 책으로 떨어뜨렸다.

내가 파피루스에 드나든 지 두 달이 지났을 때, 화진은 내 질문에 한두 마디씩 답을 하기 시작했다. 나는 희열을 느꼈다. 죽었던 사람을 기적적으로 살려낸 듯한 희열이었다.


빈은 입안에 고인 숨을 뱉지 못했다. 상상하지 못했던 또 하나를 지금 막 발견한 것이다. 화진이란 여자. 누굴까. 어머니와 아버지 사이의 불안한 기류가 무엇 때문이었는지 실마리를 찾은 것 같았다. 어머니가 화진이란 여자의 존재를 알게 되면서 불화가 시작된 것이 분명했다. 화진을 아버지에게 소개한 자는 반정호였다. 아버지는 어떻게 언제부터 그런 자와 연결됐을까. 빈은 점점 더 아버지를 이해할 수 없었다.

어머니가 죽은 뒤에도 아버지는 화진과 연락하고 지냈을까. 그렇다면 화진은 아버지의 행방을 알고 있다. 빈은 문장들에 시선을 다시 미끄러뜨렸다. 희미한 미소가 입가에 번졌다. 글 속에 거듭 언급되는 파피루스 헌책방 때문이었다. 그곳은 바로 이곳이었다. 노인은 마리의 침대 머리맡에 놓인 사진 속 그 노인이 분명했다. 노인은 화진을 알고 있다. 그녀가 있는 곳도 알 가능성이 있었다.

빈은 마주 앉은 마리에게 종이를 내밀었다.

"보라구. 여기 이렇게 파피루스 헌책방도 언급되어 있어. 계속 모른다고 잡아뗄 건가?"

마리는 종이를 받아 읽어 내려갔다. 빈은 마리의 얼굴에 놀랍다는 표정이 떠오르자 화진에 대해 들은 게 있는지 물었다. 마리는 고개를 저었다.

"그럼, 할아버지는 어디 있지?"

"왜 묻죠?"

"만나야겠으니까."

"왜 만나려는 거냐고요."

"할아버지는 화진이란 여자를 알고 있을 거야. 지금 어디 계시지?"

그녀는 쉽사리 말할 것 같은 기색이 아니었다. 그런 것까지 말할 의무가 없다고 통명스러운 말투로 거부했다. 할아버지가 생존해 있는 건 어쨌든 분명해 보였다.

그녀는 시선을 종이로 돌리며 말했다.

"쓸데없는 소리 말고 그다음 페이지 넘겨봐요."

빈은 그녀를 쳐다보고는 떠밀리듯 페이지를 더 넘겼다. 손을 멈춘 건 몇 장 못 가서였다. '퓨어바디와의 만남'이란 제목이 시선을 잡아당겼다.


## 14


### 퓨어바디와의 만남


나는 반정호를 따라 '제우스' 사장실 안으로 들어갔다. 앞치마를 두른 주방장과 두 명의 사내가 이야기를 나누고 있었다. 그들은 나를 보자마자 말을 멈췄다. 얼굴에 경계하는 기색이 역력했다.

반정호가 나를 믿을 수 있는 사람이라고 소개했지만, 두 사내는 내가 악수를 청했을 때 선뜻 손을 주지 않았다. 두려움과 불안으로 굳은 그들의 눈을 나는 풀어줘야 했다. 인내심을 갖고 그들에게 미소를 보였고, 내민 손을 거두지 않고 기다렸다. 그들은 내 진심을 알아봤는지 천천히 손을 내밀었다. 나는 그들의 손을 꼭 잡았다. 따뜻하고 축축한 손이었다.

나는 퓨어바디들이 생각하고 느낀다는 사실을 알리는 것이 중요하다고 말했다. 덧붙여서 그런 작업은 사람들이 퓨어바디를 자신들과 똑같은 인간으로 바라보게 하는 계기가 될 거라고 설명했다. 이를테면 퓨어바디들이 구름도 퓨어바디연구센터에서 겪은 일들, 그곳에서 본 것들, 현재 느끼고 생각하는 것들, 그리고 그들의 잃어버린 삶에 대한 이야기들……

퓨어바디.

입안에서 단어를 굴려보던 빈은 이내 고개를 저었다. 퓨어바디를 평범한 인간 말하듯 하다니. 닭장 속의 닭들이 사료의 영양 개선을 위한 토론을 벌였다,라고 말하는 것과 같았다. 퓨어바디란 건강한 생식세포 생산용으로 사육되는 개체이자 인공자궁플라자가 관리하는 생식세포 생산시스템일 뿐이었다. 정확하게는 바이오소프트사가 오랜 연구 끝에 개발한 생식세포 생산용 '청정' 육체. '정상인 영아 입양 설명회' 때마다 강연자는 정상인 부부들에게 그 점을 강조했다. 불신이 생기지 않도록 윤리적으로 문제가 없어야 한다는 건 중요한 포인트였다. 정상인 영아 주문을 비닐 팩에 포장된 생닭을 카트에 담는 일처럼 간편하고 위생적으로 여기게 해야 했다. 정상인 인구수 유지가 무엇보다도 중요한 까닭이었다. 그건 아이 양육기간 동안 누릴 혜택에 대해 짚어주며 정상인 영아를 주문 입양해 양육하는 일이 이 시대를 사는 정상인 부부의 의무이자 권리임을 강조하는 이유이기도 했다. 이런 일련의 행사와 주문 입양은 퓨어바디가 생각하고, 흥분하고, 느끼고, 말하는 인간일 수 없다는 전제 위에서 가능했다.

그런데 퓨어바디와의 만남이라니. 이 글 속에 등장한 두 사내가 퓨어바디라니. 게다가 아버지는 두 사내의 손을 잡았다. 퓨어바디의 손을 잡았다는 소리였다. 그렇다면 앞서 봤던 '화진과의 만남'에서 반정호가 소개한 사람들도 퓨어바디가 아닌가. 화진이란 여자도.

맙소사.

빈은 어이가 없었다. 눈을 들어 마리를 보았다. 마리의 눈빛에 발바닥의 검푸른 얼룩만큼이나 해독할 수 없는 문자들이 새겨져 있었다.

"이제 똑바로 말해봐."

빈은 마리에게 가이아수호연대에 대해 아는 대로 털어놓으라고 다그쳤다. 마리가 빈을 응시하며 쏘아박듯 말했다.

"지구 생태환경 보존을 위해 창립된 환경보호단체였죠."

"과거형으로 말하는 걸 보니 지금은 아니라는 소리군."

"활동 목적은 지금도 그대로예요. 전략만 수정한 거죠."

"테러를 저지르는 거?"

"역시 비아냥대는군요. 이 땅 위에서 벌어지는 모든 폭력과 파괴를 막는 거예요. 오래전부터 문제를 제기하고 반대운동을 벌여왔지만, 위에선 그런 목소리, 움직임들을 없애는 데만 급급하죠. 웹스카이에서 가이아수호연대에 대해 찾아봐도 왜곡된 내용만 검색될 뿐이에요."

종이 뭉치를 발견했을 때부터였을까. 빈은 아버지의 뒤를 쫓는 쪽이 가이아수호연대가 아닐지도 모른다는 생각이 들었다. 빈의 얼굴에서 혼란을 감지한 그녀가 희미한 미소를 지었다.

"이번엔 내가 하나 물어볼까요?"

빈에게서 아무런 반응이 없자 그녀는 정색한 표정으로 말을 이었다.

"당신이 잉태된 거라고 생각해요?"

빈의 가슴속에 묵직한 무언가가 박혀왔다.

"엄밀히 말해서 정상인인 당신은 잉태된 게 아녜요. 배양된 거지요. 표현이 좀 그래서 미안하지만. 어쨌든 당신은 태어난 게 아니라 당신을 입양한 부모가 인공자궁플라자에서 선택한 퓨어바디의 생식세포로 만들어졌다는 거예요. 당신은 특허 붙은 생명일 뿐이라고요."

빈은 그녀를 쳐다보았다. 그녀는 아랑곳하지 않고 계속 말했다.

"그러면서도 당신은 나 같은 이형인들을 보면서 당신이 정상인이라고 안도하죠. 안 그런가요?"

빈의 입에선 아무 말도 새어나오지 않았다.

"대체 정상이란 게 뭐죠?"

빈은 입속에 혀를 느낄 수 없었다. 숨을 몰아쉬며 시선을 종이에 고정했다. 그녀는 말을 이었다.

"당신들이 말하는 정상이니 전형이니 이런 게 대체 뭐냐구요? 어차피 그건 가상의 산물일 뿐 아닌가요? 이형인들이 없다면 정상이니 전형이니 따위가 무의미하겠죠. 당신 역시 이형일 뿐이라구요. 서로가 서로에게 이형인 겁니다. 그런데도 당신네 정상인들은 이형인들을 웃음거리로 만들고 시선 아래로 보려고 하죠. 심지어는 괴물 보듯 말이에요. 괴물을 구경하고 싶나요? 그럼 거울을 보세요."

마리는 빈의 얼굴을 뜯어보며 싸늘하게 미소 지었다. 빈은 숨을 골랐다. 이런 식의 이야기는 하고 싶지 않았다.

"제우스가 어디 있는지 아나?"

조금 전부터 빈은 '제우스' 세 글자에 신경이 가 있었다. 아버지가 화진을 봤다는 카페. 그 카페 이름이 제우스일 것이다.

"제우스? 제우스사 말이에요?"

"제우스사라고? 맙소사."

빈은 코웃음을 쳤다. 기기에서부터 식품, 약품을 망라한 생활 편의품을 만드는 그 유명한 제우스사를 떠올리다니. 말이되지 않는 소리였다. 글 속에 주방장이 등장하는 거며 묘사된 규모로 보아 제우스는 작은 카페나 레스토랑 정도일 것이다.

빈은 핸드폰을 꺼내 웹스카이 검색창에 '제우스'를 입력했다. 자료들이 쏟아졌다. 신화의 내용이 언급된 문서에서부터 제우스가 브랜드명인 자동차 출시 관련 홍보성 기사까지. '제우스'를 상호로 사용하는 당구장, 카센터, 이형인 전용 의류매장, 나이트클럽 등 관련문서도 줄줄이 떴다. 제우스란 이름의 카페는 없었다. 사라진 걸까.

기운이 빠졌다. 다시 액정 속 자료를 훑어 내리던 빈은 잠시 뒤 인터뷰 기사 하나에 눈을 고정했다. 이 년 전 F 신문 기사였다.

'제우스사 CEO 유시모 씨를 만나다.'

기사는 제우스사가 성공을 거둔 제품에서부터 유시모 대표의 경영 노하우와 라이프스타일까지 지면을 길게 할애해 다루고 있었다. 마리가 빈의 시선을 따라 기사에 눈을 주었다.

"제우스사 기사는 왜?"

"그냥 보는 거야."

빈은 들릴 듯 말 듯 중얼거리며 기사를 읽어 내려갔다. 제우스 카페와 상관없이 인터뷰 기사 자체가 흥미로웠다. 문정훈의 말에 의하면 유시모 대표는 경매에 출품된 알짜배기 생명종 특허를 기막히게 낚아채가는 인물로 유명한데, 직원을 거느리지 않고 직접 경매에 참여해 낙찰가를 향한 아슬아슬한 흥정의 묘미를 즐긴다고 했다. 제우스사는 그렇게 사들인 바이오 분야의 수많은 특허로 상품개발에서 유통까지 포괄하는 거대기업으로 성장했다.

이 남자였구나.

빈은 사진에 시선을 고정했다. 의자에 앉아 포즈를 취하고 있는 유시모. 중후한 나이에도 체격이 탄탄해 보였다. 가늘면서도 또렷한 눈매와 살짝 문 입가의 미소는 성공한 자의 여유를 돋보이게 하는 분위기가 있었다.

거기까지는 좋았다. 그러나 빈은 곧 고개를 갸웃했다. 기사 하단에 적힌 기자 이름이 박영기였다. 생각지 못한 순간과 장소에서 그가 또 나타났다. 마리는 빈의 표정에 바람이 이는 것을 바라보았지만 아무것도 묻지 않았다. 따뜻한 물 한 잔을 빈 앞에 놓아줄 뿐이었다. 빈은 물 잔이 테이블에 닿는 소리에 시선을 들었다. 그는 잔속에 흔들리는 투명한 물을 보기만 할 뿐 움직이지 않았다.

빈은 핸드폰을 내려놓고 종이뭉치의 페이지를 더 넘겼다. '퓨어바디와의 인터뷰'라는 소제목이 붙은 여러 장이 이어졌다. 몇 페이지를 넘겨보고 알아차렸다. 아버지가 만난 퓨어바디들과의 인터뷰 자료였다. 빈은 모두 읽어 내려갔다. 퓨어바디들이 기억하는 자연풍경, 도시와 거리, 사건 사고, 추억, 사랑하는 사람들에 대한 이야기였다. 아버지는 꼼꼼했다. 그들이 자신의 이야기를 털어놓으며 울음을 터뜨리기도 했던 인터뷰 당시 상황도 놓치지 않고 괄호 안에 적어둔 것이다. 빈은 그런 아버지의 시선까지 상상하며 읽었다. 그들의 이야기는 슬픔과 그리움으로 흥건했다.

하지만 빈은 읽으면서도 이들이 정말 퓨어바디들인지 믿기지 않았다. 아니, 믿지 않으려는 내면의 관성을 느꼈다. 불쾌와 피로를 낳는 관성이었다. 빈은 책상 위에 엎드려 잠이 든 마리를 마른 눈빛으로 바라보았다. 잔을 들어 목을 축였다. 미지근하게 식은 물이 목구멍으로 넘어가자 기분이 차분해졌다. 빈은 다시 원고를 읽어 내려갔다.

얼마나 시간이 지났을까. 이제껏 읽은 분량은 삼분의 일이 안 되는데도, 빈은 몇 개의 산봉우리를 지나온 느낌이었다. 상상도 못한 아버지의 모습과 수상한 이야기들이 이 낡은 종이 뭉치 속에 살아 있었다. 빈은 호흡을 가다듬은 뒤 서둘러 페이지를 뒤로 넘겼다. 퓨어바디들의 이야기가 바람 소리를 내며 밤의 시간 속으로 빈을 잡아끌었다.

# 사라진 것들

15

빈은 엘리베이터 층수 표시판에 눈을 고정했다. 숫자가 커질수록 심장이 조여들었다.

지난밤 종이 뭉치에서 제우스 카페 사장 이름을 발견한 빈은 새벽에 집에 돌아가서도 잠을 이루지 못했다. 웹스카이에 접속해 동일인임을 확인했는데도 믿기지 않았다. 마리가 제우스사를 운운했을 때만 해도 상상 못한 일이었다. 거대 기업 제우스사의 수장이 원고 속 그 자그마한 카페 사장이었다니. 하지만 믿을 수 없다고 고개를 저으면 저을수록 동일인이라는 사실에 빈은 강한 흥분을 느꼈다.

30층에서 문이 열리자마자 빈은 유시모의 집무실을 향해 걸어갔다. 문 앞에 서자 체격이 건장한 네눈박이 사내가 막아섰다.

"선약하셨소?"

빈이 아니라고 하자 사내는 말을 다 듣지도 않고 밀어냈다. 용건을 댔지만 소용없었다. 사내는 빈을 밀쳐냈다. 네눈박이 사내의 어깨 너머로 마침 문이 열리더니 뱀 얼굴을 한 사내가 인상을 찌푸리며 나왔다. 사내는 갈라진 빨간 혀가 입안에서 금방이라도 튀어나올 듯 차가운 표정으로 네눈박이 사내에게 무슨 말을 건넸다. 빈은 그 틈을 이용해 사내의 팔을 뿌리치고 기습적으로 집무실 안으로 들어갔다.

고급스러운 가구로 장식된 공간은 넓고 깔끔했다. 기계소음이 귀를 잡아당겼다. 창가 쪽이었다. 중년쯤 된 정상인 남자가 러닝머신 위를 달리고 있었는데, 빈은 한눈에 그가 유시모인 걸 알아봤다. 운동에 열중해서인지 기구에서 나는 소리 탓인지 유시모는 빈이 몇 마디 건넸음에도 반응이 없었다. 따라 들어온 뱀 얼굴 사내에게 팔을 잡힌 빈이 몸부림치자 유시모는 그제야 러닝머신의 속도를 줄이며 고개를 돌렸다.

"대체 무슨 일인가!"

유시모는 수건으로 얼굴과 목의 땀을 닦으며 겉옷을 집어들었다. 그의 단단해 뵈는 근육이 빈의 시선을 잡았다. 팔 상박에 푸른 문신이 있었는데, 조악스럽게도 비행접시와 별이 나란히 붙은 문양이었다. 빈은 팔뚝 문신과 유시모의 얼굴을 번갈아 보았다. 어울리지 않는 묘한 느낌이 있었다. 기사에서 본 사진 속 분위기와는 사뭇 달랐다.

유시모가 겉옷을 걸치며 소파에 기댔다.

"무슨 일인데 이렇게 무례하지?"

빈은 정중하게 사과한 뒤 몇 분만이라도 시간을 내달라고 요구했다. 가까운 사람이 행방불명된 일로 확인하고 싶은 게 있다고 했다. 유시모는 겉옷의 단추를 채우며 빈을 넘겨보고는 턱짓으로 뱀 얼굴 사내를 나가게 했다.

차분하고 무거운 분위기가 집무실 안을 감돌았다. 상상만 했던 유시모 대표가 눈앞에 있었다. 빈은 단도직입적으로 물었다.

"가이아수호연대 대표 반정호 씨 아시죠?"

유시모는 미간을 찌푸리며 고개만 갸웃할 뿐 대답하지 않았다. 빈이 카페 시절 유시모 사장이 복지단체에 꾸준히 기부한 일부터 가이아수호연대 사람들과 교류했던 일까지 알고 있다고 하자 그는 비로소 고개를 끄덕였다.

"오래전 일이지."

빈은 머릿속에 불이 켜진 기분이었다. 기록은 틀리지 않다. 이제 그가 듣고 싶은 바를 유시모가 확인해줄 터였다. 반정호가 카페에 퓨어바디를 데려왔던 일뿐 아니라 아버지에 대해서까지.

하지만 유시모는 나무 기자에 대해 묻자 잘라 말했다.

"나무 기자? 처음 들어보는 이름인데……"

빈은 멈칫했다. 그는 유시모의 표정을 살피며 당시 카페에 왔던 퓨어바디에 대해 물었다. 일부러 또박또박 힘을 주어 퓨어바디를 발음했다. 유 사장이 어이없다는 표정을 지었다.

"이봐, 젊은이. 나이 든 사람한테 농담하나? 퓨어바디? 무례하게 밀고 들어와서는 엉뚱한 소리를 하는군."

정신 빠진 인간을 훈계하듯 말투는 딱딱했다. 빈은 안색을 가다듬었다.

"설마요. 나무 기자를 모르실 리 없습니다. 퓨어바디에 대해서도 아실 텐데요."

빈은 원고 뭉치에서 읽은 대로 떠오른 것을 말했다. 오래전 가이아수호연대 사람들이 제우스 카페에 퓨어바디를 데려와 카페 사장의 도움을 받았고, 그때 나무 기자도 함께 있지 않았냐고. 유시모는 인상을 잔뜩 찌푸렸다.

"대체 확인하려고 하는 게 뭔지 모르겠네만, 난 나무라는 이름은 들어본 적이 없네. 퓨어바디니 뭐니 하는 이런 식의 허무맹랑한 이야기라면 더 이상 해줄 말이 없네."

유시모는 시선을 내린 채 책을 펴들었다. 빈은 말을 붙이려고 했지만 유리벽을 대하는 느낌이었다. 결국 빈은 이형인 사내들에게 끌려나왔다.

빈은 무작정 거리를 걸었다. 그러다가 문득 주위로 시선을 돌렸다. 이형인들 속에 섞인 정상인들. 아니, 정상인들 속의 이형인들. 안개 속에서 그들은 구분되지 않았다. 가늠한다는 자체가 모호한 일이었다. 모호한 건 유시모도 마찬가지였다. 빈이 아버지의 기록에서 유시모가 아버지와 대화를 나누는 대목을 읽은 것만 해도 여러 군데였지만, 유시모는 끝까지 나무 기자를 모른다고 했다.

Q 출판사 민 편집장 역시 빈이 묻는 말에 모른다고 했다. 그건 두려움이 배인 강한 긍정이었다. 빈은 그렇게 느꼈다. 희미하다고, 보이지 않는다고 없는 것은 아니다. 미세한 입자의 언어로 속삭이는 안개는 그렇게 말하고 있었다. 안개의 입자를, 안개 너머를 볼 수 있다는 듯 빈은 시선을 사방으로 훑었다.

Q 출판사에 전화를 넣자 한참 만에 민인주 편집장의 목소리가 흘러나왔다. 목소리에 불편한 기색이 고스란히 드러났다. 그녀는 할 말이 없다는 말만 반복하고는 일방적으로 전화를 끊었다. 빈은 핸드폰으로 웹스카이에 접속해 출판사 위치를 검색했다. Q 출판사는 멀지 않은 곳에 있었다.

빈이 사무실 입구에서 용건을 말하자 Q 출판사 사원은 빈을 작은 회의실로 데려갔다. 오래지 않아 긴 갈색 머리 여자가 들어와 맞은편 의자에 앉았다. 목소리로 만났던 민인주 편집장이었다. 그녀는 삼십 대 후반쯤으로 보이는 정상인이었다. 빈의 느닷없는 방문이 불편했는지 얼굴에 피로감이 묻어났다.

"뭘 더 알고 싶은 거죠?"

냉랭한 말투였다. 빈은 마른 통증이 몸 전체로 퍼지는 것을 느끼며 호흡을 가다듬고는 차분한 어조로 물었다.

"출판사 대표를 협박한 게 누구냐고 물어도 모른다 하시고 다 끝난 일이니 묻지 말라고 하면 그걸로 정말 끝이라 이겁니까?"

그녀는 두 달 전 일이 나무 작가가 사라진 일과 관련 있다는 증거도 없으니 그 일과 연관 짓지 말라고 잘라 말했다. 빈은 안개를 보았던 눈으로 민 편집장의 무표정한 얼굴을 응시했다.

"혹시 아버지가 내려던 책 원고 내용이 퓨어바디에 관한 건가요?"

그녀는 움츠린 어깨 위로 목을 세웠다. 주변에 침묵이 차올랐다. 그녀의 꾹 다문 입안에 갇힌 말들과 한숨이 흔들리는 눈빛 속에서 새어나오고 있었다.

## 16

페이지가 중간쯤 넘어갔을 때였다. 원고 뭉치 뒤에 필체가 다른 노트가 끼워져 있었다. 첫 장 상단에 테이프로 붙여진 종이에는 '강필원의 기록'이라고 적혀 있었다.

강필원? 빈은 눈을 노트에 고정시켰다. '강필원의 기록'이라 적힌 부분은 아버지 글씨가 맞는 것 같았지만, 노트 안에 쓰인 글씨는 아버지 것이 아니었다. 강필원이 직접 기록한 것이 분명했다.

어째서 아버지가 강필원이 쓴 노트를 가지고 있는 거지.

빈은 '강필원의 기록' 첫 페이지를 열었다.

내 눈꺼풀을 까뒤집어 보고, 턱을 당겨 열린 입속의 혀를 건드리는 차가운 손들. 알싸한 약 냄새가 났다.

누군가가 들어왔다. 아래위로 하얀 유니폼을 입은 사내가 침대로 다가왔다. 나는 기겁했다. 사내는 두 눈 사이에 눈 하나가 더 있는 세눈박이였다. 가운데 눈이 양 두 눈보다 조금 높게 이마에 붙어 있었다. 긴 속눈썹에 둘러싸인 세 개의 눈은 섬뜩했다. 세눈박이는 노트에 무언가를 적은 뒤 내 이마를 짚으려고 손을 뻗었다. 내가 고개를 뒤로 빼자 그는 아랑곳하지 않고 "기분은 어때요?" 하고 물었다. 깨어나서 처음 듣는 말이었다.

나는 아래위로 고개를 얼른 움직였다. 세눈박이가 작은 알약을 내밀었다. 나는 입을 벌렸다. 혀에 닿은 알약은 달콤한 맛이 났고, 혀에서 스르르 녹았다. 기분이 나른해졌다.


벽 쪽에 몇 사람이 모여 누군가를 힐끔거리며 웃고 있었다. 나는 운동기구에서 내려 그들에게 다가갔다. 들어보니 그들은 도우미들의 신체기형에 대한 품평 중이었다. 나는 대화주제와 상관없이 어떻게 이곳에 오게 되었냐고 물었다. 갑자기 찬물을 끼얹은 듯 웃음소리가 사라졌다. 곱슬머리 사내가 주위를 살피며 능글거리는 눈빛으로 "질문이 틀렸어. '어떻게'가 아니라 '왜' 왔냐고 물어야지, 안 그래?" 하고 말했다. 이해할 수 없는 말이었다. 함께 낄낄댔던 사내들도 곱슬머리 사내를 바라봤다. 사내의 가늘게 벌어진 눈꺼풀 사이에서 까만 눈동자가 차갑게 빛났고, 입가에 문 미소에 거만한 기색이 풍겼다.

곱슬머리 사내는 사람들이 죄다 여기에 왜 왔는지는커녕 자신의 이름도 기억 못하는 건 알약 때문에 기억력에 문제가 생긴 탓이라고 설명했다. 그러면서 자신을 도기식이라고 소개했다. 그러자 옆에 있던 사내가 자신은 귀가하던 밤길에 납치를 당했다고 성난 어조로 말했다. 이어 몇 사람 입에서 똑같은 말이 새어나왔다. 납치. 나는 온몸에 전율을 느꼈다. 나 역시 납치당했다는 걸 이제야 상기했다.

빈은 원고에서 잠시 눈을 떼고 주위를 둘러보았다. 이야기에 빠져 있는 동안 시간이 환영처럼 미끄러져 지나갔다. 빈은 상상했다. 구름도와 구름도 안에 갇힌 수많은 사람을. 그들의 일상을. 의문이 솟았다. 이걸 기록한 강필원이란 자도 퓨어바디일까? 노트 속 사람들도? 그들은 보통 인간들과 다름없어 보였다. 생각하고, 흥분하고, 말하고 있지 않은가.

아버지의 부재 이후 아버지의 흔적을 따라가면서 빈은 흔들리는 자신을 느꼈다. 믿고 있던 것들이 흔들리고 있었다. 방금 읽은 노트가 퓨어바디가 작성한 것이 맞는다면, 이 기록이 사실이라면, 퓨어바디에 대해 사람들이 알고 있는 건 죄다 거짓인 것이다.

빈은 묵묵히 원고 뭉치를 내려다보았다.

빈은 새벽녘까지 강필원의 노트를 읽다가 잠이 들었다. 노트 속 퓨어바디들이 구름도에서 탈출하는 데까지 읽고서야 졸음에 항복한 것이다. 빈은 일어나자마자 손을 뻗어 창문을 열었다. 낯선 공기가 살갗을 긁는 싸한 느낌으로 온몸을 감쌌다. 잠들기 전 상상으로 그린 장면들이 순간 유리파편처럼 머릿속을 찔렀다. 맴도는 이름이 있었다.

강필원의 노트 속에 등장한 도기식.

수상한 냄새가 나는 사내였다. 강필원이 그렇게 적었기 때문일 수도 있지만 도기식은 모든 걸 알면서 함구하는 것처럼 보였고, 구름도를 탈출하기 전부터 퓨어바디 무리 속에서 보인 그의 태도 역시 예사롭지 않았다. 탈출하고 얼마 뒤 도기식은 무리에서 빠져 사라졌다. 그는 어떻게 된 것일까. 어디에 있을까.

## 17

두 번째 잠복도 허탕이었다. 빈은 서커스가 끝나고 홀을 빠져나오는 사람들을 바라보았다. 푹 가라앉는 기분이었다. 빈은 고개를 돌려 옆자리에 앉은 털보를 보았다. 그러고 보니 털보는 서커스 시작 전부터 줄곧 우울해 보였다. 공연 스태프들이 드나드는 분장실 문을 기웃거렸고, 돌아와서는 천장을 올려다보다가 두 손에 얼굴을 묻었다. 서커스가 끝났을 땐 사람들이 쏟아져 나오는 홀 문을 늘어진 눈빛으로 바라만 보았다. 피라미드 엉덩이가 털보 앞을 지나가도 그의 눈은 움직이지 않았다.

빈이 그의 얼굴 앞으로 손을 휘저으며 물었다.

"왜 그래요? 표정이 멍하네."

털보는 담배를 새로 피워 물었다. 그는 길게 연기를 내뱉은 뒤 생기 없는 미소를 지었다.

"사실은 그게 말이야……"

세 시간 전, 홀 입구에 도착한 털보는 분장실 문으로 들어가는 한 여자를 보았다. 그는 쿵쿵 뛰는 심장을 누르며 안내게시판 포스터에서 출연진 사진을 확인했다. 여자는 서커스에 출연하는 줄타기 곡예사였다. 빈은 이곳까지 오면서 판도라 빌딩 곳곳에 나붙은 포스터에서 팔이 여덟인 그녀를 보았다. 거미 여인의 환상적인 줄타기 쇼가 이번 서커스에서 새로 선보인다는 홍보문구는 요란했다. 여덟 개의 팔을 구부려 방사형으로 얽은 밧줄 위에 몸을 둥그렇게 말고 있는 포스터 속 그녀는 그야말로 거미였다.

"내 첫사랑이었어."

털이 덥수룩한 얼굴 한가운데서 진지한 어조가 흘러나왔다. 빈은 웃음을 터뜨릴 뻔했다. 팔이 여덟인 거미 여인과 털보가 입 맞추는 모습을 상상한 탓이었다.

털보가 눈을 흘겼다.

"뭐야, 표정이 웃고 싶은 모양인데, 그냥 시원하게 웃지 그래.

나는 뭐, 첫사랑도 없는 줄 아나 본데, 이거 섭섭한걸."

빈은 웃음을 참으며 왜 헤어졌냐고 물었다.

"헤어지고 말고가 없지. 짝사랑이었으니까."

빈은 입을 벌렸다. 그 벌린 입으로 웃음이 쏟아질까 봐 얼른 표정을 가다듬었다. 고릴라와 흡사한 털보에게서 여린 모습을 보게 될 줄은 몰랐다.

"고향 선배의 동생이었는데 바라보기만 했지. 혼자 속앓이만 징하게 했다네. 술을 얼마나 마셔댔는지 몰라."

빈이 웃음기 묻은 어조로 말했다.

"취향이 참 독특하긴 하네요. 아주 미학적입니다."

"그렇지? 내가 말했지 않나. 우리 이형인들에겐 환상적인 경지가 있다고 말일세. 그래도 내 눈에 신비롭고 아름다운 여잔 그녀뿐이었어."

빈은 털보가 작은 눈을 깜박이며 입술을 비죽 내미는 것을 바라보았다.

"환상적이니 미학적이니 하면서 그런 울상을 짓는 건 뭡니까?"

"그러게나 말이야. 그녀를 여기서 보게 될 줄 몰랐어. 반갑기는 하지만 자꾸만 슬퍼져. 곡예사가 됐다는 얘긴 다리 건너 들었지만 눈앞에서 이렇게 보게 되다니."

"안 마주치는 게 좋았을 뻔했네요. 괜히 저 때문에……."

"아냐. 어차피 그녀는 아무것도 모르잖아. 내가 우울한 건 그녀가 곡예사라는 사실 때문이 아니야. 곡예사도 일이잖나. 사람들을 즐겁게 하는.”

빈은 말을 달지 않고 털보의 옆모습을 바라보았다. 큰 얼굴을 아래로 떨군 모습에서 빈은 언젠가 책에서 본 적 있는 고릴라의 고뇌하는 듯한 옆모습을 떠올렸다.

“인간은 모두 태어나는 순간 곡예사가 되지. 세상을 산다는 건 곡예를 하는 것과 마찬가지거든. 희로애락은 거기서 나오는 거지. 아슬아슬하고 안타깝게 말이야.”

“그런데 왜 슬픈 거죠?”

“겁이 많은 아이였어. 그 앤. 조금이라도 높은 곳엔 못 올라갈 정도로 현기증이 심했지. 그런 그녀가 곡예사로 살아가게끔 떠밀려진 상황들이 눈앞에 훤히 그려져. 아무것도 가진 것 없는 팔이 여덟인 여자에겐 잔인한 상황들이지. 살아가기 위해 사람들의 눈요깃감이 된 거야. 자신의 신체 특징을 기괴하게 과장해 거미 흉내를 내면서 말이야. 아까 스치면서 언뜻 봤을 때 예전의 그 순수했던 눈빛이 아니었어. 감정 없는 거미의 까만 눈이었지. 소름이 돋을 정도였어.”

빈이 말했다.

“많이 사랑했었군요.”

털보는 손등으로 입가의 털을 쓸었다. 털 속에 숨은 시든 미소가 나타났다. 하지만 그녀가 한 정상인 남자만 바라봤다는 말을 꺼낼 땐 우스꽝스러운 미소가 피어올랐다. 빈은 그의 얼굴에서 대형 참사를 목격하는 기분이었다.

"지난 일이지만……."

털보는 바짝 마른 종잇장 같았다. 그는 말을 이었다.

"혼자 누군가의 등을 오래 바라본다는 건 외로운 일이지. 도와주고 싶었지만 그것도 여의치 않았어."

털보는 무언가 떠오른 듯 고개를 돌려 빈을 바라보았다.

"그러고 보니 그 출판사 편집자가 생각나네."

빈은 털보에게 눈을 주었다.

"일전에 자네 아버지가 출판 계약 파기당했던 Q 출판사."

"민인주 편집장 말이군요."

"만났나?"

빈은 그녀를 만났지만 묻는 질문마다 모른다는 매몰찬 답변만 들었다고 얼버무렸다.

"짐작이 가네. 매몰차게 모른다고 했을 거야. 그녀도 난처하고 괴로웠을 테니 말일세."

털보가 말했다.

빈은 그 원고가 퓨어바디에 관한 거냐고 물었을 때 그녀가 말없이 표정으로만 드러냈던 불안과 절망을 떠올렸다. 빈은 시치미를 떼고 물었다.

"민 편집장이 괴로웠을 거라니요?"

"언젠가 자네 아버지와 우리 맥줏집에 함께 온 적이 있었어. 한 세 번 정도였나."

"그런데요?"

"뭐랄까. 그 편집자가 자네 아버지를 보는 눈빛이 남달랐어. 따뜻해 보였다고 할까. 나무 작가가 하는 말에 빨려 들어갈 듯 귀 기울이는 모습이 지금도 눈에 선한걸. 자네 아버지를 도와주고 싶었던 모양이야. 결과가 그렇게 되질 못하니까 두 사람 다 괴로워했지. 세 번째 왔을 때 두 사람 표정이 그걸 말해주더군."

검지를 세워 입가에 대며 주위를 살피기까지 했던 그녀. 그 눈가가 젖어 있던 이유가 빈은 비로소 이해되었다.

"이건 내 짐작이네만, 그 편집자, 작가에 대한 편집자의 호감 이상으로 자네 아버지를 생각하는 눈치였어. 그래서 더 괴로웠을 거야. 꼭 내 모습을 보는 것 같았지."

털보가 말했다.


## 18


제우스사 빌딩 27층. 엘리베이터 문이 열리자 사내 레스토랑 내부가 한눈에 들어왔다. 빈은 카운터 직원에게 용건을 말하고 창가 테이블에 앉았다. 이삼 분쯤 기다리자 주방장 가운을 걸친 오십 대 사내가 테이블로 다가왔다. 긴 말의 얼굴을 한 이형인이었다. 그는 의자 등받이에 등을 기대며 눈을 반짝였다.

"어느 잡지에서 나왔다고요?"

빈은 준비한 말들을 태연하게 늘어놓았다.

"〈아름다운 하루〉요. 신간입니다. 창간호 인물란에 오랜 세월 한 분야에서 일해 오신 분의 이야기를 담아야 하는데, 어떤 분이 마성표 씨를 추천하더군요."

"말도 안 돼. 도대체 누가 나 같은 평범한 사람을……. 어쨌든 재미있군. 내 평생 이런 일은 처음이라서 말이오."

마성표가 말처럼 분홍빛 잇몸이 다 드러나도록 윗니와 아랫니를 보이며 크게 웃었다.

"오랫동안 주방 일을 하셨는데 재미있는 이야기가 참 많으시겠어요."

"글쎄요. 구체적으로 어떤 이야기를 원하죠?"

이자는 빈틈을 보일까.

빈은 마성표의 눈을 살폈다. 증거물이 은닉된 깊은 우물 앞에 선 기분이었다. 지금 대면하고 있는 자가 아버지의 메모 '퓨어바디와의 만남' 속에 등장하는 그 주방장이라는 사실만으로도 머릿속이 차가워졌다.

유시모를 만난 날, 빈은 그냥 돌아가지 않았다. 유시모가 카페 제우스의 그 유시모와 동일인임을 확인한 이상 그 카페에 대해 알 만한 사람을 만날 필요가 있었다. 빈은 건물 안 로비를 서성이며 오가는 직원들을 바라보았다. 그런 자를 어디 가서 만날 수 있을까. 막막했다. 빈은 빌딩 안 혹은 근처에 있지 않을까 하는 기대로 무작정 기회를 엿보았다. 그렇게 몇 시간을 죽치고 있었을까. 제우스사 1층 로비 화장실에서 회사 직원과 나이 많은 경비원에게서 흥미로운 정보를 얻을 수 있었다. 제우스사에서 유시모 사장을 가장 오래 모신 직원이 27층 사내 레스토랑 주방장 마성표라는 사실이었다.

빈이 말했다.

"오래전, 카페 제우스 시절로 거슬러 올라갔으면 합니다."

"그 당시 이야기라면 딱히 생각나는 게 없는데……."

마성표는 눈을 깜박이며 말끝을 흐렸다.

"그때 가이아수호연대 반정호 대표가 드나들지 않았습니까? 그 왜 있잖습니까, 환경운동하던."

빈이 재빠르게 말했다.

"그걸 어떻게……."

빈은 그 정도는 다 알아보고 기삿감을 결정한다고 둘러댔다.

"그게 이 기사와 무슨 연관이 있는 거요?"

기어들어가는 목소리였다. 마성표는 휘둥그레진 눈으로 주위를 살피기까지 했는데, 아주 능구렁이는 아니었다. 기대한 대로였다. 빈은 은밀한 단체의 핵심인물과 만난 후일담도 흥미로운 이야깃거리가 된다고 눙쳤다.

"그런 이야기는 조심스럽지요. 그 단체는 현재 테러단체로 낙인찍혀 있소."

마성표는 이렇게 말하면서도 구겨진 표정 위로는 망설이는 낯빛을 드러냈다. 숨 쉴 때마다 콧구멍을 벌렁거리면서 주위를 살폈다. 빈틈이었다. 빈은 그걸 놓치지 않고 밀어붙였다.

"걱정 마세요. 제가 적당히 이니셜이나 가명을 쓰면서 에피소드만 재미있게 들어가도록 글을 쓸 겁니다. 안심하고 얘기하세요. 반정호 대표가 퓨어바디들을 데리고 왔었죠?"

"퓨어바디?"

마성표는 얼굴을 들어 어이없다는 듯 코웃음을 쳤다.

"이보쇼, 기자 양반. 퓨어바디가 뭔지 알고 묻는 거요?"

빈이 고개를 끄덕여 보였다. 마성표는 혀끝으로 아랫입술을 훑었다. 뭔가 생각하는 표정 위로 슬며시 미소가 스쳤다. 미소. 미소라니. 빈은 마성표의 반응을 주시했다.

마성표가 얼굴을 가까이 당겼다.

"쉿! 그런 얘긴 함부로 하면 안 돼요."

그 순간 빈은 확신했다. 퓨어바디들이 제우스 카페에 왔고, 마성표는 그들을 봤다.

"반정호 대표가 어느 날 정상인 다섯 명과 함께 나타났지. 그런데 듣고 보니……"

마성표가 더 낮은 목소리로 속삭였다.

"그들이 퓨어바디라는 거야. 나는 말로만 퓨어바디의 실상에 대해 들었지, 눈으로 직접 본 건 처음이었소. 경악했지. 일반 정상인들과 다를 게 없었거든."

빈은 아버지의 원고뿐만 아니라 강필원의 기록 내용까지 떠올리며 몇 가지를 더 물었다. 묻고 확인할수록 머릿속이 아득해졌다. 그사이 물컵은 바닥을 보였다.

"참!"

마성표는 무언가 떠올랐는지 눈을 깜박였다.

"생각해보니 아기도 데리고 있었던 것 같은데."

"아기요?"

마성표는 고개를 끄덕였다.

"그래요. 아기가 있었소. 그들 일행 중 여자가 안고 있었지."

여자라면 정화진일까. 마성표는 기억을 떠올리며 계속 말했다. 재난으로 부모를 잃은 아기를 어디서 주웠다고 들었는데, 그 뒤 그 일행이 제우스에 다시 나타났을 땐 여자 품에 그 아기가 없었다고 했다. 주워온 아기. 그게 어쨌다는 건가. 빈이 이형인 영아였냐고 무심히 물었다.

"아니. 정상인 영아였소."

아기는 빈의 관심사가 아니었다. 빈은 화제를 돌려 도기식에 대해 물었다. 마성표의 눈이 커졌다.

"도기식?"

제대로 찌른 모양이었다. 마성표는 눈을 내리깐 채 고개를 비스듬히 돌렸다. 망설이는 눈치였다. 잠시 뒤 그는 생각을 굳힌 듯 빈을 넘겨다보며 회상했다.

"도기식은 제우스 카페에 은신하게 된 날부터 내 지시대로 움직였지. 주방을 청소하는 일이건 살코기를 다지는 일이건 감자를 다듬고 써는 일이건 마다할 처지가 아니었거든. 그러다가 얼마 뒤 카페에 퓨어바디를 쫓는 사내들이 나타났다오."

퓨어바디를 쫓는 사내들?

"그래서 그들이 어떻게 했죠?"

마성표가 숨을 고르고는 말을 이었다.

"카페 홀 안이건 주방이건 샅샅이 훑고는 수상한 정상인을 보거든 신고해달라는 말을 남기고 나갔어요. 탈출한 퓨어바디를 색출하려고 나타날 만한 곳을 죄다 뒤지고 다니는 것 같더군. 그때 내가 도기식을 식량창고 안에 숨겨주지 않았다면 발각됐을 거요. 유 사장이 그 소식을 듣고는 놀랐는지 도기식을 불러 위로까지 했을 정도니까. 자신이 입던 옷 몇 벌을 외출할 때 입으라고 내주기까지 하던걸."

빈은 유 사장을 만났을 때 받은 차가운 느낌을 떠올렸다. 석연치 않았다. 마성표 말대로라면 유 사장은 퓨어바디를 모를 리가 없는 것이다.

"그 뒤 도기식은 어떻게 됐나요?"

마성표는 뜻 모를 쓴 미소를 짓더니 고개를 저었다.

"사라진 뒤로는…… 소식이 끊겼지."


위험과 경계의 불빛. 빈은 횡단보도의 빨간 신호등을 바라보았다. 마성표가 들려준 말들이 귓속을 맴돌았다. 차도의 소음이 아득하게 들리는 가운데 횡단보도의 빨간불이 길게 느껴졌다. 초록불이 켜졌다. 길을 건너려는 찰나였다. 제우스사 빌딩 회전문에서 막 나온 유시모가 빈의 눈에 들어왔다.

유시모가 탄 흰색 차가 출발하자 빈은 손을 들어 택시를 세웠다. 10분 뒤 흰색 차는 시내 쪽으로 향했다. 택시는 차들을 피해가며 들키지 않을 만큼의 간격을 유지했다. 흰색 승용차는 5미터 앞에서 방향을 꺾더니 B 호텔 앞에 멈춰 섰다. 빈은 유시모가 승용차에서 내리는 것을 보며 택시에서 빠져나와 그를 쫓았다. 벽에 붙은 안내 푯말이 눈을 잡아당겼다.

유시모 자서전 출간기념회.

로비로 들어선 빈은 기둥 뒤에 몸을 기대며 유시모를 바라보았다.

'카페에 퓨어바디를 쫓는 사내들이 나타났다오.'

마성표가 들려준 말이 빈의 귓가에 맴돌았다. 사람들과 악수를 나누는 유시모의 웃는 얼굴이 가면처럼 보였다. 빈은 홀 입구 옆으로 마련된 매대에서 책 한 권을 집어들었다. 『유시모의 열정이 이룬 성공신화』라는 제목의 책이었다. 책 표지 안쪽을 메운 유시모의 이력을 훑어보았다. 기업 CEO로 성장하기까지의 여정은 읽다가 숨이 찰 정도였다. 빈은 책 겉표지를 내려다보았다. 어깨를 젖힌 채 미소 짓는 유시모가 빈을 올려다보고 있었다.

누군가 빈의 팔을 건드렸다.

"이봐, 빈 아닌가. 여기서 자넬 보는군."

박영기였다. 빈은 놀란 표정을 고치고는 이곳에 온 이유를 둘러댔다. 박영기도 뜻밖의 만남이라 여겼던지 어색한 미소를 지었다. 그러고는 이렇게 많은 인사들이 올 줄 몰랐다고 말하며 유시모의 업적을 주저리주저리 읊어댔다. 빈은 자서전 반응이 좋을 것 같다고 맞장구를 쳐주면서 유시모 쪽을 바라보았다.

"그런데 유시모 대표 말이에요. 발이 상당히 넓은가 봐요."

"저 양반, 발이 넓지. 밑바닥 건달에서부터 각 분야 거물급 인사까지 말이야. 자네, 유 대표한테 관심이 많은가 봐?"

박영기의 시선이 빈의 얼굴에 닿았다.

"얼마 전에 만났어요."

"그래? 무슨 일로?"

빈은 말이 얼른 나오지 않았다. 박영기가 유시모를 인터뷰한 기사를 웹스카이에서 읽었던 기억이 떠오른 것이다. 뭐라고 해야 할까. 잠시 머뭇거리던 빈은 예전에 아버지가 제우스라는 카페에 갔었다고 들은 것 같아 알아보니 그 카페 주인이 제우스사 사장과 동일인이더라고 둘러댔다.

박영기가 고개를 끄덕이며 물었다.

"그랬지. 예전에 작은 카페를 했었다더군. 그래, 유시모 대표를 만나본 건가?"

"아버지를 모른다고 그러더군요."

박영기의 시선이 유시모를 향했다.

"자네 아버지는 왜 제우스에 갔었다고 하던가?"

빈은 지나가는 말로 흘려들었기 때문에 생각이 잘 안 난다고 얼버무렸다. 얼굴이 화끈거렸다. 박영기가 입가에 엷은 미소를 지었다.

"홍미롭군. 자네 아버지가 예전에 제우스라는 카페엘 갔었고, 당시 카페 주인이던 유시모 대표를 알고 지냈을 텐데 유시모 대표는 자네 아버지를 모른다고 했다? 뭐, 모를 수도 있지. 카페에 들락거리는 손님을 다 기억할 수는 없는 거니까."

빈은 혹시라도 파묻은 생각이 드러날까 표정에 신경이 쓰였다. 뭔가 내키지 않는 이 기분을 빈은 스스로도 해독할 수 없었다. 더 이을 말도 떠오르지 않았다. 조금 전부터 박영기에게 인사를 건네며 지나가는 사람들이 많아지고 있었다. 박영기는 마치 빈의 속을 읽은 것처럼 홀 안쪽으로 시선을 주더니 "난 저쪽으로 가서 아는 사람 좀 만나겠네. 또 보세." 하고는 저만치 멀어졌다.

샤워기가 뿜는 물줄기 속에서 빈은 눈을 감았다. 머릿속까지 씻어내고 싶었지만 물줄기로는 아무것도 해소되지 않았다. 냉장고에서 맥주 캔을 다섯 개쯤 꺼내 마신 뒤 일찍 잠을 청하는 수밖에 없었다.

다음 날, 느지막이 눈을 뜬 빈은 누운 채로 『냉동인간』을 읽었다. 제3권도 거의 끝나가고 있었다. 거대한 우리에 갇힌 M4004의 하루하루가 눈앞에 그려졌다. 정상인들을 가둔 우리 안에서는 폭력이 난무했다. 짐승의 세계였다. 이형인들의 웃음소리와 손가락질은 철창살보다 차가웠고 가혹했다. 그런 상황들을 묘사한 대목이 빈은 불쾌했다. 그런데도 웃음이 입술 사이로 새어나왔다. 뒤틀린 웃음이었다. 빈의 시선은 M4004가 작은 자갈로 흙바닥에 글씨를 써가며 한 청년에게 말을 거는 장면을 따라갔다.

그때 M4004는 사육사가 다가오는 것을 보았다. 그는 흙바닥에 쓴 낙서를 손으로 흩뜨린 뒤 먹던 사과를 멍청한 표정으로 씹어 먹었다. 청년은 눈을 반짝이며 M4004를……

H 박사의 도움으로 M4004가 우리를 탈출하는 장면에 이르렀을 때 핸드폰이 울렸다.

빈은 몸을 일으켜 시계를 보았다. 벌써 오후 4시가 다 된 시각이었다.

전화 속에선 털보의 흥분된 목소리가 흘러나왔다.

"바로 저자야."

빈은 털보가 가리킨 남자를 바라보았다. 그자였다. 투신 현장에서 눈이 마주쳤던 중년의 정상인 남자. 빈은 숨죽이며 극장 홀 출입문 앞에 선 남자를 지켜보았다. 누군가를 기다리는 걸까. 남자는 전화가 왔는지 핸드폰을 귀에 대고 고개를 몇 번 끄덕이고는 빠른 걸음으로 에스컬레이터에 올랐다. 빈도 움직였다. 에스컬레이터에 몸을 실어 한 칸, 두 칸 거리를 좁히며 그를 향해 내려갔다.

남자가 달리기 시작한 건 아래층에 내리자마자였다. 그는 매장 구석에 있는 비상계단 출구 쪽을 향해 뛰었다. 빈도 달려나갔다. 털보 역시 달렸지만 고릴라 같은 신체조건으로는 재빨리 계단을 내려가기 어려웠다. 털보는 엘리베이터를 택했고, 빈만 비상계단을 달려 남자를 쫓았다. 빈은 밑에서 들려오는 헐떡거리는 소리를 향해 속도를 냈다. 거리는 좀처럼 좁혀지지 않았다. 비상구 계단은 두 사람의 숨소리와 발소리로 울렸다.

어디쯤 내려온 걸까. 벽에 적힌 층수를 보니 '지하 3층'이었다. 남자가 비상계단 문을 박차고 나갔다. 빈도 문을 젖히고 튕겨 나갔다. 어두침침한 주차장이었다. 빈은 전력 질주해 뒤에서 덮치듯 남자의 옷자락을 움켜쥐고는 남자를 벽 쪽으로 밀쳤다. 그러나 정작 바닥에 엎어진 건 빈이었다. 빈은 몸을 쉬 일으키지 못했다. 몹시 숨이 찬 데다 세게 넘어진 탓이었다.

"넌 누구냐? 왜 아버지의 행방을 묻고 다니는 거지?"

남자는 빈을 내려다보다가 한 발, 두 발 뒷걸음질 치더니 그대로 달아났다. 빈은 겨우 몸을 일으켜 뒤쫓았지만 거리는 벌어질 대로 벌어진 뒤였다. 남자는 공간을 메운 차들 사이로 들어가더니 보이지 않았다.

넘어지지 않았다면 그를 잡을 수 있었다. 그 생각으로 빈은 아파트 현관에 들어설 때까지 발걸음이 무거웠다. 그를 말없이 내려다보던 남자의 표정이 눈앞에서 지워지지 않았다. 누굴까.

빈은 늪에 빠진 기분이었다. 우편함에 쌓인 우편물을 빼서 하나하나 보았다. 낭독회 안내서 봉투가 눈에 들어왔다.

빈은 봉투를 뜯어보았다.

나를 만나고 싶다면 시간과 약속을 잘 지키시길.
X월 X일 오전 10시 XXX에서 기다리지요.

—반정호

## 19

창유리 너머 빈의 시선이 닿은 곳엔 부서진 콘크리트와 뒤엉킨 폐자재뿐이었다. 얼마 전까지만 해도 공연과 전시회가 열리던 '예술의 궁전' 건물이 철거된 것이다. 그 자리에 초고층 고급 실버센터를 짓는다는 기사를 빈은 일전에 읽었다. 수십 년간 개보수를 반복해 유지되어 오던 문화 공간이 사라진 것이다.

또 사라졌다. 사라진 것들은 흔적을 남긴다고, 그 흔적이 말을 한다고, 그 말을 들어주는 게 존재했던 것들에 대한 예의라고 했던 아버지를 떠올리며 빈은 속으로 외쳤다.

'그래요. 아버지. 말 좀 해보세요. 아버지가 남긴 흔적이 뭘 말하는지, 난 하나도 이해 못하겠다구요. 제길.'

빈은 창문에서 시선을 거두었다. 카페 안은 한산했다.

"나빈 씨?"

사십 대 중반쯤으로 보이는 세눈박이 사내였다. 반정호일까. 노트에서 읽은 대로라면 반정호는 난쟁이여야 했다. 사내는 세 개의 눈을 빈에게 고정한 채 맞은편 의자에 앉았다.

"반정호 대표가 보내서 왔소. 난 아르고스요."

아르고스?

빈은 강필원의 노트에서 본 기억이 났다. 퓨어바디들의 탈출을 도왔던 도우미. 그의 미간에 붙은 눈이 투시경 렌즈처럼 반짝였다. 흔히 보는 이형인의 한 부류지만, 빈은 그의 세 눈이 불온해 보였다. 그가 가이아수호연대의 일원이라는 생각 때문일까. 그런데도 그가 "나무 씨가 언제부터 연락이 안 된 거죠?" 하고 물었을 때 빈은 지금껏 함구했던 아버지의 음성메시지에 대해 불쑥 꺼내고 말았다. 스스로도 놀라웠다. 큰 덩어리의 이물질을 순간의 부주의로 삼킨 듯한 기분이었다. 어두워진 아르고스의 표정이 빈의 내면을 물들이는 데는 오랜 시간이 걸리지 않았다. 그간의 이야기가 고인 물방울처럼 빈의 입에서 떨어지기 시작했다. 빈은 자신의 이야기에 놀라는 기색 하나 없는 아르고스 앞에서 숨을 삼켰다.

이번엔 빈이 질문했다. 묻고 싶은 게 한두 가지가 아니었다. 과거 구름도에서 아르고스가 무엇을 했고, 뭘 봤는지 알고 싶었다. 아르고스는 물 한 잔을 길게 들이켠 뒤 세 눈을 깜박였다.

"구름도? 내가 말하면 젊은이가 믿을까. 이해할 준비가 되었는지 모르겠군."

유령과 영혼의 세계에 대한 이야기를 과학신봉자가 이해하고 믿겠느냐는 식의 말투였다. 빈은 대답하지 않았다. 아르고스는 카페 안을 한번 훑어보고는 빈의 눈을 응시했다.

"구름도에 퓨어바디연구센터가 있다는 건 알 거야, 그렇지?"

빈이 고개를 끄덕이자 아르고스가 말을 이었다.

그 안에서 아르고스는 환자들에게 운동을 안내하고 건강 상태를 체크하는 일을 했다. 처음엔 그들이 재활이 필요한 환자들이라고 생각했지, 냉동에서 해동된 퓨어바디라고는 상상도 못했다. 사적인 대화가 금지되어 있어 그런 사실을 까맣게 모르고 있었다. 단지 의아하게 여겼던 건 그들을 찾아오는 보호자도, 퇴원하는 환자도 없을 뿐만 아니라 그들이 하나같이 일련번호로만 불린다는 사실이었다. 아르고스는 의문을 품지 않았던 당시의 자신을 떠올리면 무섭기까지 하다고 털어놓았다. 의사들이 그들을 어디론가 데려갔다가 며칠 만에 방에 데려다놓는 일을 수차례 목격했어도 치료차원이라고 믿었을 뿐 생식세포를 채취할 셈으로 데려갔으리라고 의심하지 못했다는 것이다.

해동된 인간들이라니……. 빈은 퓨어바디가 냉동인간이라는 사실이 더 이상은 헛소리라고 생각할 수 없었다.

"어떻게 그들의 탈출을 도울 생각을 했죠?"

"그들 중 한 사람을 내가 관리하고 있었는데……."

"강필원?"

아르고스는 놀란 표정을 지었다. 강필원이란 이름을 어떻게 알았느냐고 물었다. 빈이 아버지의 원고 뭉치에서 발견한 '강필원의 기록'이라는 노트를 읽었다고 하자 아르고스는 놀라면서도 뭔가 짐작한 듯한 표정을 지었다.

"그 노트가 거기 있었군."

"아버지가 어떻게 그의 노트를 갖고 있었을까요?"

빈이 물었다.

"그거야 나무 씨만이 대답해줄 수 있는 거 아니겠나. 나야 모르지."

"강필원이란 사람, 살아 있나요?"

아르고스는 빈을 보며 한참 생각하더니 고개를 저었다.

"죽었네."

빈은 강필원이라는 인물이 더 궁금해졌다.

"퓨어바디들의 탈출을 돕게 된 건 강필원 때문이었나요?"

"처음에 난 그가 정신이 이상한 사람이라고 생각했어. 자신이 납치됐다는 거야."

"그런 말을 하는 퓨어바디가 전에는 없었나요?"

"없었지. 누구도 의문을 제기하지 않았어. 다들 고분고분한 인형 같았거든. 내가 그들에게 주는 알약이 뭔지 의심하기 시작한 건 강필원 때문이었어. 몰래 알아봤더니 약에 망각하게 하는 효능이 있었던 거지. 놀라웠어."

낯선 이야기는 계속되었다. 강필원을 비롯한 몇몇의 퓨어바디들이 구름도를 탈출한 뒤 가이아수호연대의 도움으로 구름도 1차 침투를 감행해 더 많은 퓨어바디들의 탈출을 도왔다는 이야기까지 들었을 때 빈은 흥분을 느꼈다. 빈이 물었다.

"그럼 강필원은 그때 죽은 건가요?"

아르고스는 이번에도 빈을 보며 한참 만에 고개를 끄덕였다. 퍼즐 몇 조각이 맞춰졌다. 제갈영웅이 인질로 잡혀 죽을 뻔했던 일. 그건 바로 그 구름도 1차 침투 때였다. 더 놀라운 건 구름도 안의 퓨어바디들이 지금도 탈출을 시도하고 있고, 가이아수호연대가 그들을 돕고 있다는 사실이었다.

"가이아수호연대가 그들을 돕는 이유는 뭐죠?"

"퓨어바디들의 해방은 인공자궁플라자 따위가 사라진다는 걸 의미하지. 그렇게 되면 정상인들이 사라지게 되는 거라고."

아르고스의 어조는 단호했다. 정상인에 대한 경계와 적대감이 느껴졌다. 정상인들이 사라진 세계, 그것이 가이아수호연대가 꿈꾸는 세상이란 말인가.

빈은 이번에는 가이아수호연대가 대체 어떤 단체인지, 얼마나 오래되었는지 물었다. 아르고스는 까마득한 1990년에 창립되었다는 말을 시작으로 가이아수호연대가 해온 활동에 대해 들려주었다.

"지구의 생태환경 보존을 창립 목적으로 하지. 벌여온 활동은 다른 환경단체들과 크게 다르지 않아. 이를테면……"

아르고스는 야생동물 보호 운동에서부터 갯벌 보존 운동, 해양쓰레기 모니터링, 북극과 남극의 얼음층 모니터링, 생태계를 교란하는 유전자 조작 반대 운동, 군수산업 중단 운동, 환경 문제로 인한 인권침해 방지 운동 등등이 있다고 읊어댔다. 또한 세계 각 나라의 비정부기구들과 사안이 있을 때마다 연대를 해왔고, 생명에 대한 소유권 주장에 반대하기 위해 1996년에 발표한 합동성명서가 있다는 말을 덧붙일 땐 한숨을 내뱉었다.

"하지만 지금 보라고. 무슨 일이 벌어지고 있는지 말이야. 인간들이 신상품을 개발해내듯 끊임없이 새로운 생물종을 창조해서 그 종 소유권을 거래하고 있어."

새로운 생명종에 대한 소유권. 그것은 경매 품목 중 하나로 자본을 쥔 자들이 부를 증식하는 최고의 수단이었다. 빈은 눈을 내리깐 채 듣기만 했다.

"생명체가 공산품이 되어버린 세상이지. 식물이건 동물이건, 인간마저 말이야"

아르고스가 마지막에 '인간마저'라고 언급했을 때 빈의 표정은 굳고 말았다. 아르고스가 말하는 인간. 그것은 인공자궁플라자에서 영아로 주문 입양되어 성장한 정상인을 의미했다. 만들어진 인간. 만들어진 정상성. 빈은 모욕감을 느꼈다. 얼굴이 뜨거워지려고 했다. 빈은 아르고스가 말을 이으려고 하자 말을 자르고는 냉동인간이 된 인간들로 화제를 돌렸다.

"스스로 냉동인간이 된 사람 말고 납치된 사람들 얘기 좀 해 보시죠. 조직적으로 납치가 이루어졌다는 사실을 뒷받침할 무슨 자료라도 있는 겁니까?"

"물론. 일단 통계자료만 보더라도 어느 시기부터 실종신고 건수가 부쩍 늘었다는 걸 알 수 있어. 전 세계적으로 말이야. 실종된 상당수가 신체 건강한 젊은 남녀들이라네."

빈이 바이오소프트사에서 냉동인간을 만들려고 젊은이들을 납치했다는 거냐고 묻자 아르고스는 고개를 저었다.

"납치는 그들이 직접 하진 않았겠지. 납치해 조달하는 조직이 있었을 거야."

"말도 안 돼요. 오랜 세월 동안 수사망에 걸리지 않고 한쪽에선 사람들을 납치하고 다른 쪽에선 그들을 공급받아 얼리고. 맙소사, 그게 가능한 일입니까?"

아르고스는 턱에 손바닥을 괴고 빈을 건너다보았다.

"은밀한 결탁과 연결고리."

빈은 고개를 돌려 주위를 살폈다. 아르고스는 세 눈을 반짝이며 계속 말을 이었다.

"이런 악의 고리는 보이지 않게 반복되고 있어. 바이오소프트사에서 운영하는 인공자궁플라자는 자네도 알다시피 세계 각 나라의 인구정책에 관여하고 압력을 행사하고 있지. 안 그런가?"

빈은 반박할 말이 생각나지 않았다. '특허 붙은 공산품 인간'

이라는 의식에서 벗어나고 싶었고, 무엇보다도 인공자궁플라자의 인구정책이 어쩌고 하는 이런 이야기를 계속하고 싶은 생각이 없었다. 그는 바이오소프트의 직원이었다. 빈은 물을 한 모금 마셨다. 그러고는 기분이 차분해질 때까지 침묵했다. 유시모의 자서전 출간기념회장에 갔던 이야기를 꺼낸 건 잠시 뒤였다.

웃는 건지, 우는 건지 알 수 없는 비틀린 표정이 아르고스의 얼굴에 나타났다. 빈이 그 표정의 의미를 이해한 건 사실 확인을 위해 반정호 대표가 유시모를 만나려고 했다는 설명을 듣고서였다.

"사실 확인이라뇨?"

"강필원 씨의 노트를 읽었으면 도기식이란 이름도 알겠군."

빈이 고개를 끄덕이자 아르고스가 이어 말했다.

"도기식을 빼돌린 게 유시모인지 확인하려고 했어. 반 대표는 그렇게 믿고 있지."

마성표가 유시모에 대해 들려준 얘기와는 달랐다.

"만났나요?"

아르고스는 고개를 저었다.

"유시모 그 양반, 우릴 피하더군."

빈은 강필원이 노트에서 도기식을 예사롭지 않은 인물로 적었던 걸 떠올렸다. 그런 인물을 유시모가 빼돌렸다니 빈은 이해할 수 없었다.

"그런데 원래 이 자리에 나오기로 한 반정호 대표는 왜 안 나온 거죠?"

"내가 대신 만나겠다고 우겼네. 자넬 한 번쯤 만나보고 싶었거든."

"저를요?"

"나무 씨가 자네 얘길 많이 했네."

호감을 사려는 수작일까. 빈은 아르고스의 표정을 바라보았다. 아르고스가 이어 말했다.

"자네에게 늘 미안해하면서 걱정하는 말을 많이 했지. 자넬 많이 아꼈어."

그런 이야기를 낯선 이에게서 듣는다는 게 빈은 불편했다.

왜 아버진 아르고스에게 내 이야기를 했을까? 나에게 미안해했다고? 나를 걱정했다고? 그러면서 내게는 아무 말도 하지 않았다. 아르고스에게 했다는 말은 죄다 거짓이란 말인가.

빈은 창 쪽으로 고개를 돌려 바깥풍경을 바라보았다. 시선은 초점을 잃은 채 흔들렸다. 폐자재로 뒤엉킨 터 앞으로 햇살이 하얗게 떨어졌다. 평범한 오전의 시간이 빈과 상관없이 흐르고 있었다.

빈은 반정호 대표를 만나게 해달라고 말했다.

"정말 만나고 싶은 겐가?"

아르고스는 기대했다는 듯 세 개의 눈을 깜박여 보이며 빈이 고개를 끄덕이자 시기를 봐서 연락하겠다고 대답했다.

"그런데 말이야……."

순간 빈의 시선이 아르고스의 세 눈에 이끌리고 있었다.

"약속이 잡히면 그땐 지하세계로 자네가 내려가야 할 거야. 그래도 괜찮겠나?"

지하세계라니.

빈은 얼른 대답하지 못했다. 지하세계라는 말만으로도 숨이 막힐 것 같았다. 하지만 잠시 뜸을 들이고는 고개를 끄덕였다.

# 케이

## 20

진공청소기 소리가 집 안 구석구석 부딪쳤다. 빈은 그 온기 없는 소리가 주위의 모든 것을 지워버리기를 바랐다. 그 속에 숨고 싶었다. 진공청소기를 꽉 잡고 힘 있게 움직였다. 소용없었다. 아르고스의 단호한 말투, 퓨어바디의 해방, 구름도에 대한 이야기가 귓가에서 아우성쳤다. 아버지가 빈에게 미안해했다는 아르고스의 말도. 빈은 청소기 손잡이를 더 세게 밀고 잡아당겼다.

그 순간 소음 너머로 아버지의 뒷모습이 나타났다. 청소기 흡입구로 먼지를 빨아들이고, 꼭 짠 물걸레로 창틀과 탁자를 문지르던 아버지. 아버지는 불러도 뒤돌아보지 않았다. 물걸레질에 모든 걸 건 사람 같았다. 진공청소기 소리에 숨고 싶은 지금의 빈처럼 아버지도 그랬던 것인가. 아버지는 생각에 빠져 있었다. 어머니를 생각하고 있었을까. 아니면 원고 속 화진이라는 여자 생각에 빠져 있었을까.

빈은 어머니 방으로 갔다. 오래도록 비워둔 방인데도 주인 없이 방치됐다는 느낌은 없었다. 아버지의 세심한 관리 덕분이었다. 벽마다 어머니가 그린 그림들이 걸려 있거나 세워져 있고, 의자는 가지런히 책상 안으로 밀어 넣어져 있었다. 어머니가 잠시 여행 중인 양 방 안의 모든 것들에서 생기가 느껴졌다. 온기, 숨결. 그리고 아버지가 이 방을 청소하고 가구를 매만지면서 내쉬었을 한숨. 어머니가 존재하는 것처럼 방을 관리해 왔다는 건 그리움이 아니라면 설명할 수 없었다. 빈은 생각했다. 아버지는 어머니를 사랑한 게 맞을까. 그리움이란 어머니에 대한 뒤늦은 가책일까. 아니면, 아버지가 작업해 온 '사라진 것들에 대한 이야기' 시리즈의 연장선으로 봐야 하는 걸까. 이 세상의 사라진 것들과 지금도 사라지고 있는 것들 속에 아버지는 어쩌면 어머니를 추가시켰는지도 모른다. 사라진 어머니를.

"의미는 주어지는 게 아니라 만드는 거야"

흘려들었던 아버지의 그 말이 귓가를 울렸다. 의미는 만드는 거라는 말. 의미 만들기. 그건 결국 그리움의 다른 말인지도 모른다. 빈은 물걸레를 쥐고 창틀을 꼼꼼히 닦았다. 그리고 책장으로 가서는 유리덮개 문을 밀어 먼지가 보이지 않도록 구석구석 훔쳤다. 3단 서랍의 맨 아래 칸 손잡이를 잡아당겼다. 서랍은 둔탁한 소리와 함께 열렸다. 빈은 어머니 방의 서랍을 지금 껏 열어본 적이 없다는 걸 깨달았다.

서랍 안은 가지런히 정리되어 있었다. 손거울, 펜, 작은 메모지들, 보석함……. 두 번째 서랍을 열어보고, 이어 맨 위 서랍을 열었다.

무엇에 걸렸는지 반만 당겨졌다. 안쪽으로 손을 넣어보았다. 무언가가 만져졌다.

꺼내보니 두툼한 앨범이었다.

펼쳤다. 넘기는 페이지마다 숨어 있던 시간이 눈을 잡아당겼다. 오래전 가족의 모습들이었다. 갓난아이 적 빈의 사진이 많았다. 담요 위에 엎어져 입을 벌리고 우는 모습, 컵을 두 손으로 꼭 붙들고 물을 마시는 모습, 세발자전거를 타는 모습, 어딘지 모르는 길가에서 어머니와 어린 빈이 손을 잡고 선 모습. 빈은 페이지를 좀 더 넘겼다.

아버지와 어머니가 나란히 찍힌 사진이 눈에 들어왔다. 청년 시절의 아버지가 어머니의 어깨에 손을 얹고 환한 미소를 물고 있었다. 세상에서 가장 행복한 남자의 미소였다. 어머니는 무표정했다. 침울해 보이기도 했고, 어떻게 보면 화가 난 듯도 보였다. 바로 아래 사진에도 아버지와 어머니는 함께 찍혀 있었다. 레스토랑 안이었다. 아버지와 와인 잔을 맞대고 렌즈를 바라보는 어머니의 표정은 먼저 본 사진보다 비교적 밝았다.

페이지를 더 넘기자, 세 살쯤 된 빈이 낯선 여자아이와 어깨

동무를 하고 찍은 사진이 있었다. 여자아이는 팔이 넷이었고, 위쪽 한 팔로 빈의 어깨를 두른 채 반대쪽 손을 앞으로 뻗어 손가락으로 만든 브이 자를 흔들고 있었다. 또 다른 손은 빈의 코를 장난스럽게 쥐고 있었는데, 어린 빈은 미간을 찌푸린 채 우는 표정이었다.

여자아이는 누굴까?

빈은 여자아이의 가는 눈과 갸름한 얼굴선에서 낯익은 얼굴 하나가 떠올랐다.

손마리?

빈은 손바닥을 이마에 댔다. 어떻게 이런 사진이 있는지 알 수 없었다.

내가 왜 그녀와 사진을 찍었던 거지?

사진의 배경이 빽빽이 들어찬 책장들뿐인 걸 보면 파피루스 헌책방에서 찍은 게 분명했다.


헌책방 안으로 들어서자마자 빈은 손마리의 손을 끌어 책장 구석으로 데려갔다. 마리는 책 고르는 손님들을 힐끔거리며 무슨 일 있느냐고 묻고는 빈이 내민 사진을 보았다. 그녀의 눈이 커졌다.

"맙소사, 우리네."

마리는 사진을 한참 보더니 어떻게 된 건지 모르겠다고 말했다. 처음 보는 사진이라는 것이다. 빈은 마리의 눈을 응시했다.

또 거짓말하는 건 아닐까. 마리는 정말 놀란 듯 보였다. 그러고는 뭔가 생각났는지 "혹시……." 하며 검지를 세워 올렸다. 빈을 뜯어보는 마리의 눈이 반짝였다.

"아, 그래. 내가 어렸을 때 어린애가 와 있었던 기억이 나요."

"어린애?"

빈은 침을 삼키며 마리의 다음 말을 기다렸다.

"할아버지 말로는 잠시 맡겨진 아이랬어요. 누구의 아이인지는 몰랐죠. 할아버지는 아무 말도 하지 않았으니까요. 지금 생각해보니, 하! 맙소사, 그 아이가 당신이었구나."

마리는 설명을 계속했다. 어느 날 할아버지가 아기를 데리고 왔고, 그 아기가 세 살 때까지 여기서 자신과 함께 자랐다는 말을 할 땐 얼굴에 미소가 떠올랐다. 신기한 물건을 감상하듯 빈의 얼굴을 살피기까지 했다.

"어쩐지 처음 봤을 때부터 낯설지가 않더라니. 그 이유를 이제 알겠네."

마리는 위쪽 오른손을 내밀었다.

"반가워요, 빈. 그동안 당신의 추태와 무례는 눈감아주지."

빈은 무표정하게 그 손을 잡으며 말했다.

"부탁이 있어."

빈은 마리의 손을 놓지 않은 채 말했다.

# 21

외벽의 색이 바랜 20층 건물은 봉쇄된 수십 개의 입을 가진 괴물처럼 창문마다 안전철망이 쳐져 있었다. 빈은 출입문을 밀고 들어갔다. 비릿한 소독약 냄새가 코끝을 스쳤다. 빈은 허름하고 어두침침한 로비에 서서 내부를 기웃거렸다. 이내 지나가는 외눈박이 간호사에게 병실 호수를 확인한 후 엘리베이터에서 내려 오른쪽으로 갔다. 환자복을 입은 노인들이 보행보조기에 기대 좁은 보폭으로 복도를 걷고 있었다. 빈은 손택구 노인이 밖에 나와 있을까 싶어 시선을 한 번 돌리고는 병실 문을 밀었다.

쿰쿰한 냄새가 빈을 맞았다. 침대 위에는 노인들이 몸을 말아 누워 있거나 풍화된 암석처럼 앉아 있었다. 빈은 침대 발치에 붙은 이름표를 확인하면서 창가 쪽 침대로 다가갔다. 이름표에서 '손택구' 세 글자를 발견했다.

"저, 손택구 어른이시죠?"

작은 체구에 짧은 백발을 한 노인이 책에서 얼굴을 들었다. 코끼리 코처럼 쭈글쭈글하고 긴 코가 얼굴 중앙에 늘어져 있었다.

"그렇소만, 누구신가?"

노인은 작은 알의 돋보기안경이 코 밑으로 흘러내리자 손을 올려 다시 썼다. 마리의 집에서 본 액자 속 노인이 맞았다. 빈은 나무 기자를 아느냐고 물었다. 귀가 잘 안 들리는지 노인은 눈만 깜박였다. 빈은 두 번쯤 또박또박 나무라는 이름을 발음했다. 노인은 그제야 고개를 끄덕이더니 막 잠에서 깬 표정으로 빈을 응시했다.

"혹시 젊은이가……."

빈은 자신이 누군지 밝혔다. 노인의 탁했던 눈이 커지면서 눈동자가 흔들렸다.

"나를 다 찾아오다니. 어디, 가까이 좀 보고 싶구나, 어디."

빈은 의자를 끌어 노인 앞에 다가앉았다.

"어릴 적 모습이 그대로 남아 있구나. 이 늙은이를 잊지 않고 찾아오다니. 꼬마였을 때 얼마나 귀여웠던지. 책을 장난감보다 좋아했어."

빈은 아무 말도 할 수 없었다. 이 순간, 아버지의 원고 뭉치 속에 자신이 모세혈관처럼 얽혀 있음을 확인받고 있었다. 노인은 빈의 표정을 살피며 찾아온 이유를 물었다. 빈이 머뭇대다가 아버지의 행방이 묘연하다고 말하자 노인의 눈빛이 굳었다. 노인은 무언가를 떠올렸는지 시선을 들었다.

"자네 아버지, 최근에 나를 찾아왔었어."

"언제였죠?"

"그게……."

노인은 기억을 더듬은 뒤 날짜를 기억해냈다. 아버지가 빈에게 마지막 전화를 한 날이었다. 빈은 시간까지 확인해 보고는 아버지가 노인을 만나고 요양원을 나간 뒤 그에게 전화했다는 것을 알게 됐다.

"무슨 일이 있었는지 내게 말해보렴."

노인은 빈이 꺼내는 이야기에 귀 기울였다. 빵 부스러기라도 흘릴까 봐 조심해서 빵을 입에 넣듯 한마디 한마디를 귀에 빨아들이고 있었다. 노인의 표정이 흔들리기 시작했다.

"나무 그 사람, 그동안 많이 힘들었을 거야. 네가 이렇게 청년으로 성장하는 동안 혼자 그 많은 이야기를 품고 살았으니."

노인이 내뱉는 긴 숨소리가 무겁고 길게 느껴졌다. 빈은 등줄기가 타오르는 것 같았다. 노인을 바라보았다. 노인은 탁자에서 물컵을 들어 입술을 축였다.

"언젠가 자네가 날 찾아올 줄 알았지. 자네 애비처럼 많은 이야기를 품은 사람은 속을 드러내는 게 여간 어렵지 않거든. 안타깝게도 자네에게 속을 털어놓기 전에 문제가 생겼구먼."

빈은 서재에서 혼자만의 시간을 보내던 아버지를 떠올렸다. 그리고 무거운 사실들을 가슴에 품은 채 쉼 없이 달리고 있었을 아버지를 상상했다.

"퓨어바디에 대해 듣고 싶어요."

"퓨어바디?"

노인은 처음엔 놀란 듯 눈을 깜박이더니 이내 안도의 미소를 지었다. 그는 돋보기안경을 벗어 손등으로 눈가를 문질렀다. 숨을 길게 뽑는데 머나먼 기억을 길어 올리듯 마른 입술에 조금씩 힘이 들어갔다.

이야기는 구름도 침투사건 이후 해괴한 소문이 떠돌면서 퓨어바디의 실상을 알리는 글들이 웹스카이에 나타난 당시로 거슬러 올라갔다. 한 사내가 자신이 퓨어바디라고 주장하며 전단지를 뿌리고 투신한 사건이 터지자 혼란이 일었다. 언론매체들이 일사분란하게 기사를 내보내 그를 정신이상자로 몰았고, 떠도는 소문과 웹스카이에 뜬 글들은 순식간에 사라졌다.

이야기를 듣는 동안 빈은 가만히 눈을 감았다. 머릿속에 거센 바람이 휘몰아치다 사라진 기분이었다. 숨을 몰아쉬었다. 바람이 사라진 이후의 적막이 머릿속에서 수많은 말을 건네고 있었다. 그 사이로 물음표처럼 화진이란 이름이 떠올랐다.

빈은 노인이 말을 쉬기를 기다려 그녀에 대해 물었다. 현재 살아 있는지, 살아 있다면 어디에 있는지. 빈의 목소리는 가늘게 흔들렸다. 노인은 갑자기 입을 꾹 다문 채 빈을 보았다. 놀란 눈빛이었다.

"왜 그렇게 보세요?"

빈은 노인의 알 수 없는 태도에 제 말소리가 기어들어 가는 것을 느꼈다.

"이런, 뭐라고? 무슨 소릴 하는 게야. 네 엄마는 죽었잖니."

빈은 귀를 의심했다. 아니면 노인이 말을 잘못 알아들은 모양이라고 생각했다. 빈은 다시 말했다.

"전 엄마가 아니라 화진이란 여자에 대해 묻는 거예요."

"네 아버지가 끝까지 말을 해주지 않은 모양이군."

빈은 노인을 응시했다.

"화진이가 바로 네 엄마다."

빈은 고개를 저으며 목소리에 힘주어 말했다.

"저희 엄마 이름은 한수진인데요."

노인은 빈의 눈을 똑바로 바라보았다.

"네 아버지가 신분증 위조 전문가한테서 얻은 한수진이라는 여자 신분증으로 네 엄마를 위장시킨 거지. 네 어머니 화진은 한수진이라는 이름으로 살았던 거고."

빈은 숨이 막혔다. 관자놀이에서 맥박이 요동쳤다.

내가 기억하는 어머니가, 내 어머니가 퓨어바디였다니.

어머니가 구름도 일차 침투에 합류해 현장에서 사망했다는 노인의 설명은 더 놀라웠다. 어머니의 사망이 H 쇼핑센터 화재와는 무관하다는 소리였다. 아버지의 거짓은 또 드러났다. 빈은 무슨 말을 어떻게 이어야 할지 생각나지 않았다. 잠시 뒤 빈은 생각난 듯 주머니에서 사진을 꺼냈다.

"이 사진에 대해 설명해주세요. 제가 왜 마리 씨와 이런 사진을 찍은 거죠?"

노인은 사진을 내려다보더니 고개를 끄덕였다. 쪼글쪼글한 입술 사이로 빈의 유년시절이 퍼져 나왔다. 빈의 표정은 계속 흔들렸다. 탈출한 퓨어바디들은 발각되지 않도록 사람들 속으로 숨어들기 위해 흩어져야 했다. 화진 역시 숨을 곳을 찾아야 했다. 그 와중에 어린 빈은 노인에게 맡겨졌다.

"그러니까 전 어머니와 아버지가 인공자궁플라자에서 주문 입양한 아이가 아니란 말이군요."

"당시 아르고스가 그러더군. 길을 헤매다가 공원 벤치에 버려진 아기를 발견했는데, 그냥 지나칠 수 없어서 데려왔다고 말이야. 어느 정상인 부부가 플라자에서 구입한 아기인 게지. 정상인 아기야 다 인공자궁플라자에서 나오니까. 무슨 사연으로 공원 벤치에 버려져 있었는지는 모르지만."

버려졌던 아이. 게다가 버려졌던 나를 거둔 게 퓨어바디였다니.

빈은 웃음이 나왔다. 바람 섞인 웃음이었다. 노인은 빈의 유년시절에 대해, 아버지에 대해 이야기를 계속했지만 귀에 들어오지 않았다. 빈은 몸을 일으켰다. 노인의 손을 잡고 가볍게 포옹했다. 뼈만 앙상한 어깨와 등으로부터 전율이 전해졌다. 머릿속을 맴돌던 의문들과 받아들이기 거북했던 이야기들이 선명해지는 순간이었다. 몸을 떼고 한 발 뒤로 물러섰다.

빈은 병실을 나오면서 뒤를 돌아보았다. 노인은 안전철망이 처진 창문 너머를 바라보며 소매로 안경알을 닦고 있었다.


## 22


빈이 파피루스 입구에 도착했을 때는 한밤의 적막과 어둠이

거리에 가라앉고 있었다. 행인들은 미세한 먼지로 만들어진 것처럼 희미하게 어둠 속으로 사라졌다. 빈은 창유리 너머 고인 어둠을 응시했다. 어둠을 품은 낡은 책들의 공간. 아기 빈이 머물렀고, 아버지와 어머니가 드나들었다. 빈은 아무것도 떠올릴 수 없었다. 노인이 들려준 이야기도 꿈결에 들은 헛소리 같았다. 마리와 찍은 낡은 사진만이 오래전 그가 이곳에 머물렀음을 증명했다.

빈은 건물 뒤로 돌아 계단을 올랐다. 계단과 통로에는 푸르스름한 서너 개의 불빛이 힘겹게 어둠을 밀어내고 있었다. 무얼 확인하려고 이곳으로 달려온 건가. 아버지가 나를 이곳으로 유인한 걸까.

두려움과 분노가 밀려왔다. 빈은 마리의 집 현관문 앞에 서서 숨을 골랐다. 커튼이 드리워진 창문 틈으로 새어나온 불빛을 확인하고는 벨을 눌렀다.

잠시 후 문이 열렸다. 마리가 빈의 손을 잡아 안으로 끌고는 문을 닫았다.

"할아버지가 반가워하시지?"

빈은 반응하지 않았다. 원하던 이야기는 듣고 온 거냐는 마리의 물음이 계속 이어졌다. 빈은 잠시 뜸을 들인 뒤 입을 열었다.

"어렸을 때 어머니가 화재로 돌아가신 걸로 알고 있었는데, 그게 아니더군. 다 거짓이었어."

마리는 다음 말을 짐작한 듯 말없이 빈을 식탁 의자에 앉혔다. 그녀의 눈은 귀처럼 열려 빈의 표정을 읽고 있었다. 빈의 입에서 이야기가 흘러나왔다. 퓨어바디인 어머니에 대해, 그 퓨어바디들이 길에서 주운 아이에 대해. 빈은 입술 끝으로만 웃었다. 무언가를 억지로 삼킨 듯 불편하고 고통스러운 눈으로 거실의 벽, 천장, 바닥, 가구, 장신구들을 훑어보았다.

"이곳에 있는 것들, 다 예전 그대로야?"

마리는 고개를 끄덕이며 차분한 눈길로 빈을 주시했다.

"내가 이 집에서 살았다니, 아직도 믿을 수 없어."

"난 그때 그 꼬마보다 세 살이 많아선지 조금 기억이 나네. 그때 그 꼬마가 너라니 세상 참 좁다. 재밌어. 이리 와봐. 보여줄게 있어."

마리는 빈의 손을 잡아끌어 작은 방으로 데려갔다. 전등 스위치를 누르자 환해진 방 안의 정적이 빈을 빨아들였다. 빈은 방 안을 둘러보았다. 마리가 안쪽 벽을 가리켰다.

"여기 이 낙서, 누구의 소행인지 아니? 바로 너야."

빈은 가까이 다가가 낙서에 눈을 주었다. 일전에 잠입했을 때 눈을 잡아당겼던 낙서였다. 빈은 손가락으로 벽에 그어진 선들을 매만졌다. 색색의 크레용과 연필 등으로 아무렇게나 그은 선들, 원들, 꽃들, 집들, 사람들…… 마리는 어렸을 때 이 방에서 꼬마 빈과 함께 지냈다고 말하면서 빈 옆으로 바짝 다가와 벽에 등을 기대고 앉았다. 빈은 고개를 돌려 그녀를 바라보았

다. 그녀의 눈빛과 표정 하나하나가 호기심을 당기는 고대문자
처럼 보였다.

"마치 아, 악몽을 꾸고 있는…… 기, 기분이야."

빈은 말을 더듬었다는 사실에 얼굴이 달아올랐다. 마리는
얼굴을 그의 귀 가까이에 대며 말했다.

"네가 알던 너는 껍질이었겠지."

빈은 부인하고 싶었지만 어떤 말도 입 밖으로 나오지 않았
다. 내장기관이 다 들여다보이는 투명물고기가 된 기분으로 벽
의 낙서를 바라보았다. 그녀가 빈의 얼굴에서 먼지를 털어내듯
입김이 실린 낮은 목소리로 말했다.

"난 널 처음 봤을 때부터 묘한 느낌을 받았어."

빈은 아무 말도 하지 않았다. 입을 조금이라도 열면 거칠게
뛰는 심장 소리가 들릴까 겁이 났다. 빈과 마리는 서로 바라보
았다. 빈은 그녀의 시선에 숨고 싶은 충동을 느꼈다. 명치끝에
서는 울렁임이 신호를 보냈다. 모든 것을 비우고 숨을 쉬라고,
그동안 꾸역꾸역 삼켜버린 혼란과 불안을 토해내라고. 빈은 마
른세수를 하고는 물었다.

"들어주겠어?"

마리는 고개를 끄덕였다. 빈은 차가운 물속에 얼굴을 담근
듯 고통스런 표정으로 이야기를 시작했다. 아버지의 부재 이후
알게 된 사실과 의혹에 대해, 원고 뭉치를 읽으며 혼란스러웠던
시간에 대해. 마리는 말없이 그의 말을 경청했다. 빈은 말하는

동안 마리의 손가락 스무 개가 거미 다리처럼 천천히 그의 어깨 위에서 배회하는 걸 느꼈지만 하던 말을 멈출 수 없었다.

떨리는 목소리에 조금씩 흐느낌이 배어들려는 그때, 그녀가 손가락 하나를 세워 그의 입에 댔다. 빈은 영문을 몰라 마리의 얼굴을 빤히 보기만 했다.

"나도 할 얘기가 있어."

그녀가 뱉은 그 말은 입이 아니라 눈에서 흘러나온 것처럼 촉촉하고 투명한 느낌이었다. 무언가가 그녀를 갉아먹는 것 같았다. 빈은 그녀가 무슨 얘기를 꺼내려는지, 그 이야기가 빈을 또 어디로 이끌지 두려웠지만, 그녀에게 고개를 끄덕여 보였다. 그녀의 얼굴에 힘없는 미소가 피어올랐다. 금방이라도 스러질 듯한 미소였다. 꾹 닫혀 있던 그녀의 입술에서 새어나오기 시작한 건 얼마 전 투신한 남자에 대한 이야기였다.

빈은 떠올렸다. 전단지를 뿌리고 허공에 몸을 던진 정상인 남자를. 마리는 네 손을 모아 얼굴을 덮으며 스무 개의 손가락 사이로 나지막하게 소리를 흘렸다.

"그 사람, 퓨어바디야. 그와 난 사랑하는 사이였고."

빈은 마리가 군중 속에서 슬픈 표정을 짓던 일이 비로소 이해되었다. 이렇게 작아져 버린 마리는 처음이었다. 짐작대로였다. 마리는 그곳에서 무슨 일이 벌어질지 알고 있었다. 그를 말리려고, 마지막으로 그를 보려고 그 시간에 사람들이 많이 모인 그곳으로 달려갔다. 마리는 그가 결심을 포기하기를 바랐다.

수도 없이 말렸다. 남자는 생각을 돌리지 않았다. 남자는 세상을 저주했고, 무엇을 위해 살아야 할지 알 수 없노라고 괴로워했다. 그는 마리보다 나이가 많았다. 셀 수 없이 많았다. 사실 냉동에서 깨어나 구름도에서 탈출한 뒤 숨어 살아왔으므로 정확하게 나이를 말한다는 건 의미가 없었다. 냉동 기간 없이 살아왔다면 백오십 살이 훨씬 넘었을 거였고, 그런 그를 마리는 겉모습만으로 대략 오십 대 초반쯤으로 추정했다. 마리가 세상에 태어나 첫 공기를 마시기 훨씬 전에 삶을 송두리째 빼앗긴 채 미래로 끌려온 인간. 그런 남자에게 품은 자신의 감정에 대해 마리는 오래 생각했다. 그를 향한 감정이 연민일지 모른다고, 호기심일지 모른다고 망설였다. 하지만 그것이 무엇이든 마리는 차갑게 식지 않도록 지키고 싶은 하나의 온기가 소중하다고 느꼈다. 그것은 사랑이었다.

마리가 그를 처음 본 건 지하 서고에서였다.

두 해 전, 나무 기자가 지하 서고로 한 중년 남자를 데리고 왔다. 마리는 그가 퓨어바디라는 걸 묻지 않아도 알 수 있었다. 퓨어바디에 대해서는 할아버지로부터 이야기를 들어왔고, 할아버지가 그들을 살펴주는 것을 지켜봤으므로 파피루스를 드나드는 그들에게 거부감을 갖지 않았다. 할아버지가 그랬듯 그녀도 가이아수호연대 사람들과 퓨어바디에게 협조했다. 나무 기자는 그들과 긴밀한 대화를 하려고 자주 발걸음 했다. 그래서 마리는 나무 기자와 함께 온 중년 남자가 퓨어바디임을 단번에 알 수 있었다.

중년 남자는 오래된 화보집 하나를 찾아줄 수 있느냐며 그녀에게 처음 말을 건넸다. 이후로는 그 화보집을 보러 혼자 찾아오곤 했는데, 그와 가까워지면서 마리는 그가 과거 세상에서 자연의 모습을 포착하는 사진작가였다는 사실을 알게 되었다.

"그는 사진에 담았던 과거 세상의 풍광, 식물, 지형, 동물들에 대해 이야기했어. 얼마나 아름다웠는지 말이야. 나는 그가 설명해주는 과거 세상을 상상했어. 상상 속에서만 느낄 수 있었어. 과거 세상이 품었던 파릇하고 투명한 자연. 그가 나를 상상하게 했다니까. 어느 날인가 그는 서고 깊숙이에서 아주 오래된 책을 찾아내고는 무척 놀라워했어. 그가 찍은 사진이 가득한, 아주 오래전에 출간된 책이었지. 그는 그걸 내게 보여주었는데, 오래전에 사라져 나는 한 번도 보지 못한 동물들 사진이었어. 그가 하나하나 짚어가며 내게 이름을 말해줬어. 북극곰, 판다, 키위새, 흑고니, 분홍돌고래, 하프물범, 얼룩말, 아르마딜로, 알바트로스, 사막여우, 기린, 검은코뿔소, 수달, 혹등고래, 펠리컨…… 또 뭐더라. 아무튼 말이야. 세상에 그런 동물들이 있었다니 놀라웠어. 사라진 것들은 어쩌면 그렇게 신비하고 아름다운 걸까."

빈은 마리가 자신의 이야기 속에 오래 머무르고 싶어 한다는 것을 느꼈다. 그녀는 그 남자가 그리운 것이다. 그 남자가 잃어버린 과거의 생을 그리워하고 분노했던 것처럼 그녀는 그와 함께했던 시간 속에 머무르려는 것이다. 빈은 짐작할 수 있었다. 아버지 역시 그 남자를 통해 과거 세상을 상상했다고. 그가 회상한 과거의 식물, 동물, 현상, 풍광들이 아버지의 '사라진 것들에 대한 이야기' 속에 박제처럼 기록되었는지 모른다고.

남자는 사라졌다. 마리만이 그를 그리워하며 그에 대한 이야기를 빈에게 들려주고 있다. 어쩌면 그 남자는 마리의 입으로 빈에게도 속삭이고 있는 건지 모른다. 빈은 가슴속에 생긴 텅 빈 공간이 점점 커지는 것을 느꼈다.

## 23

벨을 눌렀다. 지난번처럼 요란하게 누르지 않았다. 간격을 두어 한 번, 두 번, 세 번. 한참 뒤에야 다가오는 발소리가 들렸다. 문이 열린 건 한 뼘 정도. 그 사이로 제갈영웅의 탁한 눈이 빈을 내다보고 있었다.

이윽고 문이 완전히 열렸다.

빈은 블라인드가 내려진 창가에 앉아 제갈영웅을 바라봤다. 제갈영웅의 얼굴은 방 안만큼이나 어두웠다. 그는 긴 숨을 내쉰 뒤 담배를 피워 물었다.

"기다렸네."

가라앉은 목소리였다.

전날 밤늦게 귀가한 빈은 전화에 남겨진 음성메시지 하나를 확인했다.

"할 말이 있어. 와 주게. 혼자."

처음엔 누구의 목소리인지조차 알지 못했다. 전화번호도 생소했다. 누굴까. 빈은 이내 제갈영웅의 목소리라는 걸 알아차리고는 놀랐다. 그가 연락해 오리라고는 상상도 못한 것이다. 할말이 과연 무엇일까. 빈은 신경을 곤두세우며 흥분과 추측 사이에서 밤을 잃었고, 다음날 오후 늦게 잠에서 깨자마자 제갈영웅에게 달려왔다.

마주 앉은 제갈영웅의 표정은 어딘가 달라져 있었다. 제갈영웅은 아버지를 해치려고 했던 이유를 털어놓겠다고 했다. 빈은 제갈영웅이 방금 내뱉은 말이 믿기지 않았다. 그의 갑작스러운 심경 변화를 어떻게 해석해야 할지 알 수 없었다. 잠시 뒤 오래 물고 있던 썩은 고기를 툭 뱉듯 그가 입을 열었다.

"익명의 편지 때문이었지."

그거였구나. 빈은 제갈영웅을 똑바로 바라보았다. 죽은 자의 가슴에 귀를 대보는 기분이 이럴까. 하지 않으면 안 될 말을 하기 위해 관 속에서 막 일어난 미라와 인터뷰를 하고 있다는 생각마저 들었다. 제갈영웅은 빈이 오기 전부터 줄곧 마시고 있었던지 반쯤 담긴 술잔을 들어 입에 털어 넣었다.

빈이 물었다.

"무슨 내용의 편지였죠?"

제갈영웅은 담배 연기를 길게 뱉으며 등받이에 기댔다. 연기가 천장으로 우울한 춤을 추며 올라갔다. 제갈영웅은 두 손에 얼굴을 묻었다. 빈은 그를 지켜봤다.

얼마나 지났을까. 마침내 그는 얼굴을 들어 이야기를 시작했다.

제갈영웅은 우편함에서 '열렬한 독자가'라고만 쓰인 봉투를 발견했다. 신작에 대해 묻는 몇 건의 이메일에 신경이 곤두서 있던 차였다. 출판사에서 보내온 책과 문화행사 초청문 따위는 눈에 들어오지도 않았다. 이사한 집 주소를 노출하지 말아 달라고 출판사 측에 신신당부했는데, 누가 주소를 노출했나 싶어 그는 마른 숨을 길게 몰아쉬었다. 불쾌하게도 발신자는 익명이었다. 봉투를 뜯은 뒤 접힌 종이를 빼 펼쳤다.

안녕하십니까, 작가님.

목 상처는 다 아물었겠지요? 요즘엔 글을 안 쓰나 봅니다. 많은 독자가 작가님의 후속작을 기다리고 있는데 말이죠. 하긴 저야 다 이해합니다. 한 줄도 쓰지 못하는 이유를 다 이해하고도 남죠. 하지만 그간의 베스트셀러 작품을 대신 쓴 진짜작가가 죽었기로서니 명색이 유명 작가신데 작품에 손도 못 대고 있다는 건 말이 안 되지요. 안 그렇습니까? 독자들이 그 사실을 알아보세요. 어떤 비난이 쏟아질지 상상은 해보셨습니까? 제가 장난삼아, 혹은 심기가 불편해져서 한마디 흘리게 되면 입소문은 그야말로 순식간에 번지겠지요. 신문마다 대서특필될 것이고, 사람들은 그 맛깔스런 화젯거리를 씹어댈 겁니다. 그런 일은 일어나면 안 될 거예요. 세계적으로 유명한 작가가 되신 거며, 인세로 먹고살고 있는 거며, 이게 다 냉동인간, 아니 정확히 말하면 퓨어바디 덕분이 아닙니까. 그렇다면 그들을 위해 뭔가 의미 있는 제스처를 좀 보여주셔야지요. 어려운 걸 요구하는 게 아닙니다. 제가 알려 드린 계좌로 돈을 보내주시면 됩니다. 퓨어바디 덕분에 유명세도 얻고 돈도 버시는데 이 정도의 대가는 치르셔야지요. 만약 이 편지가 불쾌하다고 해서 신고하시겠다면 곧바로 작가님의 비밀은 인터넷에 확 까발려질 겁니다. 아주 유명한 작가이니만치 현명하게 판단하시리라 생각됩니다.

―당신의 독자로부터

글을 읽고 난 제갈영웅은 안절부절못했다. 그는 구름도에서 벌어졌던 상황을 떠올렸다. 턱 밑에 닿은 칼날의 차가운 느낌도 되살아났다. 사방에서 울리는 총성. 금방이라도 죽을 것 같이 심장을 태우던 순간들. 인질이었던 제갈영웅은 케이가 손에 쥔 칼에 목의 살갗이 찢기자 비명을 지르다가 정신을 잃었다. 병원에서 깨어나서는 테러범들이 모두 사살되었다는 기사를 웹스카이에서 확인하고서야 안도했다.

도대체 누가 이런 장난을 치는 걸까. 신고해버릴까. 그랬다가 궁지에 몰리는 건 아닐까. 협박 내용이 뭐냐는 경찰의 질문이 그의 목을 조를 것이다. 누굴까. 몇몇 얼굴이 바람에 흩날리는 비닐봉지처럼 눈앞에서 휘돌았다. 평소 제갈영웅을 질투했던 동료작가가 걸렸다. 그는 『냉동인간』 시리즈가 다른 사람이 쓴 것처럼 문체와 스타일이 완벽하게 다르다며 사람들 앞에서 제갈영웅의 소설에 대해 들쑤셔댔다. 제갈영웅은 전날 술자리에서 그가 그런 소리를 또 지껄이며 자신을 자극했던 일이 떠올랐다.

그 새끼일까.

한 명 더 떠올랐다. 문화잡지 〈이데아〉의 나무 기자. 그는 인터뷰를 하겠다며 집 앞에서 기다렸다. 끈질겼다. 제갈영웅은 할 수 없이 요청을 받아들여 인터뷰를 하긴 했는데 뭔가 알고 찌르는 듯 질문하던 그 기자가 의심스러웠다.

빈은 이야기 속에 빠져 있는 제갈영웅을 바라보았다. 눈 감은 초췌한 얼굴엔 피로가 배어 있었다. 발송자가 아버지라고 생각한 거냐고 빈은 애써 묻지 않았다.

제갈영웅은 천장을 올려다보며 말을 이었다.

"병원에서 깨어났을 때 세상 전체가 흔들리는 진동을 느꼈지. 공포스러웠던 순간들이 내 주위를 맴도는 거야. 미칠 것 같았어. 턱 밑을 파고드는 시퍼런 칼, 나에게 가짜라며 냉소를 퍼붓던 케이의 서슬 퍼런 말투, 사방에서 귀를 울리던 총성……"

제갈영웅은 두 눈을 감고 고개를 저었다.

케이. 케이는 누굴까.

빈은 제갈영웅의 입에서 튀어나온 케이라는 인물에 신경이
쏠렸다.

케이가 함께 바닷가에 다녀오자는 부탁을 해왔다. 바다를 보
면 글이 잘 풀릴 것 같다는 게 이유였다. 시커먼 기름띠와 쓰레
기가 떠다니는 바다에서 무슨 영감을 얻겠다는 건지 제갈영웅
은 어이없다고 생각하면서도 케이의 요구라면 무엇이든 들어줄
용의가 있었다. 작품 때문이라는데 어딘들 못 가겠나 싶었다.

그로부터 이틀 뒤, 그들은 바닷가로 향했다. 차로 한참을 달
렸다. 크고 작은 배들이 줄지어 정박해 있는 선착장이 전방에
나타났다. 제갈영웅은 조수석에 앉은 케이가 가리키는 대로 안
쪽 주차공간으로 들어갔다. 주차된 차는 몇 대뿐, 주위는 적요
했다. 제갈영웅은 휘파람을 불며 차에서 내렸다. 그때였다.

맞은편에 주차되어 있던 차 넉 대에서 쏟아져 나온 낯선 남
자들이 제갈영웅의 눈에 들어왔다. 그들은 겁먹은 한 노신사의
양팔을 붙들고 있었다. 제갈영웅은 그 노신사를 알아봤다. 실
종소식으로 사나흘 전부터 TV 뉴스에 얼굴 사진이 나오던 인
공자궁플라자 원장이었다. 제갈영웅은 심상치 않은 분위기를
감지하고는 차 문손잡이에 손을 뻗었다. 그때 케이가 그의 두
팔을 등 뒤로 낚아채더니 단단히 붙들었다.

"함께 가는 겁니다."

남자들은 원장과 제갈영웅을 이끌고 구름도행 수송선박 안

으로 뛰어들었다. 겁먹은 직원들을 한곳에 몰아 결박했다. 그런 뒤 직원들의 옷으로 바꿔 입고 평온을 가장한 채 배의 시동을 걸었다. 선박은 선착장을 벗어나 바다 한가운데로 나아갔다.

섬이 나타났다. 구름도였다. 빠른 속도로 내달린 지 세 시간 만이었다. 제갈영웅은 원장과 함께 수송 상자 안으로 밀어 넣어졌다. 얼마나 지났을까. 다시 밖으로 끌려나왔을 땐 섬 내륙의 퓨어바디 연구센터로 이어지는 수송도로 위였다. 남자들은 두 인질을 앞세워 센터 입구로 진입했다. 사이렌이 울린 건 막 탈출한 한 무리의 사람들과 합류했을 때였다. 무장한 경비요원들이 쏟아져 나왔다. 남자들은 두 인질의 목에 칼을 들이댄 채 무장요원들의 접근을 필사적으로 막았다. 대치상황은 예측할 수 없이 긴박했다.

돌발상황이 벌어졌다. 경비요원 하나가 원장을 향해 방아쇠를 당긴 것이다. 방어벽이 무너져 버리자 남자들은 우왕좌왕했다. 제갈영웅은 쓰러진 원장 주위로 커져가는 붉은 피 웅덩이를 내려다보았다. 정신을 차릴 수가 없었다. 피 웅덩이는 제갈영웅의 것일 수 있었다. 그가 죽을 차례였다. 총알은 사방에서 날아왔다. 몸부림칠수록 목에 닿은 칼이 조여 왔다.

칼을 쥔 케이가 제갈영웅의 귀에 속삭였다.

"어차피 당신의 작가인생은 오래전에 죽었지. 죽음이 두렵나, 가짜 작가?"

제갈영웅은 머리를 흔들었다. 그를 가짜라고 비웃는 케이와 남자들이 모두 사살되기를 바랐다. 경비요원들이 다가오자 케이는 거칠게 움직였다. 그 바람에 제갈영웅은 목 가까이에 다가온 칼끝을 의식하고는 비명을 질렀다.

제갈영웅은 계속 말했다.

"그 사건이 있고 얼마 뒤 사내들이 집으로 찾아왔지."

사내들? 빈은 제갈영웅의 다음 말에 귀를 세웠다.

"그 사내들은 현장에서 보고 들은 것에 대해 함구하라고 했어. 날 납치한 자들이 테러범이라는 거야. 하지만 난 그들 중 일부가 퓨어바디라는 걸 알았지. 그 급박한 대치상황에서 그들은 퓨어바디의 해방을 외쳤어. 믿고 싶지 않았지만 믿을 수밖에 없었다네. 그날 현장에서 비로소 깨달은 거지. 내 집에서 함께 살아온 케이가 퓨어바디였다는 걸 말일세. 그에게 느꼈던 수수께끼 같은 점들이 이해되는 순간 정신이 아찔하지 뭔가."

제갈영웅은 과거 속에 사는 사람 같았다. 허공에 둔 시선에 회한과 두려움이 서려 있었다.

빈이 물었다.

"그 케이라는 퓨어바디도 그때 죽은 건가요?"

제갈영웅은 고개를 끄덕였다. 빈은 굳은 표정을 풀지 못했다.

"함께 살았다면서 사는 동안 아무런 의심도 없었나요?"

"의심? 내게 굴러 온 기막힌 소설기계라고 생각했을 뿐이야. 명성과 돈이 주는 달콤함을 포기할 수 없었거든."

케이. 빈은 그가 누군지 감이 왔다. 소설 『냉동인간』의 원저자였다. 제갈영웅의 멍한 얼굴에 시든 미소 한 줄기가 지나갔다.

"나를 팔아서라도 움켜쥐고 싶었어."

제갈영웅은 재털이의 수북한 꽁초 무덤에 또 하나의 꽁초를 짓이기며 말을 이었다.

"세상 참 재미있지. 그 일이 벌어지고 난 뒤 소설은 더 미친 듯이 팔려나갔어. 기자들과 평론가들은 내 이름을 들먹이며 허구와 사실이 어쩌고저쩌고 설을 푸는데 얼마나 기가 차던지. 난 그럴수록 신경이 날카로워졌어. 잠도 잘 수 없게 되었지. 밤마다 꿈속에 케이가 나타났거든."

제갈영웅은 얼굴을 두 손에 묻었다. 빈이 물었다.

"케이라는 사람, 진짜 이름이 뭔지 아세요?"

"이름이 뭐냐고 물은 적이 있지만, 그는 끝까지 말하지 않았어."

"그를 언제 처음 만났나요? 어떻게 만났죠?"

"오래전 그날이 생생히 떠오르는군……."

움푹 들어간 제갈영웅의 눈에 지나간 시간이 고이고 있었다.


제갈영웅은 홀로 앉아 맥주잔에 입술을 대고 있었다. 네 권의 책을 냈지만, 반응은 시원찮았다. 새로 쓴 소설 원고도 출판사에서 시간만 끌다가 출판할 의사가 없다는 답변을 받은 터였다.

턱수염이 덥수룩한 젊은 정상인 남자가 다가온 건 세 번째 잔을 비웠을 때였다. 그는 허락도 구하지 않고 테이블 맞은편에 앉았다. 제갈영웅은 혼자 있고 싶으니 가라고 했지만, 남자는 엉덩이를 의자에 붙이고는 얼굴을 가까이 당기며 물었다.

"다음 책은 언제 나오나요?"

"날 알아요?"

제갈영웅은 놀란 눈으로 남자를 쳐다보았다.

"물론. 작품도 읽었는걸."

"어떻던가요?"

제갈영웅의 눈이 조금 빛났다.

"이거 미안해서 어쩌나. 그렇게 재미없는 소설은 처음이었소. 현학적인 서술이 많은 데다 인물들이 매력이 없어요. 한마디로 지루했습니다. 게다가……."

"그만하시죠!"

제갈영웅이 짜증스러운 표정으로 잔을 입에 대자 남자는 웃음을 흘렸다. 이윽고 남자는 얼굴을 들이대며 제의를 하나 하겠다고 했다.

"내가 쓴 소설 원고를 읽어보고 마음에 들면 당신 이름으로 출판사에 보내봐요."

"뭐요?"

제갈영웅은 얼굴을 붉혔다. 남자는 계속 말했다.

"원고 반려돼서 이러고 있는 거 아니오?"

"그걸 어떻게……."

"그런 건 중요한 게 아니고. 어차피 퇴짜 맞은 김에 원고 하나 더 보내 보는 겁니다. 그쪽에서 좋다고 하면 당신 이름으로 출판하는 거요."

어이없는 제의였다. 제갈영웅은 고개를 저으며 쓴 미소를 지었다. 불쾌한 기분마저 들었지만 받아칠 기운은 남아 있지 않았다. 술을 얻어먹으려는 수작일 뿐이라고 여겼다. 종업원에게 맥주 한 잔을 더 주문했다. 살다 보면 이런 어이없는 일도 만나게 된다고 스스로를 다독이면서.

그런데 남자는 진지한 어조로 조금 전에 한 말을 이어갔다. 이런 작업도, 이런 만남도 소설적이지 않느냐는 말까지 덧붙이며 미소를 보였다. 메피스토가 연상되는 미소였다. 술기운 때문인지 제갈영웅도 그 소름 끼치는 미소를 따라 웃었다. 가벼운 전율을 느꼈다. 그동안 불발된 소설들, 무료한 의지 상실의 일상, 말라버린 돈을 생각했다. 바닥을 치고 오를 수 있는 뭔가가 필요한 시점이었고, 그것이 무엇인지 알 수 없어 헤매던 차였다. 술기운은 계속 제갈영웅을 뒤흔들었다.

그날 밤, 제갈영웅은 남자의 때 묻은 가방에서 나온 원고 뭉치를 받아들고는 단숨에 읽어 내려갔다. 침을 거푸 삼키며 눈을 한 번도 원고에서 떼지 않았다. 마지막 페이지를 덮었을 때 그의 소파에서 잠든 까만 수염의 남자를 바라보았다. 괴물 같은 소설이었다. 고민 끝에 다음 날 제갈영웅은 그 원고에 자신의 이름을 기재해서 출판사에 보냈다.

출판사에서 연락이 온 건 원고를 보낸 지 이틀 만이었다. 편집장은 놀랍다며 극찬을 늘어놓았다. 제갈영웅은 불과 며칠 전 출판사 측의 태도를 떠올렸다. 좌절했던 그때와 지금은 얼마나 다른가를 계산하며 이렇게라도 다시 시작할 수 있다는 데 안도했다. 안도는 곧 흥분으로 이어졌다. 그의 이름이 박힌 소설 『대지의 노래』가 출판되자마자 베스트셀러 순위 안에 안착한 것이다. 제갈영웅은 작가 팬 사인회에서 길게 줄 선 독자들을 만났고, 인터뷰에 응할 때마다 모든 게 당연한 일인 양 태연한 미소를 연출해냈다. 첫 번째에 이어 두 번째 소설이 성공했을 때 제갈영웅은 확신했다. 까만 수염의 남자는 타고난 소설기계임이 틀림없다고. 그리고 생각했다.

저자는 누구인가. 메피스토? 아니야. 쓸데없는 생각일랑 집어치우자. 그를 붙들어두어야 한다.

제갈영웅은 새로 이사한 집에 보안시설을 설치했다. 남자의 제안을 따른 것이다. 남자는 소설 탄생의 비밀이 유출되면 망하는 건 제갈영웅이라는 사실을 각인시켰다.

세 번째 작품 『냉동인간』 시리즈 제1권은 출간 즉시 화제에 올랐다. 인물 설정에서 퓨어바디를 암시하는 듯한 불편한 묘사가 있었지만, 그런 점이 독자의 흥미를 끌었다. 마침내 제갈영웅은 '독자가 선택한 최고의 소설가 상' 수상자로 선정되었다.

그날, 남자는 제갈영웅에게 자신을 '케이'라고 불러달라고 말했다.

*

"케이는 한 뉴스매체에 대서특필된 『냉동인간』에 대한 기사를 읽곤 미친 사람처럼 웃어댔지. 그 웃음소리가 지금도 들려."

제갈영웅은 두 눈을 부릅뜨고 양손으로 귀를 막았다. 미친 건 그인 것 같았다. 불안해 보였다. 동료작가를 살해한 게 맞을지도 모른다는 생각이 들 정도였다.

제갈영웅이 계속 말했다.

"구름도에서의 그 일이 있은 뒤 인터뷰하겠다고 찾아온 자네 부친이 나는 수상쩍었네. 내 비밀을 알고 있다고 생각했어. 인터뷰하는 동안 표정에서 그걸 읽었거든. 죽이고 싶었어. 사실 죽이려고 시도한 건 두 차례야. 그때마다 누군가 나를 막았어."

이건 또 무슨 소린가. 누군가 아버지를 구해주었다니. 그것도 두 번씩이나.

"누굴까요?"

복면을 쓰고 나타나서 얼굴을 알아볼 수 없었다는 게 제갈영웅의 설명이었다. 제갈영웅은 몸 안의 모든 것을 토해낸 사람처럼 어깨를 축 늘어뜨렸다.

"다시 말하지만 자네 부친이 사라진 일에 난 아무것도 아는 게 없어. 나도 자네 부친이 무사하길 바라네."

진심일까. 빈은 묻지 않았다. 제갈영웅이 이어 말했다.

"그래서 말이네만, 부탁이 있어."

제갈영웅의 입에서 뜻밖의 말이 튀어나왔다. 양심선언을 결심했으니 도와달라는 거였다. 며칠 동안 생각했다는 말을 덧붙일 땐 긴 숨을 내쉬었다.

"폭로를 하겠다는 건가요?"

제갈영웅이 고개를 끄덕였다.

"갑자기 왜 그런 생각을……."

"겁이 났어. 나 같이 몰락한 인간에게 관심을 두는 사람은 없지. 내가 언제 어떻게 사라져도 사람들은 신경도 쓰지 않을 거야. 무서워. 나와 함께 내가 숨긴 모든 진실도 함께 사라진다는 사실이 무서워. 나 아닌 껍데기인 채로 사라지고 싶지는 않네."

"어디까지 폭로할 생각이죠?"

"모두 다. 남김없이 죄다 폭로할 작정이네.『냉동인간』의 진짜 작가가 누군지, 그 작품을 퓨어바디가 썼다고 폭로하면 세상이 발칵 뒤집힐 거야. 재밌지 않은가."

그는 웃었지만, 표정은 바람 빠진 풍선처럼 파르르 떨며 쪼그라들고 있었다. 빈은 각오가 되어 있느냐고 물었다.

"물론이야."

그는 퓨어바디의 실상과 오래전 구름도 사건의 진실까지 그가 알고 있는 이 세상의 진실을 죄다 폭로하겠다고 말했다. 그는 흥분한 상태였다. 빈은 어디까지 받아들여야 할지 판단이

서지 않았다.

"사람들이 과연 믿을까요?"

"그것도 생각 안 한 건 아니야. 과거에 이름을 날리던 베스트셀러 작가가 갑자기 나타나 헛소리한다고. 시선 끌려고 수작한다고 비아냥거릴 테지. 아니, 미쳤다고 하겠지."

"문제는 더 커요. 이후 당신에게 닥칠 일들을 생각해보셨어요? 아마도 벼랑 끝에서 싸울 각오를 해야 할 겁니다. 그래도 괜찮겠어요?"

제갈영웅이 힘없이 웃었다. 사실 두려워 망설이고 있는 건 빈이었다. 빈은 자신이 떨고 있다는 것을 깨달았다. 제갈영웅의 얼굴은 생기로 빛났다. 제갈영웅은 그 모든 걸 폭로하면 저세상에서 케이가 기뻐할 거라고 흥분한 어조로 말했다. 또 그는 나무 씨가 소식을 접하고 연락할지 모른다고도 했다. 빈은 그 말이 마음에 들었다.

"그러니 자네가 도와주게."

빈은 지난번에 함께 왔던 F 신문사 박영기 기자에게 상의해보겠다는 말로 제갈영웅의 부탁을 수락했다. 그러자 제갈영웅의 표정이 굳어졌다.

"안 돼. 그자는."

# 지하세계

## 24

어둠이 내린 거리는 스산했다. 빗줄기가 굵어지고 있었지만 빈의 걸음은 늘어졌다. 어깨가 움츠러들었다. 제갈영웅이 들려준 박영기에 대한 이야기는 뜻밖이었다. 구름도 사건 이후 제갈영웅의 집에 찾아온 낯선 사내들이 바로 퓨어바디 사냥꾼들이며, 그들 중 한 사내가 바로 박영기였다는 이야기. 지난번 빈이 그의 집을 처음 방문했을 때 함께 온 박영기를 알아보고 그간 불안과 절박함을 느꼈다는 제갈영웅의 토로. 빈은 숨을 몰아쉬었다. 언제부터 살이 꺾였는지 모를 우산은 거세진 빗줄기를 막지 못했다. 빈은 가까운 건물 안으로 몸을 피했다. 그러고는 유리문 너머 밖의 어둠을 응시했다.

박영기는 아버지를 주시해왔다. 그가 빈에게 접근한 것도 같은 맥락이었음은 오래 생각할 것도 없었다. 박영기와 식사를 같이 한 일이 뇌리를 스치자 빈은 서늘한 기분이 들었다. 유시모의 자서전 출간기념회에서 우연히 마주친 직후였다.

뜬금없이 걸려온 전화에서 박영기는 저녁을 사겠다고 했다.

"여기 음식이 꽤 맛있지."

박영기는 빈의 잔에 와인을 따르며 미소를 지었다.

"주문은 내가 미리 해뒀네. 맘에 들 거야. 아, 수확이 좀 있었나?"

빈은 없다고 대답했다. 틀린 말은 아니었다. 들쑤시고 다니며 얻은 건 아버지의 과거 행적에 대한 의문들일 뿐이었다. 그 의문들까지 박영기에게 내보일 필요는 없었다. 빈은 그렇게 생각했다. 되돌아보니 그때 그 의문들을 꺼내지 않은 건 얇은 얼음판 위를 겨우 건너온 것이나 다름없었다.

박영기는 매끈한 표정으로 빈을 바라보았다.

"그런데 말야, 자네 말대로라면 Q 출판사 사장이 받은 협박 편지는 누가 보냈을 거라고 보나?"

"글쎄요……. 가이아수호연대?"

빈은 뜨끔했다. 의중에 있던 말이 입 밖으로 튀어나온 것이다. 박영기가 고개를 끄덕이며 말을 이었다.

"나무는 비밀스럽게 움직였을 거야. 그 단체와 접촉하면서 비밀을 많이 알고 있었던 거지."

빈은 마리의 집에서 발견한 종이가 떠올랐지만 아무 말 하지 않았다. 이윽고 종업원이 음식 접시를 테이블 가득 내려놓았다. 박영기가 입맛을 다시며 물을 한 모금 넘겼다.

"참, 지난번 제갈영웅 말이야. 과거에 그 작가가 왜 자네 아버지를 해치려고 했는지 짐작 가는 거 있나?"

빈은 고개를 저었다. 박영기는 놀라운 이야기를 시작하려는 듯 눈을 반짝이며 스테이크에 칼질을 시작했다.

"유명한 베스트셀러 작가가 왜 기자를 해치려고 했을까? 자네 아버지가 그 작가의 치명적인 비밀을 알고 있었던 건 아닐까, 응? 어떻게 생각하나? 가만, 제갈영웅은 오래전에 구름도 사건 때 인질이었으니까 그때 일과 관련된 비밀일지도 모르겠군."

빈은 눈을 내리깔며 음식을 입안으로 밀어 넣었다. 긴장한 탓인지 아무 맛도 느낄 수 없었다. 박영기가 들려주는 이야기에 귀를 기울일 뿐이었다. 아버지가 제갈영웅과 인터뷰 약속을 잡고서 들떠 있었다는 이야기는 놀랍지도 않았다. 말이 끝났을 때 빈은 고갯짓도 멈추고 입은 꼭 다문 채였다. 침묵이 흘렀다. 접시에 포크 닿는 소리와 음식 씹는 소리가 나른하게 이어졌다. 이윽고 박영기가 투신사건 현장에 대해 물었다. 빈은 입안에 든 음식물을 우물거리며 생각나는 대로 말했다.

"전단지도 그렇고, 어안이 벙벙했죠. 어떻게 퓨어바디가 움직이고 말하고 분노할 수 있는지 어이가 없었어요. 그러다가 문득 이런 생각도 들더군요."

"어떤?"

박영기는 스테이크를 각지게 잘라 입에 넣고 천천히 씹었다. 씹다가 사이사이 멈추며 빈에게 눈을 주었다.

"투신한 사내가 퓨어바디인 게 사실이라면 어떻게 되는 건가, 하고 말이에요. 세상 뒤집어질 일이잖아요."

"그게 바로 제갈영웅 소설 때문이라니까."

박영기는 재밌다는 듯 목을 울리며 웃어댔다. 그러고는 입가에 묻은 소스를 냅킨으로 꼼꼼하게 닦은 뒤 빈의 표정을 살폈다.

"신경이 날카로워진 모양이군. 뭐, 불편한 거라도 있나?"

빈이 고개를 저으며 표정을 가다듬었다. 박영기가 물을 한 모금 넘기며 뜬금없이 생년월일을 물었다.

"갑자기 생년월일은 왜요?"

"별자리가 어떤가 해서. 자네 성격이 내가 아는 사람과 비슷한 것 같아서 말이야."

빈이 생년월일을 말하자 박영기의 입가에 희미한 미소가 나타났다.

"황소자리군."

박영기는 빈을 닮은 그 사람을 찾으면 소개하겠다고 속삭였다. 빈은 그가 묻는 말, 표정 하나하나가 떠보고, 엿보는 구멍이 이라고는 상상하지 못했다. 병원 침상에 누운 빈을 바라보던 그의 시선이 아직도 생생했다. 단순히 아는 사람과 닮아서 쳐다보는 눈빛이 아니었다.

내가 뭘 어떻게 해야 하는 거야.

빈은 유리문 밖을 나서지 못하는 자신이 무기력했다. 거세게 쏟아지는 빗줄기 때문에 아무것도 할 수 없는 거라고 생각하고 싶었다. 피하고 싶었다. 그러면 그럴수록 움켜쥘 지푸라기도 없이 쏴아 하는 빗줄기 소리에 고립되어 가는 기분이었다.

털보의 말이 스쳤다.

"자네 아버지를 도와주고 싶었던 모양이야. 결과가 그렇게 되질 못하니까 두 사람 다 괴로워했지."

빈은 망설이다가 주머니에서 핸드폰을 꺼냈다.

출판사 사무실에서 조금 떨어진 곳에 약속 장소를 잡은 건 민 편집장이었다. 빈은 그녀가 카페 문을 열고 들어와 젖은 우산을 바구니에 꽂고 구두 소리를 내며 테이블 맞은편에 앉을 때까지 그녀에게서 눈을 떼지 않았다. 그녀는 빈이 일전에 아버지의 원고 내용을 찔러 물었을 때보다 차분해 보였다. 하지만 표정만큼은 여전히 무거웠다.

두 사람은 시선을 내린 채 1초, 2초를 흘려보냈다. 잠시 뒤, "저기." 하는 두 목소리가 동시에 흘러나왔다. 그녀는 옅은 미소를 지으며 먼저 얘기하라고 양보했다. 빈은 제갈영웅이 했던 이야기들이 머릿속에서 부풀어 터지기 직전이었으므로 지체 없이 말문을 열었다.

그녀는 놀란 기색을 감추지 못했다. 화제의 베스트셀러 『냉동인간』에 대필자가 있다는 사실이 그녀로서도 믿기지 않을 터였다.

"그러니까 원저자가 바로 퓨어바디였군요."

그녀는 빈이 계속 이야기하도록 고개를 끄덕였다. 제갈영웅의 결심을 도와달라는 빈의 말에는 답변하지 않았다. 대신 몇 가지 묻기 시작했는데, 빈도 답변하는 사이사이 미심쩍었던 부분들을 들추어 물었다. 그 과정에서 빈은 Q 출판사에 협박편지를 전달한 사람이 박영기였다는 사실까지 귀에 담게 되었다. 빈은 팽팽한 선 하나가 끊어진 기분이었다. 놀랍다기보다 두려움이 커졌다.

정작 놀라운 건 민 편집장이 그 사실을 끝까지 함구하려던 생각을 바꿔 빈에게 알려야 한다고 마음먹기까지 조바심으로 괴로운 시간을 보냈다는 토로였다.

빈이 물었다.

"괴로웠다고요?"

"나무 작가님이 걱정되었어요. 그런데 내가 그분을 위해 할 수 있는 게 없더군요. 나빈 씨에게 사실대로 말해주는 것 말고는."

그녀의 텅 빈 눈빛 속에 수많은 서랍이 열렸다 닫히고 있었다. 빈은 그 소리가 들리는 것 같았다. 그는 생각했다. 털보 말마따나 혼자 누군가의 등을 오래 바라본다는 건 외로운 일이라고. 빈은 거미 여인에 대해 이야기하던 털보의 시든 미소를 민 편집장의 얼굴에서 다시 보고 있었다.

"말해줘서 고맙습니다."

빈은 이런 인사가 그녀의 시든 미소를 밝게 해주지 못하리라는 것을 알았다. 하지만 고맙다는 말은 진심으로 한 말이었다. 지금 마주 앉은 상대가 다른 사람이 아닌 민 편집장이어서 다행이라고 생각했다. 지푸라기가 아닌 질기고 믿을 만한 나뭇가지를 손에 쥔 느낌이었다. 그래서 빈은 제갈영웅의 부탁을 어떻게 진행해야 할지 모르겠다고 말할 수 있었다.

민 편집장은 차를 한 모금 삼켰다. 그녀로서도 가볍지 않은 결심을 해야 할 터였다. 어떤 일이 벌어질지 너무나도 잘 알기 때문이었다. 일이 진행되기도 전에 책 출판 계약이 외압에 의해 파기된 아버지의 경우처럼 제갈영웅의 폭로 역시 실패할 가능성이 컸다. 폭로를 성사시킨다 해도 문제는 커진다. 작가가 독자를 속였다는 차원의 문제가 아니었다. 원저자가 퓨어바디였다고 밝힌다는 것 자체가 세상을 뒤집어놓을 만한 일이었다.

민 편집장은 찻잔을 가만히 내려놓았다.

"믿을 만한 기자 몇이 떠오르긴 합니다. 조심스럽게 이야기를 꺼내볼게요."

"아버지가 아시면 기뻐하실 거예요. 아버지가 책을 내려던 목적이 이렇게라도……"

그녀가 말을 잘랐다.

"장담은 못 드려요. 분명히 제갈영웅 작가의 양심선언은 특종감이지만 폭풍을 불러올 만큼 위험한 건 사실입니다. 때문에 기자들이 선뜻 응해줄지는 확신할 수 없어요."

빈은 그녀의 표정에 드리운 불안을 보았다.

민 편집장과 헤어진 뒤 빈은 비 오는 밤거리를 젖은 채로 헤맸다. 머릿속을 헤맸다는 게 맞는 소리일 것이다. 발길이 머문 곳은 마리의 집 앞이었다.

마리는 그에게 물 한잔을 따라 주었다. 빈의 입속에 맴돌고 있는 이야기가 흘러나올 때까지 마리는 아무것도 묻지 않았다. 마침내 빈이 입을 열었다. 마리는 제갈영웅이 『냉동인간』의 원저자가 아니었다는 빈의 말을 듣고 눈을 동그랗게 떴다.

빈이 물었다.

"처음 들어?"

"응. 몰랐어. 상상도 못한 일인걸. 그러고 보니 나무 작가님은 알고 있었는지도 모르겠어."

그랬다. 아버지는 그의 비밀을 알고 있었다. 빈은 마리를 바라보았다. 의문이 떠오른 그녀의 표정 위로 의문 하나를 더 포갰다. 이제야 품게 된 의문. 아버지는 제갈영웅의 비밀을 어떻게 알았을까.

## 25

빈이 잠에서 깬 건 몸 어딘가에서 느껴지는 진동 때문이었다. 진원지는 바지 주머니였다. 전날 밤 늦게 집에 도착한 빈은 옷도 벗지 않고 소파에서 그대로 잠이 든 터였다. 그는 바지 주머니에서 핸드폰을 꺼내 번호를 확인했다. 마리였다. 아침 뉴스를 보고 전화했다는 전화 속 목소리는 다급했다.

"네가 제갈영웅 작가 집에서 나온 뒤에 일이 벌어진 것 같아. 그 집에 뭐 흘리고 나온 거 없어?"

제갈영웅이 자택에서 시신으로 발견되었다는 거였다. 빈은 머릿속이 아득해졌다. 흘리고 나온 건 없다. 얘기만 하고 나왔을 뿐이다. 아니, 어떤 식으로든 흔적이 남았을지도 모른다. 빈은 생각을 한곳에 모을 수가 없었다. 전화를 끊자마자 핸드폰으로 웹스카이에 접속해 제갈영웅의 사망기사를 검색했다.

20년 전 소설 『냉동인간』 시리즈로 큰 화제를 모았던 베스트셀러 작가 제갈영웅 씨가 ○일 오후 자택에서 칼에 찔려 숨진 채 발견되었다.

기사에 실린 사진 속 제갈영웅은 미소를 문 채 15도 위로 시선을 두고 있었다. 시신은 용건이 있어 그의 집에 들렀다는 동료작가의 미망인에 의해 발견되었다. 빈은 고함을 지르고 문을 두드리던 중년 여인이 생각났다. 빈을 힐끔대던 그녀의 하얀 시선도 생생했다.

빈은 소파에 앉아 최근 벌어진 일들을 되새겨 보았다. 희미한 연기를 뒤좇는 기분이었다. 기자생활을 그만둔 뒤 조용히 글 작업을 하면서 살던 아버지가 가이아수호연대라는 조직에 발을 담가온 사실을 알게 되었다. 또한 제갈영웅에게 아버지가 몇 차례 위해를 당할 뻔했던 일이 익명의 편지 때문이며, 그 내용이 무엇인지까지 알아냈다. 이런 시점에서 제갈영웅이 살해되었다. 더는 시간이 없으니 부탁한다던 제갈영웅의 간절한 눈빛이 떠올랐다.

빈은 겉옷을 꿰어 입고 밖으로 나갔다. 무작정 거리를 쏘다녔다. 거리를 장악한 안개 속에서 빈은 자신이 흐릿하게 지워지는 기분이 들었다. 어디로 가야 할지, 어떻게 해야 할지, 아무것도 떠오르지 않았다. 바지 주머니에 찔러 넣은 손에 핸드폰이 닿았다. 빈은 핸드폰을 꺼내 음성메시지를 검색했다.

"빈아, 전화가 안 되는구나. 너한테 급히 할 말이……."

아버지의 숨찬 목소리. 몇 번을 거듭 들었다. 쫓기던 상황이었던 게 분명했다. 날짜와 시간을 파피루스 할아버지에게 확인한 대로라면 아버지는 노인을 만나고 돌아가는 길에 사라졌다.

차를 가지고 갔을까. 빈은 집 근처 골목과 주차장까지 모두 찾아보았다. 아버지의 차는 없었다. 빈은 곧바로 요양원으로 갔다.

아버지는 요양원에 차를 가지고 왔을까. 버스를 타고 왔을까. 버스 정류장은 한참 걸어 내려가야 있었다. 그냥 돌아갈까. 빈은 피로가 뒤섞인 긴장을 느꼈다. 요양원 내 주차장은 협소했다. 아버지의 차는 보이지 않았다. 요양원 입구로 걸어가 사방으로 시선을 훑었다. 그러고는 만약을 생각했다. 아버지가 차를 가져왔으나 요양원 주차장에 주차하지 않았다면 근처 도로변에 세웠을 가능성이 높다. 빈은 그런 가정하에 짐작되는 곳을 샅샅이 뒤졌다.

차를 발견한 건 요양원 입구에서 왼쪽으로 200미터쯤 되는 도로변이었다. 차 문은 굳게 잠겨 있었다. 빈은 차창으로 안을 들여다보았다. 눈에 띄는 물건은 보이지 않았다. 아버지는 차를 이곳에 두고 어디로 사라진 것일까. 아버지는 미행당하고 있는 것을 알았고, 위협을 느꼈고, 그래서 급히 빈에게 전화했다. 전화는 연결되지 않았다. 아버지는 음성메시지를 남기려 했지만, 할 말을 미처 시작하지도 못한 채 달려야 했다.

"사라진 것들은 흔적을 남기고 싶어 하지."

아버지 말이 귀를 울렸다. 빈은 숨이 차도록 달리는 아버지를 눈앞에 그려보았다. 아버지는 어디로 달렸을까. 빈은 달렸다. 버스 정류장이 나오고 상가 건물이 많은 넓은 거리가 나왔다. 빈은 빠른 걸음으로 걷다가 뛰기를 반복하며 두리번거렸다.

곧 두 갈림길이 나왔다. 하나는 요양원 쪽으로, 다른 한 쪽은 산간도로로 이어져 있었다. 빈은 생각했다. 아버지가 미행당하고 있다는 걸 알게 된 지점은 어디일까. 미행하는 자가 있다는 걸 알아차렸을 때 아버지는 무엇을 계산했을까. 파피루스 할아버지를 보호하기 위해 요양원 방향이 아닌 다른 길로 움직였을지도 몰랐다.

산간도로 쪽으로 약 200미터쯤 접어든 곳에서 빈은 두 번째 흔적을 발견했다. 아버지가 외출할 때면 쓰는 황갈색 챙 모자였다. 빈은 그것을 집어 들고 주위를 살폈다. 이어 세 번째 흔적을 발견한 건 그 지점에서 30미터쯤 되는 곳이었다. 겉장이 뜯긴 채 잡지 한 권이 나뒹굴고 있었다. 아버지가 구독하는 여행 잡지. 하지만 아버지가 아닌 다른 누군가가 버린 것일 수도 있었다. 빈은 계속 걸었다.

다음은 만년필이었다. 아버지의 셔츠 주머니에 꽂혀 있던 청록빛 낡은 만년필. 빈은 불길한 생각이 머릿속에서 부풀어 오르는 것을 느꼈다. 속도를 냈다. 이리저리 헤집으며 스무 걸음, 아니 마흔아홉 걸음쯤 걸었을 때였다. 목걸이가 눈에 들어왔다. 그것은 나뭇가지에 걸려 있어서 고개를 들지 않았다면 눈에 띄지 않았을 것이다.

새 모양의 나무 펜던트 목걸이.

어머니의 것으로 아버지가 소중히 간직해 온 물건이었다. 위급한 상황에서 아버지가 그 물건을 나뭇가지에 걸어놓은 이유.

아버지는 그만큼 간절했고, 마지막을 각오한 것이 분명했다. 빈은 그렇게 짐작했다.

　더 샅샅이 찾아봤지만 아버지의 흔적으로 볼 만한 것은 더이상 눈에 띄지 않았다. 허공 속으로 증발해버린 것처럼 아버지의 그림자도, 온기도 느낄 수 없었다. 안개가 자욱했다. 사라진 것들의 영혼처럼 안개는 속삭이고 있었다. 그것은 경고일 수도, 유혹일 수도 있었다.

<br>

## 26

　빈은 할끔거리는 시선을 사방에서 느끼며 맥주를 한 모금 들이켰다. 혀끝에 감도는 싸한 맛에 머릿속까지 차가워졌다. 신경줄이 바짝 당겨지는 기분이었다. 확신은 짙어졌다. 아버지의 증발과 제갈영웅의 죽음은 한 맥락 위에 놓여 있었다. 가방에서 『냉동인간』 제5권을 꺼내 제목 하단에 찍힌 여덟 글자 '제갈영웅 장편소설'에 시선을 주었다. 제갈영웅이 이 소설을 쓰지 않았다고 어느 누가 의심할 수 있을까.

　접어둔 페이지를 열었다. 틈틈이 제5권까지 읽으며 주인공 M4004가 우리에서 숨 죽였던 시간을 생각했다. M4004가 자신이 깨어난 연도가 잠들기 전의 시간에서 아주 먼 미래세계임을 H 박사에게 듣고 절규하는 장면은 처절했다. 미래세계는 그가 원했던 모습이 아니었다. 읽으면서 얼굴이 뜨거워질 정도였는데 빈은 그 절규가 케이의 절규라고 느꼈다.

케이. 그는 과거에 어떤 삶을 살던 사람이었을까.

그에 대한 정보는 찾을 수 없었다. 아버지의 메모에서도, 강필원의 노트에서도. 과거에 어떤 이름을 가졌고, 어떤 작품을 썼는지도 알 수 없었다. 그가 존재했던 흔적은 제갈영웅의 이름으로 출간된 소설들에서나 더듬을 수 있다. 해동되어 눈을 떴을 때 그도 M4004가 그랬듯이 절규했을까.

빈은 숨죽이고 페이지를 계속 넘겼다. H 박사의 도움으로 우리에서 탈출한 M4004는 거리를 헤매던 중 도심에 우뚝 솟은 N산의 타워를 보았다.


맙소사 돌아왔어. 내가 살던 곳이야. 헌데 이게 어떻게 된 거야. 이게 장밋빛 미래세계야! 빌어먹을! 이 죽일 놈의 인간들!


"책 속에 빠지겠군."

털보가 다가와 마주 앉았다. 빈의 손에서 책을 들춰 앞표지를 보고는 놀란 표정을 지었다.

"제갈영웅? 살해됐다는 기사가 떴던데?"

빈은 책을 가방에 넣으며 말했다.

"만났어요."

"누굴? 제갈영웅?"

빈이 고개를 끄덕이자 털보의 눈이 커졌다. 그는 무슨 소린지 자세히 말해보라고 재촉했다. 빈은 잔을 마저 비운 뒤 이야기들을 쏟아냈다. 아버지와 제갈영웅 사이에 일어난 과거 불미스러운 일에 대해. 그리고 제갈영웅이 들려준 구름도 사건과 퓨어바디에 대해.

털보는 주위를 살피며 목소리를 낮췄다.

"퓨어바디에 대해 말할 땐 조심하게. 이 말은 자네 아버지에게도 했지. 알려진 것과 다르게 말하는 건 위험한 일이거든."

털보의 낯빛에 냉기가 스쳤다. 빈은 털보를 응시했다. 털보에 대해 아버지가 한 말들이 농담이 아닐지 모른다는 생각을 처음으로 하게 되었다. 털보가 과거에 암흑세계의 보스였다는 말은 믿기지 않았다. 웃기기까지 했다. 빈의 눈에 털보는 다소 둔하고 엉뚱해 뵈는, 그저 배불뚝이 이형인 사내일 뿐이었다. 아버지는 기자 시절, 취재를 다니다가 위험에 빠졌을 때 털보의 도움으로 목숨을 건졌다고 했다. 그 인연으로 그와 친구가 되었고, 이후로도 털보의 정체 모를 인맥과 마술사 같은 능력 덕분에 곤란한 문제들을 해결할 수 있었다고 아버지는 말했다. 그때 빈은 그 이야기의 상당 부분이 과장이라고 생각했다.

"퓨어바디로 전락한 사람들은 우리의 과거야. 우리의 숨겨진 과거라고. 그들에 대해 있는 그대로 사실을 까발리는 건 불온한 일이 되어버린 거지."

털보는 턱을 어루만지며 주위로 눈을 훑었다. 빈도 털보를 따라 주위를 휘둘러본 뒤 그에게 얼굴을 가까이 댔다.

"부탁이 있어요."

털보는 말해보라는 의미로 고개를 끄덕였다. 빈은 우선 파피루스 할아버지에게서 들은 정보를 확인하듯 늘어놓았다. 퓨어바디가 된 냉동인간에 대해서였다. 불치병 치료 목적이나 미래세계에 대한 환상 때문에 선택한 경우보다 납치당해 냉동인간이 된 사례가 훨씬 많았다는 이야기였다. 빈은 그들을 납치한 자들이 누군지, 그들이 지금도 활동하고 있는지 알 수 있는 방법이 있느냐고 물었다.

"그런 자들이 자네 아버지를 납치했다고 생각하는 겐가?"

털보는 입을 벌린 채 빈을 응시하더니 맥주를 한 모금 넘긴 뒤 뜻밖의 말을 꺼냈다.

"사실 자네 아버지도 내게 똑같은 부탁을 한 일이 있었지."

빈은 귀에 얼음이 닿는 듯한 느낌이었다. 부탁을 들어주었느냐고 물었으나 털보의 대답은 모호했다. 위험한 부류의 인맥까지 동원해야 하고 어딘가에 묻힌 정보를 은밀히 뒤지는 쉽지 않은 작업이어서 진행하다가 도중에 그만두었다는 것이다.

"한 번 더 시도해보면 안 될까요?"

털보는 난감한 듯 제 턱의 수북한 털들을 어루만지며 빈을 바라보았다.

"글쎄…… 생각 좀 해보자고."

털보는 바지 주머니에서 핸드폰을 꺼내 자리에서 일어섰다.

빈은 그가 문밖에서 누군가와 통화하는 모습을 바라보았다. 1분 1초가 긴장과 두려움으로 타들어갔다. 아버지는 사라졌다. 빈은 바지 주머니 속에 있는 나무 펜던트 목걸이와 만년필을 손에 꼭 쥐었다. 물건들의 속삭임에 귀를 기울였다. 풀숲을 걷고 또 걸으며 쓰러진 잡풀 더미 속을 들춰보고, 어색하게 놓였을 것 같은 자갈들까지 살펴보던 시간을 불러왔다. 그럴수록 알고 있던 사실들이 낯선 풍경이 되어 갔다. 빈은 맥주잔을 입에 털어 넣었다.

이윽고 홀 안으로 들어온 털보가 마주 앉았다.

"일단 통화는 해봤네. 진행하다 도중에 막힌 건이라 그쪽에서 쉽게 움직이고 싶어 하진 않더군. 사람 살 떨리게 신경질을 내는 거야. 게다가 얼마나 팅겨대는지. 젠장. 하지만 하는 데까지 해보고 연락 준다고 했어. 장담할 순 없지만 말이야. 한번 기다려보자고."

"그쪽이라면 어떤 사람들이죠?"

"어둠 속의 전문가들이라고 해두지. 살벌한 인간들이긴 하지만 정보 캐내는 방면으로는 그들을 따라갈 수 없네."

아버지가 알아내려던 것을 과연 손에 쥘 수 있을까. 빈은 흥분을 느끼며 맥주잔을 들었다.


집 앞에 낯선 사내 두 명이 서성거리고 있었다. 빈은 신경 쓰지 않았다. 하도 뛰고 걸어서 침대에 대 자로 눕고 싶다는 생각

뿐이었다. 그들을 힐끗 쳐다보고는 문 쪽으로 갔다. 그때 그들이 성큼성큼 다가왔다.

"나빈 씨죠?"

# 27

다른 형사가 조사실 안으로 들어왔다. 한 시간 전 빈을 데려가기 위해 왔던 귀가 넷 달린 그 형사가 아니었다. 빈은 숨을 뱉었다. 작은 방에 한 시간 넘게 앉아 있자니 초조했다. 이미 모든 진술을 마쳤다. 그 과정에서 제갈영웅의 집에서 그의 지문이 여러 차례 발견되었다는 걸 알았다. 문손잡이를 잡았을 테고, 의자에 앉으면서 팔걸이의 니스 칠 된 나무장식을 여러 번 만졌을 거고, 제갈영웅이 내준 주스 컵에도 손자국을 남겼을 것이다. 빈은 진술하는 동안 정신이 하나도 없었다. 의심을 사지 않도록 최대한 조심하며 대답했다. 그럼에도 집에 가지 못한 채 내내 조사실에 갇혀 있었다.

안으로 들어온 정상인 형사는 손에 서류철을 들고 있었다. 희끗희끗한 스포츠형 머리에 체격이 우람했다. 그는 빈을 마주보며 앉고는 나이와 주소를 물었다. 한 시간 전 진술 때 물어본 것을 또 반복했다. 빈은 울화가 치밀었다.

"또 그 질문인가요?"

형사는 무뚝뚝한 표정으로 빈을 바라보았다.

"내가 무슨 용의자라도 됩니까?"

답답해진 빈은 숨을 길게 내뱉었다. 분노가 목구멍까지 올라왔다. 형사가 서류를 들여다보았다.

"아까 작성한 진술서를 보니 그날 오후 3시 20분쯤에 제갈영웅의 집을 방문했다고 되어 있군요."

"맞아요. 그 시각에 찾아갔습니다."

"제갈영웅 작가와 아는 사입니까?"

"아뇨."

"그럼 왜 거길 간 거죠?"

"아버지 부탁으로 안부 인사차 간 거라고 아까도 분명히 말했잖습니까?"

형사는 아무 말도 하지 않았다.

"내가 그 작가한테 간 이유가 왜 중요합니까? 나한테 왜 이런 걸 계속 묻는 거죠?"

형사는 못 들은 듯 손바닥으로 턱을 어루만졌다. 그러곤 계속 질문했다. 제갈영웅의 집 주소는 어떻게 알게 되었느냐고 물었을 때 빈은 아버지한테 들어서 알고 있었다고 태연한 표정으로 대답했다. 앞서 진술서를 작성할 때 말하기 곤란한 부분이 여기에서 노출되지 않도록 신중을 기했다.

"그렇군요. 아버님 성함이 뭐죠?"

빈은 아버지 이름을 댔다.

"집에 계시나요?"

"여행 중이십니다. 장기 여행을 떠나신 터라 아버지가 제갈영웅 작가에게 전할 말을 저에게 부탁하신 거죠."

형사는 고개를 끄덕이며 전에 그 작가의 집에 간 적이 있느냐고 물었다. 빈은 한 번도 없다고 답했다. 지뢰밭을 지나듯 조심스레 말을 골랐다.

"그건 그렇다 치고……. 사건 당일 오후 3시 20분에 그 집을 방문해서 오후 6시 반쯤 나왔다고 했습니다. 맞습니까?"

"예."

형사가 시선을 들어 빈과 눈을 마주쳤다.

"집 안에서 무엇을 마셨습니까?"

"그냥 주스 한 잔 마셨어요. 제갈영웅 작가님이 손수 내주신 겁니다."

"거기서 가져온 건 없습니까?"

"없어요."

빈은 눈 하나 깜짝이지 않고 대답했다. 형사가 자세를 바꿔 의자에 등을 기대고는 제갈영웅 작가와 아버지가 어떻게 아는 사이냐고 물었다.

"오래전에 작가와 기자로 가깝게 지내셨던……."

형사는 고개를 저으며 말을 잘랐다.

"아니던데요. 알아봤는데, 그건 아닌 것 같소. 고소를 한 건 아니지만 사건자료에 보니까 제갈영웅 작가가 나빈 씨 아버님에게 술 취한 상태에서 칼을 휘둘렀다는 기록이 있습니다. 그럼 사이가 그리 좋은 건 아니었을 겁니다. 그렇지 않나요?"

이상했다. 아버지가 신고한 일이 없는데 어떻게 그런 자료가 있는 걸까. 빈은 머리에 식은땀이 맺혔다.

"음, 그러니까…… 아뇨, 예. 그랬던 것 같아요. 나는…… "

빈은 형사에게 자신을 찔러댈 또 다른 빌미를 주게 될까 봐 말을 멈췄다. 시선을 내려 탁자를 바라보았다. 거짓말을 지어낸 것은 실수였다.

"나빈 씨, 내가 조사를 해봤는데 그런 불미스러운 일 이후로 서로 왕래한 적이 없었어요."

"그게 어떻게 된 거냐면, 그게…… 사실 아버지가 실종됐거든요. 제갈영웅 작가와 아버지가 과거에 그런 불미스러운 일이 있기 때문에 또 아버지에게 무슨 행패를 부리지나 않았을까 해서 갔었습니다."

"나빈 씨 아버지가 실종됐다고요? 아깐 여행 중이시라면서요."

형사가 눈썹을 추켜세우며 놀랍다는 표정을 지었다.

"나빈 씨. 그러니까 나빈 씨 아버지가 실종됐다. 이 말입니까?"

"예."

"왜 진작 그렇다고 말하지 않았습니까?"

빈은 꼭 필요한 이야기 같지 않았다고 얼버무렸다. 이어 형사는 실종신고를 했냐고 찌르고 들어왔다. 빈의 눈빛이 흔들렸다.

"실종신고요? 그게 아직……."

형사가 빈을 바라보았다. 빈은 길게 해명해야 했다. 아버지가 여행을 자주 다녀서 그리 심각하게 생각하지 않았다는 둥, 좀 더 알아본 뒤에 신고할 생각이었다는 둥. 말을 꺼낼수록 자신의 해명에 틈이 많아진다는 걸 의식했다. 그렇다고 아버지 이야길 형사에게 시시콜콜 털어놓을 수는 없었다. 어떻게든 아버지와 가이아수호연대의 관련성이 노출되는 것만은 피해야 했다. 박영기를 팔았다. 박영기와 연결되는 건 생각만 해도 끔찍한 일이었지만 이곳에서 벗어나려면 어쩔 수 없었다. 박영기의 말이 그의 빈약한 해명을 명확하게 해줄 터였다. 형사는 답답한 듯 입술을 다셨고, 빈이 알려준 박영기의 전화번호로 전화를 걸었다. 통화하는 내내 빈을 곁눈으로 흘기면서 고개를 끄덕였다. 빈은 입안이 타들어갔다. 형사가 전화를 끊은 뒤 "좋습니다. 그럼 그 문제는 넘어가고."라고 하자 빈은 소리 없이 숨을 삼켰다.

곧바로 다른 질문이 날아왔다.

"그래, 제갈영웅 작가의 집을 나와서는 어디서 뭘 했죠?"

빈은 Q 출판사 편집장을 만났다고 말했다. 형사는 앞에 놓인 진술서를 내려다보았다. 그는 시선을 들지 않은 채 그 편집장에게 물어봐도 좋으냐고 말꼬리를 올렸다.

"물론입니다."

"좋습니다. 연락해서 확인해보죠."

"그럼 이제 가도 되겠죠?"

"조금만 더요. 거의 다 됐습니다, 나빈 씨."

그가 다시 진술서로 시선을 떨어뜨렸다.

도대체 뭐가 더 남은 거지.

빈은 항변하려다가 참았다. 다음 질문을 기다렸다. 형사가 물었다.

"기록을 보면, 어머니가 일곱 살 때 사망했다고 되어 있습니다. 기억나세요?"

왜 갑자기 그런 질문을 하는 걸까. 빈은 표정에 긴장이 드러나지 않도록 조심하며 답변했다.

"그때 일곱 살이었어요. 난 어린아이였다고요."

"그래도 기억은 나겠죠? 어머니가 돌아가기 전 부모님 사이는 어땠습니까? 일곱 살이면 어느 정도 판단력도 있고, 눈치도 생기고, 분위기 정도는 느낄 나이잖아요?"

형사는 빈이 아무 말 않자 빤히 처다보며 다음 질문으로 넘어갔다.

"이상하네요. 출생기록에 왜 인공자궁플라자 등록코드가 누락되어 있을까. 이유가 뭐죠? 알고 있었습니까?"

빈은 어깨를 으쓱해 보이며 "그럴 리가요." 하며 몰랐다고 대답했다.

"뭐, 그럴 수도 있겠죠."

대충 넘어가주는 듯한 말투였다. 빈은 고개를 끄덕이는 것밖에 할 수 없었다. 희미한 통증이 온몸을 기어 다니는 듯했다. 인공자궁플라자 등록코드번호가 없다는 건 출생기록에 오류가 있어서가 아니었다. 파피루스 할아버지 말이 비로소 실감이 났다. 빈은 어지러운 상념에서 깨어나 형사를 바라보았다.

"그런데 그게 어때서요? 그게 이번 일과 무슨 상관이죠?"

형사는 피곤한 얼굴로 미소를 지었다.

"전혀 상관이 없기도 하고, 동시에 아주 밀접한 관련이 있기도 하겠죠."

모호한 말이었다. 때론 말이 안개가 되기도 한다는 걸 빈은 깨달았다. 땀이 이마에 차갑게 맺혔다. 빈이 형사를 쏘아 보며 물었다.

"할 말이 더 있습니까? 난 지금 정말로 여기서 나가고 싶다구요."

형사는 고개를 끄덕였다.

"좋습니다, 나빈 씨. 이제 가도 됩니다."


## 28


빈은 이름 모를 도시에 와 있었다. 교차로의 표지판도 글자 하나 없이 텅 빈, 그야말로 텅 빈 거리였다. 멀리 회색 빌딩 꼭대기에서 빈에게 총을 겨눈 누군가가 보였다. 총알 한 발이 휭, 소

지하세계                183

리를 내며 빈의 머리 위로 날았다. 빈은 그가 누군지 너무 멀어 알아볼 수 없었다. 총알은 계속 날아왔고, 빈은 달렸다. 웃음소리가 따라왔다. 아무리 달려도 속도가 나지 않았다. 주위에 빈을 도와줄 사람은 아무도 없었다. 들리는 소리라곤 그림자처럼 따라오는 웃음소리와 총소리, 그리고 그의 심장 소리뿐이었다. 이어 땅이 흔들리더니 건물들이 무너지기 시작했다. 다리 사이로 땅이 갈라졌고, 피할 겨를도 없이 빈은 순식간에 시커멓고 아득한 땅속으로 추락하고 있었다.

빈은 소리를 지르면서 눈을 떴다. 언제 잠이 들었는지 기억나지 않았다. 생각 속을 헤매다가 길을 잃었고, 그 상황이 악몽으로 이어졌다. 난폭하고 왜곡된 이미지들이 폐허 장면들과 교차되며 빠르게 흘러간 모양이었다. 빈은 이마에 맺힌 땀방울을 손등으로 훔쳤다. 핸드폰이 어깨 밑에 깔린 채 떨고 있었다.

빈은 통화를 연결했다.

"잠에서 깬 목소리인걸."

처음엔 목소리의 주인공을 알아채지 못했다. 몸을 감싸는 한기처럼 '아르고스구나.' 하고 생각한 건 2초 뒤였다.

"지하세계로 내려갈 마음의 준비는 해뒀겠지?"

빈은 택시 창유리를 두드린 뒤 조수석에 앉았다. 아르고스가 세 눈으로 곁눈질하더니 무거운 어조로 주의를 주었다. 다시 지상으로 올라와선 지하세계에 간 일, 반정호 대표를 만난 일

모두를 머릿속에서 지워야 한다는 것이었다. 빈이 고개를 끄덕이자 차가 움직이기 시작했다.

빈은 말없이 창밖으로 시선을 주었다. 시선을 붙들 수 있는 건 아무것도 없었다. 보이는 모든 것이 빠르게 뒤로 사라졌다. 아득함만 남았다. 빈은 언제부터인가 사라진 것들의 소리 없는 비명에서 벗어나지 못하는 자신을 느꼈다. 그럴 때마다 아버지가 떠올랐다. 정확하게는 아버지의 텅 빈 눈빛이. 빈은 제갈영웅 살해사건으로 경찰 조사를 받았다고 털어놨다. 조용했다. 빈은 혼자 떠들고 있었다. 고개를 돌려 아르고스를 보았다. 전방을 향해 있는 아르고스의 얼굴은 놀란 기색 하나 없이 차분했다.

"상황이 더 나빠진 셈이군. 제갈영웅이 죽고, 그 일로 자네가 조사를 받게 된 게 우연이라고 생각하나?"

빈은 대답하지 못했다. 질문과 대답의 경계가 흐려질수록 불안이 고여 들었다.

택시는 판도라월드 지하 주차장으로 미끄러졌다. 차가 멈춘 곳은 지하 주차장 3층. 정체불명의 사내를 놓친 곳이었다. 차에서 내린 빈은 어리둥절한 기분으로 아르고스를 따라갔다. 작은 조명등만 켜진 넓은 지하 주차장 4층에 이르러 대각선으로 기둥 네 개쯤을 지나자 안쪽 벽 구석에 작은 철문 하나가 보였다. 아르고스는 그 철문을 향하고 있었다. 마침 철문이 차가운 쇳소리를 내며 열렸다. 남루한 차림을 한 이형인들이 그곳에서 차례로 빠져나왔다. 빈은 그들이 어깨와 엉덩이에서 먼지를 털어내면서 저만치 멀어지는 걸 바라보다가 시선을 돌렸다. 아르고스가 그들이 빠져나온 철문 안으로 들어가고 있었다.

맙소사. 이 안으로 들어가야 하나.

빈은 내키지 않았다. 수영을 못 하면서 깊은 물속으로 뛰어들어야 하는 순간처럼 끔찍했다. 빈은 호흡을 고른 뒤 철문 안으로 몸을 들였다. 아르고스가 철문을 잡아당겨 완전히 닫자 검은 잉크 속 같은 어둠이 와락 빈을 감쌌다. 아르고스가 작은 손전등을 켰다. 퍼져 나온 빛은 가늘고 미미했다. 쿰쿰한 곰팡내가 코끝을 공격했다. 머리와 어깨가 우툴두툴한 벽에 닿을 때마다 빈은 어깨를 움찔했다.

다시 작은 문이 나왔다. 빈은 아르고스를 따라 그 문을 밀고 밖으로 나갔다. 어둡기는 매한가지였다. 빠져나온 곳은 어느 계단참의 깨진 벽 틈새였다.

아르고스가 말했다.

"조심해."

빈은 계단에 발을 내디뎠다. 가파르고 깊은 계단이었다. 내려갈수록 벽을 따라 물 흐르는 소리가 들렸고, 시큼하고 지린 냄새 때문에 빈은 몇 번이나 숨을 참고 코를 막아야 했다. 지하철이라는 대중교통수단을 이용하기 위해 수많은 사람이 오래전에 무저갱 같은 이 지하로 내려왔다는 사실이 믿기지 않았다.

얼마쯤 지났을까. 벽 쪽으로 난 통로를 따라 칸막이 된 작은 공간들이 보였다. 벽과 기둥 여기저기에서 촛불과 횃불이 오렌지색 빛을 퍼뜨렸고, 벽에서 벽으로 이어진 밧줄엔 옷가지들이 걸려 있었다. 빈은 이형인 아이들의 시선을 뒤로 하고 아르고스를 따라 플랫폼 끝 짧은 계단을 내려갔다.

좁은 길이 선로 옆 어둠 속으로 이어졌다. 터널이었다. 보따리와 여행 가방을 든 사람들이 옆을 스쳐 지나갔다. 터널 벽은 낙서와 이물질로 더럽혀져 있고, 천장에서 물방울이 청명한 소리를 내며 떨어졌다. 걸은 지 한 시간 반쯤 지나자 전방 10미터에 또 플랫폼이 눈에 들어왔다. 그을린 타일들로 뒤덮인 벽은 음침한 사원처럼 보였다.

아르고스가 계단을 올라 사람들 사이를 파고들더니 빈에게 턱짓으로 어딘가를 가리켰다. 무리지어 서 있는 거구의 이형인들 뒤로 칸막이한 방들이 박람회장 부스처럼 조밀하게 붙어 있었다. 아르고스가 빛이 새어나오는 방문 앞으로 다가갔다. 빈에게 오라는 눈짓을 하고는 작게 두 번 노크했다.

"들어오세요."

묵직하고 부드러운 목소리였다. 빈은 아르고스가 열어준 문 안으로 들어갔다. 넓은 철제 책상에 팔을 괴고 앉은 한 사내가 자리에서 일어서더니 아이 같은 종종걸음으로 빈에게 다가왔다. 키가 빈의 허리까지 오는 마른 체구의 난쟁이였다.

"반갑네."

빈은 허리를 조금 굽혀 그가 내민 손을 잡았다.

반정호로군.

그는 아버지의 메모와 강필원의 노트에 모두 등장하는 연결고리 같은 인물이었다. 큼지막한 회의 탁자를 사이에 두고 마주 앉은 두 사람은 탐색하듯 서로를 바라보았다. 빈이 상상한 반정호가 불온하고 과격한 인상의 테러리스트였다면, 지금 눈앞의 반정호는 고요한 눈빛을 가진 수도승의 모습이었다. 반정호는 빈에게 몇 가지 질문을 던졌다. 주로 아르고스에게 전해들은 이야기를 확인하는 차원이었다. 빈이 대답할 때마다 그는 생각에 빠진 표정으로 고개를 끄덕였다.

"자네 부친도 처음 퓨어바디의 실상을 접하고 나서 경악했지. 알고 있던 모든 현실을 뒤집어야만 하니 그럴 수밖에. 그래도 진실을 알고 싶어 했다네. 인터뷰를 하겠다고 도와달라고 했지."

고심 끝에 아버지에게 퓨어바디들을 소개했는데, 아버지를 믿었기 때문이라고 말하는 반정호의 표정에서 빈은 그가 아버지에게 주었던 신뢰를 읽을 수 있었다. 아버지는 어떤 사람이었을까. 이들에게 어떻게 했기에 이들이 퓨어바디와의 인터뷰를 도운 걸까. 빈은 자신이 모르는 아버지의 모습에 조금씩 이끌렸다.

"아주 오래전 냉동인간 연구소 측이 초기 연구 단계에서부터 거대 인신매매 조직과 거래했다는 증거자료가 있나요?"

빈이 물었다.

"아쉽게도 결정적인 증거는 찾을 수 없어. 웹스카이는 물론 공식적인 모든 정보망에서 쓸 만한 자료들이 다 차단된 탓이지."

그 말에 빈의 표정이 어두워지자 반정호는 비밀을 슬쩍 내비추듯 말을 이었다. 가이아수호연대의 옛 멤버들이 수집한 종이자료로 관련 통계와 당시 기사를 연결해 추측해볼 수는 있다는 것이다. 그러고는 일어나 칸막이 책장 뒤로 갔다. 벽을 가득 메운 캐비닛들 앞에서 그는 종종걸음을 하며 파일들을 찾기 시작했다. 잠시 뒤 그가 테이블 위에 내려놓은 수북한 파일 묶음 앞에서 빈은 눈이 휘둥그레졌다. 빈은 잘못 만지면 부스러져 재가 되기라도 하듯 조심스럽게 살폈다. 웹스카이에서는 검색되지 않을 뿐만 아니라 책에서도 누락된 자료들이라는 반정호의 설명이 적막하고 어스름한 공간을 더 은밀하게 만들었다.

기사 대부분은 신문이나 잡지에서 오려낸 것들이었다. 실종, 납치, 냉동인간 부활기술 연구, 전염병, 유전자조작생물 양산, 기형아출산 급증, 동식물 멸종사례와 관련한 기사들이 눈을 잡아당겼다.

빈은 실종관련 기사들을 훑어보았다. 가장 눈길을 끈건 전 세계적으로 실종된 젊은 남녀 수가 얼마나 증가했고, 이들이 어디로 사라졌는지 전문가들의 추측과 분석을 다룬 기사였다. 미스터리 현상을 연구하는 단체의 주장을 언급한 기사도 보였다. 외계인들이 인간을 데려간다는 설에서 빈은 고개를 갸웃하며 웃었다. 다음 장을 넘겼다. 거대 인신매매조직에 의해 납치가 이루어지고 있다는 설은 굵은 줄로 박스표시가 되어 있었다. 빨간색 별 표시까지 된 그 기사는 나라별 실종자 수를 성별, 나이별, 인종별로 매년 증가 폭을 정리한 도표가 삽입되어 있었다. 필자는 나치 시대에 인체실험을 지휘했던 멩겔레의 유령이 되살아났다는 한탄을 토해내며 거대 인신매매조직과 한 생명공학기업 사이에 검은 거래의 가능성을 언급하고 있었다. 반정호가 말한 그 내용이었다.

빈은 호흡을 가다듬으며 스크랩된 페이지를 계속 넘겼다.

'1996년, 7월 5일 세계 최초 포유동물 체세포 복제로 태어난 새끼 양 돌리 탄생. 이로써 인간복제의 가능성을……', '2001년, 미국 M대와 한국 바이오벤처기업 S사 연구진은 과학권위지 〈사이언스〉 4일 자에 인체에 이식했을 때 거부반응을 일으키는 유전자를 제거한 복제돼지 탄생시켜……', '2016년, 한국 한강 기름과 중금속 오염으로 물고기 떼죽음 대재앙', '2017년, 가축 매몰침출수에 의한 토양오염 심각', '2018년, 전 세계적인 기형아 출산 급증사태', '그린란드에서 유전개발을 둘러싼 나라 간의 갈등이 심화돼……'

빈은 혀끝으로만 되뇌며 글자 하나하나에서 멈칫하는 자신을 느꼈다. 그가 숨 쉬는 이 순간의 세상이 과거의 누군가 혹은 미래의 또 누군가가 들춰보게 될 기록이자 상상일 수 있다는 생각이 스친 것이다. 몇 장을 더 넘겼다. 스테이플러로 묶인 바이오소프트사 관련 기사들이 눈에 들어왔다. 바이오소프트사가 명실상부한 생명산업의 지배자로 군림하고 있다는 내용이었다. 더 구체적으로는 이 기업이 운영하는 전 세계의 인공자궁 플라자가 정상인 인구수 유지를 위해 갖는 역할의 절대성을 다뤘다.

또 몇 장을 넘기자 세계를 공포와 혼란에 빠뜨린 기형아 출산 급증사태에 대한 내용이 나왔는데, 바로 뒤이어 상단에 '2XXX년 2월 7일. 출처 〈녹색저널〉'이라고 붉은 글씨로 표시된 긴 글 여러 장이 붙어 있었다. 다큐멘터리 작가 P가 필자였다.

건너뛸까 했지만 빈은 그냥 지나쳐지지 않았다. 처음 몇 줄을 훑어보니 필자 P는 직접 추적한 사실을 토대로 기형아 출산이 급증한 사태의 원인이 무엇인지 파헤칠 모양이었다. 필자는 DNA 구조가 밝혀진 이후 유전자 조작이 시작되기까지의 역사적 사실을 언급하면서 서문을 열었다. 계산 빠른 몇몇 기업들이 유전자 조작기술로 새로운 농작물을 개발해 상업화에 열을 올리면서 벌어진 일, 그 기업들이 독성 강한 제초제에 끄떡없는 농작물도 개발했고 제초제의 독성에 의한 땅과 수질 오염 문제를 무시했다는 이야기. 그런 땅에서 수확한 농산물의 잔류 제초제 성분과 해충방어 독소가 사람 몸속에 쌓였다는 이야기들이 사례별로 적나라하게 기술되어 있었다. 이어 환경호르몬 물질의 위험을 경고하는 학자와 시민단체의 목소리는 컸지만, 유전자변형 농산물을 개발한 생명공학회사들과 이들을 펀드는 정부기관이 묵살했다는 대목에서 P는 인간의 탐욕을 개탄했다.

정체불명의 키메라 이야기도 등장했다. P는 키메라가 공상과학영화에서만 나오는 이야기가 아니라고 속삭였다. 새의 두 다리를 가진 고양이나 토끼 귀를 가진 돼지처럼 낯선 모습의 동물 사체가 발견됐다는 기사와 사진이 당시 인터넷이라는 사이버 정보망에 여러 차례에 걸쳐 뜬 일을 언급했다. 이를 두고 이미지 조작이니 꾸며낸 이야기니 하는 식의 주장이 나돌자 관심이 모이지 않았는데, P는 조작된 이미지가 아닌 실제 만들어진 생명체일 가능성을 피력했다.

이를 뒷받침하기 위해 P는 기후재난 이야기를 꺼냈다. 2016년 미국을 덮친 초대형 허리케인 이야기였다. 그 피해 지역에 동물실험을 하던 비밀스러운 연구소가 있었으며, 우리 시설 속에 있던 수많은 실험동물이 죽고, 썩었을 뿐 아니라, 허가되지 않은 몇 가지 약물이 그때 홍수로 인해 방출되었다는 것. 이 사실은 당시 어느 매체에서도 언급되지 않았다. P는 포기하지 않고 끈질긴 추적과 수소문 끝에 그 연구소의 한 연구원을 만나 인터뷰했는데, 우려했던 더 무서운 사실을 확인할 수 있었다. 그 연구소에서 사용한 화학 약물의 치명성에 대해서였다. 도시와 자연에 방출되면 오랜 시간이 걸리지 않아 유전자가 오염되는 것은 물론이고, 인간에게는 더 무서운 영향을 준다는 것이다. 연구원은 그 화학약물이 체내에 축적된 환경호르몬과 섞이고 성호르몬과 결합하게 되면 예기치 못한 돌연변이나 기형아가 태어날 가능성이 다이옥신보다 스무 배 이상 높아진다고 설명했다. 이러한 사실을 P가 언론에 노출시켰지만 아무도 주목하지 않았다. 그 문제의 약물을 사용하는 동물 실험연구소가 미국뿐만 아니라 전 세계 곳곳에 은밀히 존재한다는, 한 연구원이 망설임 끝에 실토한 사실 또한 무시됐다.

P는 추정 가능한 오염경로에 대해서도 여러 페이지에 걸쳐 설명한 뒤 조롱 조로 다음과 같이 글을 맺었다.

물은 이미 쏟아졌고 재앙의 씨앗은 회수할 길이 없다. 연구소가 보유하고 있던 엄청난 양의 약물과 그 약물로 오염된 동물의 썩은 살과 피가 수많은 매개체를 통해 빠른 속도로 전 세계로 퍼져 나갔다. 이미 그것들은 이형의 모습으로 그 실체를 드러내고 있지 않은가. 인정하고 싶지 않겠지만 지상의 인류는 이형인들로 바뀔 날이 머지않았다. 당신들은 당신과 당신 아내의 몸속에 변형된 생명을 맞을 마음의 준비나 하는 수밖에 없을 것이다.

빈은 상기된 얼굴을 들었다. 난쟁이 반정호가 테이블 위에 흩어진 자료들을 모으고 있었다. 순간, 빈은 자신이 낯설었다. 지하세계에서 이런 이야기를 읽고, 듣게 될 줄은 몰랐다. 누군가가 꾸며낸 이야기의 일부를 엿본 기분이었다. 솔직히 사실이라고 단정할 만한 것은 아무것도 없었다. 퓨어바디의 정체와 바이오소프트사가 가진 영향력의 배경. 현재 전 세계 인구수의 반 이상을 훌쩍 넘어선 이형인의 기원에 대한 견해와 설은 '신 빙성이 있는 것 같다.'일 뿐이었다. 유력하다는 추측만으로 가 이아수호연대가 밑줄 그어놓고 믿어온 자료라는 것도 마찬가지 였다. 단지 여러 가능성 가운데 하나인 것이다. 빈은 그렇게 생 각하고 싶었다. 그는 두근대는 심장을 가라앉히기 힘들었다.

"그나저나 유시모를 어떻게 만나게 됐지?"

반정호의 갑작스러운 물음에 빈은 혼자만의 생각에서 빠져 나왔다. 그는 아르고스에게 들었다며 자세히 얘기해보라고 했 다. 빈이 유시모를 만났다는 사실이 놀랍다는 어조였다.

빈은 유시모를 무작정 찾아갔을 때 어떤 분위기였는지, 그의 첫인상은 어땠으며 어떤 대화를 나눴는지까지 세세하게 들려 주었다. 반정호는 선뜻 이해가 가지 않는 듯 고개를 갸웃하며 언제부터 바이오소프트사와 거래를 하고 인맥을 형성했는지 알 수 없지만, 유시모는 오래전 조그마한 카페를 운영하던 당시 만 해도 가이아수호연대의 조력자였다고 말했다. 그런 인연으 로 반정호는 유시모를 믿고, 퓨어바디인 도기식의 은신을 부탁 했다고 털어놨다.

도기식.

그 이름을 듣는 순간 마성표가 한 말들이 떠오르면서 이야 기의 아귀가 맞춰졌다. 빈이 물었다.

"퓨어바디 무리에서 이탈한 도기식이 어떻게 가이아수호연대에 오게 됐죠?"

반정호의 설명이 이어졌다. 가이아수호연대의 한 활동가가 개인적으로 아는 택시기사로부터 연락을 받았다는 것이다. 한 승객이 자신이 냉동에서 깨어난 사람이라는 둥 알아들을 수 없는 말을 하는데, 이야기 내용이며 행동거지가 이상했다는 거였다. 반정호는 그를 사무실로 데려오게 한 뒤 몇 가지 질문을 던져 보고는 냉동에서 깨어난 퓨어바디인 걸 단박에 알아봤다. 또한 그가 납치된 게 아니라 냉동인간 신청자 모집 광고에 혹해 냉동인간이 된 케이스라는 것도.

빈이 물었다.

"유시모는 부탁에 응했나요?"

"물론. 아주 흔쾌히. 그런데 이후 이상한 일이 벌어졌지."

도기식을 부탁하고 보름 뒤 강필원 일행과 반정호가 카페로 찾아갔는데, 유시모도, 도기식도 만날 수 없었다는 것이다.

"어떻게 된 거죠?"

"어떻게 되긴. 유시모가 도기식을 빼돌린 거지. 그의 안사람은 유시모가 여행을 갔다고 했지만 그건 핑계지. 그때 자네 아버지 나무 씨도 유시모가 의심스럽다고 했어. 그래서 나와 나무 씨가 여러 차례 유시모를 찾아갔던 거네."

"유시모 사장은 아버지를 모른다고 하던데요."

"모를 리가 있나. 거짓말이지."

"도기식 행방은요?"

"모르지. 귀신같이 사라진 거지."

빈이 다시 지상으로 올라왔을 땐 뿌연 아침이었고, 이틀이
지난 뒤였다.

건물들과 가로등, 차들, 자전거들이 안개 속에 나타났다가
사라졌다. 무수한 이형인들과 정상인들도. 그들은 안개 속에서
걸어 나와 사방으로 흩어졌다. 빈은 오랜 세월 동안 그의 도시,
그의 세계였던 이곳을 다른 눈으로 보고 있었다. 그는 그가 숨
쉬고 있는 지금 이곳이 탈출할 수 없는 거대한 우리처럼 느껴
졌다.

## 29

현관문을 열자마자 마리는 빈을 얼른 안으로 들였다. 아침
부터 찾아온 이유는 묻지 않았다. 언젠가부터 그녀는 표정만으
로도 빈이 품은 이야기들을 짐작하고 읽어낼 줄 알았다. 아침
식사 전이면 같이 먹자는 제의를 한 건 그래서였다.

빈은 식탁에 앉아 말없이 토스트를 입안으로 밀어 넣었다.
그러더니 허겁지겁 씹어 삼켰다. 마리의 집에 오기 전까지 허기
를 느끼지 못했다는 사실을 비로소 깨달았다. 채워지지 않는
허기에 공허와 비루함이 한꺼번에 밀려들었다.

"천천히 먹어."

마리가 물컵을 밀어주었다. 지하세계에서 오는 길이라는 말이 입술 사이로 우물우물 새어나왔다. 그 말이 빈의 입에서 자연스럽게 흘러나와서일까. 마리는 표정이 지워진 얼굴로 빈을 바라보았다. 그녀는 들고 있던 컵의 물을 모두 들이켠 뒤 "그래, 어땠어?" 하고 물었다. 빈은 희미한 미소를 지었다.

"모르겠어. 아직도 머릿속이 뒤죽박죽인걸. 내가 보고 들은 게 사실인지 확신이 안 가."

"확신이 안 가는 게 아니지. 믿고 싶지 않은 거야. 이해해. 그럴 수 있지."

빈은 지하세계에서 반정호를 만나 어떤 이야기를 들었는지, 얼마나 수상한 자료들을 보았는지 털어놓았다. 퓨어바디를 둘러싼 과거세계와 현재가 어떻게 연결되어 있고, 무엇이 은폐되었는지까지 입 밖으로 뱉어내고는 지친 듯 접시를 내려다보았다. 그러고는 남은 토스트 조각을 마저 입에 넣었다. 토스트를 다 씹어 삼킨 뒤 빈은 시선을 들었다.

"퓨어바디를 만나고 싶어. 도와줄 수 있어?"

마리는 대답하지 못했다. 주저하는 표정이 역력했다. 빈은 그녀의 반응을 이해할 수 있었다. 위장한 채 위태로운 현재를 사는 퓨어바디들의 삶이 어떤지 잘 아는 그녀였다. 그리고 그녀는 퓨어바디인 연인을 잃었다. 빈은 이내 어깨를 으쓱하며 미소를 지었다.

"내키지 않으면 안 도와줘도 돼."

빈은 아버지가 만났던 퓨어바디들을 좀 더 알고 싶었을 뿐이라고, 다른 뜻은 없다고 뒷말을 달았다. 퓨어바디인 어머니를 사랑한 아버지의 시간을 느끼고 싶었다는 말은 꺼내지 않았다. 마리의 표정 위로 미세한 움직임이 이는 것을 빈은 본 것 같았지만, 기대하지 말자고 생각했다. 솔직히 아버지처럼 퓨어바디를 만나 그들의 이야기에 감응하며 다가갈 자신은 없었다. 말 그대로 궁금한 게 다였다.

그래, 그게 다야.

빈은 그렇게 속으로 되뇌며 멋쩍은 미소를 물었다. 괜한 말을 꺼낸 것 같았다.

잠시 뒤 식탁을 정리하고 난 마리가 손을 내밀었다.

"오늘은 휴일이라서 가게 문 안 열어. 답답한데 우리 걸을까?"


빈은 마리와 나란히 거리를 걸었다. 좁은 거리와 넓은 거리가 차례로 두 사람을 품었다. 뿌연 대기로 둘러싸인 거리는 흐릿했다. 어딜 가나 같은 풍경이었다. 어깨를 스치며 지나가는 이형인들의 모습은 어린아이가 장난으로 빚어놓은 밀가루 반죽 덩어리처럼 제각기 달랐다. 그런 이형인들 틈에 섞여 걷는 이 순간, 빈은 자신 역시 이형의 모습 중 하나라는 생각이 스쳤다.

마리는 걷는 사이사이 빈과 눈을 마주쳤다. 그녀는 말이 없었다. 허름한 음악카페에 들어와서 마리가 꺼낸 첫말은 "여기 맥주 맛 괜찮아."였다.

"언제 와 본 모양이네."

빈이 그렇게 말하자 마리가 숨소리 뱉듯 입술을 움직였다.

"그 사람이랑."

빈은 어색하게 고개를 끄덕였다. 마리는 그 남자와 이곳에 오면 어떤 메뉴를 주문했고, 그가 술에 취하면 늘 하던 이야기가 어떤 것인지 들려주었다. 그녀는 그의 이야기를 들을 때마다 그의 눈가가 촉촉해지는 것을 보았다고, 그가 낙원을 말할 때는 더 그랬다고 말했다.

"낙원?"

"낙원이란 무언가를 잃어버린 사람만이 가질 수 있는 기억의 세계라고 말했어."

그녀는 그가 죽은 뒤에야 그 말이 가슴에 와 닿는다고 고백했다. 그녀에게는 그와의 시간이 잃어버린 낙원이 되어버린 것일까. 마리의 시든 미소에서 고독이 소리 없이 새어나오고 있었다. 빈은 희미하게 열린 그녀의 눈을 바라보았다. 고개를 돌렸다. 카페 안쪽에 마련된 작은 무대에서 가수가 기타를 안고 노래를 부르고 있었다. 마리는 맥주를 마시면서 노래 한두 구절을 따라 불렀다. 그녀가 안으로 삭힌 그에 대한 기억들이 그녀를 아직도 아프게 하는 듯했다. 흥얼대는 그녀의 노래는 박자를 놓치고 점점 늘어졌다.

"노래 좋지? 가수 목소리도 맘에 들어."

"그렇군."

빈은 시큰둥하게 대꾸했다. 마리는 빈을 보더니 얼굴을 가까이 대고는 작은 목소리로 속삭였다.

"퓨어바디야."

빈은 동그래진 눈을 마리에게서 돌려 가수를 바라보았다. 중년의 사내는 눈을 감고 노래에 빠져 있었다. 깊은 저음의 목소리가 빈의 귀와 심장을 어루만졌다. 그의 얼굴에 시선을 고정한 채 빈은 스스로에게 물었다.

저 사내가 퓨어바디라고? 노래를 부르는 저자가?

중년의 사내는 무언가를 회상하는 모습이었다. 빈은 순간 어머니가 떠올랐다. 아주 먼 과거세계에서 어머니는 어떤 사람이었을까. 어떤 추억과 꿈을 가진 여자였을까. 어머니도 회상에 젖는 순간이 많았을까.

마리는 가수가 과거세계에선 인기 있는 밴드의 보컬이었다고 설명했다. 원한 적 없는 까마득한 시간 너머로 끌려와 이 허름한 음악카페에서 노래를 하는 저 사내. 지금 그는 눈 감은 어둠 속에서 무엇을 보고 있을까. 노래가 몇 곡 끝나자 가수는 마리에게 다가와 인사를 건넸다. 마리의 남자가 가수를 헌책방에 데리고 온 이후 마리 커플은 이곳에서 가수의 노래를 들으며 맥주를 마시곤 했다. 마리는 그렇게 가수와 친구가 되었다. 가수가 빈에게 어색한 눈인사를 하자 마리가 재빨리 두 사람을 인사시켰다. 마리는 빈을 친구라고 소개했다.

가수가 손을 내밀었다.

"마리 친구라니 더 반갑군요."

"반갑습니다."

빈은 엉겁결에 그의 손을 잡았다. 마리와 눈이 마주치자 빈은 힘없이 미소를 지었다. 그는 자신이 퓨어바디의 손을 잡았다는 사실이 놀라웠다. 마주 앉은 가수는 빈의 미소를 알아채지 못한 채 자신의 노래가 어땠는지 묻는 것으로 시작해 날씨와 좋아하는 음식, 관심 있게 봤던 드라마가르 등 나른한 이야기를 쏟아냈다. 세상사에 별 불만도, 관심도 없는 한량처럼 보였다. 빈은 이 모든 게 퓨어바디가 낯선 이 앞에서 으레 하는 위장의 몸짓임을 직감했다. 그렇다 해도 분명한 건 그는 그냥 사람이었다. 남자였고, 추레하게 늘어가는 중년 가수였다. 빈은 이 순간이 신기했다. 빈은 생식세포 생산용 '청정' 육체로만 알았던 퓨어바디와 맥주를 마시며 웃고 대화를 나누고 있었다.

다음 날 저녁에도 마리는 한 작은 국숫집으로 빈을 데려갔다. 빈은 그곳에서 국수의 쫄깃한 면발과 진하고 구수한 국물을 맛보았다.

"주방장이 과거세계에서는 고급 호텔 주방에서 일했던 실력자야. 퓨어바디라고."

마리의 귀띔에 빈은 홀 왼편의 주방 쪽으로 시선을 주었다. 그러고는 대접을 기울여 국물을 좀 더 마셨다. 마리가 물었다.

"맛이 어때?"

빈은 엄지를 세워 보였다.

# 설명회

## 30

빈은 모든 게 낯설었다. 처음 앉아보듯 의자의 팔걸이를 매만졌고, 정리해 놓은 서류와 스케줄 표와 메모 핀에 매달린 깃발 같은 메모지들에 시선을 주었다. 동료가 휘파람을 불며 파티션 위로 고개를 쑥 뺐다.

"출근했네. 이제 다 회복된 거냐? 마침 잘 왔다."

그는 모레 있을 설명회 준비도 해야 하고 조사도 나가야 한다면서, 빈민구역 T에서 신고가 세 건이나 들어왔다고 말했다.

"애는 징그럽게 많이 낳는다니까."

동료는 지겹다는 표정을 지었는데, 그건 이형인 부부들에 대한 경멸의 표시였다. 빈은 동료를 바라보았다. 오싹한 느낌이 스쳤다. 빈은 동료를 보는 게 아니라 거울 보듯 동료를 통해 자신을 보고 있었다. 빈은 이내 고개를 돌렸다.

　아침회의가 끝난 뒤 빈은 동료와 움직였다. 발걸음이 가볍지 않았다. 도심 외곽에 위치한 빈민구역 T에 도착해서도 그런 느낌은 계속되었다.

　서류에 표시된 주소로 찾아가 벨을 눌렀다. 문밖의 빈 일행을 본 네눈박이 여자의 네눈이 동그래졌다. 동료는 문 안으로 밀고 들어가 여자에게 자녀 수 제한에 관한 법조항을 읊어주며 네 번째 아이를 데리러 왔다고 고압적으로 말했다. 여자는 아이가 있는 방으로 뛰어 들어가 문을 잠갔다. 일행은 문을 두드렸다. 여자가 문을 열지 않자 강제로 잠금장치를 부순 뒤 방으로 들이닥쳤다. 눈물범벅이 된 여자의 품에서 아이를 떼어냈다. 살점이 떨어져 나간 듯 울부짖는 여자에게 동료는 서명을 요구했다. 동료의 목소리는 단호했다. 주저앉은 여자는 서류를 물끄러미 내려다보고는 서명란에 손을 떨며 사인했다. 여자에겐 힘은커녕 더 궁리해낼 방법도 없었다. 빈은 축 늘어져 흐느끼는 네눈박이 여자를 뒤로하고 일행과 함께 집 밖으로 나왔다. 일행의 팔에 안긴 이형인 아기는 혀가 빠지도록 빽빽 울었다. 동그란 세 눈에서 흐른 눈물로 아기의 볼은 번질거렸다. 빈은 고개를 돌렸다.


　털보에게서 전화가 온 건 출근 이틀째 되는 날이었다. 털보의 목소리는 들떠 있었다.

"아주 기가 막힌 정보가 있네. 바로 '퓨처'라는 회사인데, 위장한 인신매매단체였다는군."

퓨처?

빈은 핸드폰을 귀에 바투 댔다. 털보의 말은 빈의 귀를 빨아들일 듯 은밀했다. 퓨처사가 현재 존재하지는 않으나 당시 납치한 사람들을 어디로 팔아넘겼는지 짐작할 수 있는 계약문서를 어둠의 장터에서 본 사람이 있다는 것이었다.

털보는 혀 차는 소리를 냈다.

"하필이면 그게 어둠의 장터로 흘러들어 가다니. 일이 힘들어지겠는걸."

빈은 어둠의 장터가 뭐냐고 물었다. 건너온 대답에 빈은 마른 숨을 삼켰다. 인간이 바다 깊은 심해의 생물체를 잘 알지 못하는 것처럼 평범한 사람들은 알지도, 접근할 수도 없는 위험하고 은밀한 곳이 있는데, 어둠의 장터가 바로 그런 곳이라는 게 털보의 설명이었다. 설명이 하도 모호해서 빈은 과장일 거라고 생각했다.

"그곳에 어떻게 가죠?"

"그건 왜 물어?"

기겁한 목소리였다. 털보는 만류했다. 들어갔다가 어디가 부러져서 나오거나 행방불명될 수 있다는 것이다. 단순히 겁을 주기 위한 소리가 아닌 것 같았다. 빈은 뛰는 심장의 경고를 무시하고 가는 방법을 알려달라고 부탁했다. 털보의 한숨소리가 들려왔다. 털보는 생각해보고 10분 뒤 다시 이야기하자며 전화를 끊었다.

내가 방금 무슨 소릴 했던가. 뭘 한 거지.

빈은 털보의 목소리가 겁에 질려 있었던 걸 떠올렸다. 도망칠 수 있다면 그러고 싶었다. 그럴까. 그만둘까. 머릿속에서 두 목소리가 싸웠다. 눈을 감았다. 전화가 다시 걸려온 건 정확히 16분 뒤였다. 털보는 가겠다는 생각에 변함이 없는지 확실한 의사를 물었다. 빈이 대답했다.

"물론입니다. 가겠습니다."

털보는 그곳은 안내원과 동행해야지, 혼자서는 갈 수 없다고 말했다. 얼마나 끔찍한 곳이기에 안내인 없이는 안전을 장담할 수 없다는 것일까. 아르고스를 따라 내려갔던 지하세계보다 더한 곳임은 틀림없는 것 같았다. 안내해줄 사람을 주선할 테니 약속 장소에 가보라는 털보의 목소리는 은밀하고 무거웠다.

빈이 조수석에 앉자 안내인이 손을 내밀었다. 빈은 지폐가 든 봉투 하나를 건넸다. 털보가 일러준 대로 돈은 봉투에 나누어 담아두었다. 그렇게 준비한 여러 개의 봉투 중 첫 번째가 사라졌다.

출발한 30분쯤 됐을 때 차는 지진 복구 현장 부근의 도로를 지나고 있었다. 열린 차창으로 썩은 내와 흉흉한 기운이 밀려들었다. 어둠 속 폐허를 바라보던 빈은 코를 틀어막고 창문을 닫았다. 지진 복구 지역을 벗어나 카지노 호텔들이 즐비한 구역에 이르렀다. 빈이 물었다.

"어둠의 장터에 있는 사람들은 어떤 사람들이죠?"

안내인은 물고 있던 껌으로 풍선을 불다가 터지자 자근자근 씹으면서 말했다.

"몇 개의 폭력조직이오. 그러니까 조심하라고. 위험한 사람들이니까."

빈은 더는 묻지 않았다. 안내인은 호텔 옆 주차타워 앞에 차를 세웠다. 빈은 안내인을 따라 건너편 잠수함처럼 생긴 건물 입구로 다가갔다. 네온 조명으로 번쩍이는 건물 입구에 세 명의 사내가 서 있었다. 안내인이 그들에게 몇 마디 건네자 사내들이 문을 열어주었다. 빈은 안내인을 따라 문을 통과해 계단을 내려갔다. 귀를 마비시키는 빠른 비트의 음악 소리가 들렸다. 춤에 빠진 이들의 열기로 후끈한 공간이 빈을 잡아끌었다. 빈은 어리둥절했다. 음악 소리 너머로 안내인이 손짓을 하며 소리쳤다.

"이리 오쇼!"

안내인은 사람들 속을 파고들어 가더니 기둥을 지나 대각선 끝으로 사라졌다. 빈은 부지런히 안내인을 따라 갔다. 여기서 길을 잃으면 끝장이었다. 문 앞에 팔이 넷인 거구의 사내가 서 있었다. 안내인이 사내에게 다가가 속닥이자 사내는 빈을 건너다보더니 문을 열었다. 빈은 안으로 들어갔다. 좁은 계단이 이어졌고, 구타하는 소리와 날카로운 신음의 메아리가 계단을 타고 올라왔다.

층계 아래로 내려가 두 개의 통로를 지났다. 이번엔 두 머리 사내가 빈과 안내인을 막아섰다. 두 머리 모두 험상궂은 면상을 하고 있었다. 빈은 안내인이 두 머리를 케르베로스라고 부르는 걸 듣고는 어깨가 움츠러드는 것을 느꼈다. 지옥으로 내려가는 기분이 든 것이다. 안내인이 무슨 말을 꺼냈는지 케르베로스의 두 얼굴이 동시에 빈을 흘겨보며 안내인에게 몇 마디 속닥였다. 잠시 뒤 안내인이 케르베로스의 어깨를 두드리며 웃는 소리를 냈다.

케르베로스가 빈에게 다가와 양손을 내밀었다. 빈이 봉투를 케르베로스의 양손에 하나씩 건네자 두 얼굴이 나란히 고개를 끄덕이며 흡족한 미소를 지었다. 안내인이 빈에게 행운을 빈다는 말을 건네고는 도망치듯 사라지자 빈은 케르베로스를 따라갔다. 긴 복도로 들어섰다. 잠시 뒤 손전등으로 비춘 전방에 낡은 문이 모습을 드러냈다. 케르베로스가 손잡이를 잡아당겼다. 칠판 긁는 듯한 소리와 함께 문이 열렸고, 어둠 속 어딘가에서 울부짖는 소리에 뒤섞인 가느다란 비명이 들렸다. 빈은 온몸의 신경줄이 터질 듯한 긴장을 느꼈지만 말없이 케르베로스의 뒤를 따라갔다. 계단이 나왔다. 난간을 잡고 내려가는 빈의 무릎이 흔들렸다. 어느 순간 계단이 끝나고, 끝없는 어둠 속으로 다시 긴 복도가 이어졌다. 빈은 케르베로스를 놓치지 않기 위해 그 뒤에 바짝 붙어서 걸었다. 빨리 걷지도 않았는데 등에서 땀이 쏟아졌다. 20분쯤 지났을까. 또다시 육중해 보이는 문이 나타났다. 문을 열자 또 다른 계단과 복도가 이어졌다. 복도 끝에 다다랐을 때 케르베로스가 멈춰 서더니 벽을 밀었다. 오렌지 빛이 일렁이는 공간이 나타났다.

"다 왔소."

케르베로스의 두 얼굴이 히죽 웃으며 동시에 말했다. 벽마다 햇불이 타고 있었다. 빈은 눈을 몇 번 깜빡이며 케르베로스를 따라 철문을 지나 넓은 방으로 들어갔다. 그곳엔 이형인 사내 여러 명이 앉아 있었다. 케르베로스 못지않게 험악한 인상에다 모습까지 기괴했다. 빈은 케르베로스가 그들에게 다가가 속닥이는 동안 숨을 가다듬으며 사방을 둘러보았다. 잠시 뒤 케르베로스가 빈에게 벽 안쪽에 있는 커다란 문을 가리켰다.

## 31

문 안으로 첫발을 들여놓는 순간 빈은 눈을 크게 떴다. 뜻밖의 광경이었다. 흥정하고 구경하는 사람들로 사방이 시끌벅적했다. 이형인들 뿐만 아니라 정상인들도 뒤섞여 있었다. 다시 보니 이리저리 물건을 살피는 상당수가 정상인들이었다. 반쯤 벌어진 입과 은밀함을 공모하듯 희번덕거리는 그들의 눈빛이 섬뜩했다. 저들은 이곳을 어떻게 알고 와 있는 걸까. 진열대 위의 물건들은 골동품에서부터 값비싼 귀금속까지 각양각색이었다. 장물일 게 뻔했다. 지진으로 무너져 내린 빌딩과 집들, 묻힌 시신에서 몰래 수거한 물건들이 대량으로 빼돌려진다는 얘기를 이미 들은 바 있었다. 빈은 빠르게 걸음을 옮겼다. 유백색의 화려한 조각장식품들이 눈에 들어왔다. 외눈박이 상인은 사람의 유골로 만들었다고 세 번이나 말을 건네며 빈에게 손짓했다. 빈은 고개를 돌려 그 앞을 지나쳤다. 발걸음을 멈추지 않고 몇 개의 진열대를 계속 지나갔다.

누군가가 빈의 팔을 건드리며 말을 걸었다.

"동물과 인간이 하는 거 보고 싶지 않아? 이 동영상 칩들은 진짜거든. 한번 보시지."

이형인 사내가 교활한 미소를 짓고 있었다.

"진짜로 하는 거라니까. 끝내줘."

빈이 눈을 들어 자신에게 말을 건 이형인 사내를 바라보았다. 가늘고 날카로운 눈매의 사내는 늑대처럼 돌출된 입을 가지고 있었다.

"왜? 취미 없나? 그럼 좀 특별한 포르노는 어때. 골라봐. 반인 반수인 여자와 네 팔 남자가 하는 거랑 세눈박이 남자와 코끼리 귀 여자가 하는 거랑 외눈박이 여자와 기린 목 남자가 하는 거 말고도 아주 다양하지. 아주 기괴하다니까."

사내가 다가와 팔을 잡았다. 빈이 경멸의 시선을 겨누었다.

"이거 봐. 구역질나니까."

늑대 얼굴 사내의 표정이 일그러졌다.

"뭐야! 이런 썩을. 정상인이면 다야?"

사내는 빈의 어깨를 쳤다.

"바로 당신같이 겉만 번듯하고 점잖은 척하는 정상인들이 이런 거에 환장한다는 거 다 안다고. 끼리끼리 알면서 뭘 그래?"

빈이 등을 돌리자 늑대 얼굴 사내가 뒤통수에다 대고 계속 낄낄대며 소리를 질렀다.

"두 다리, 두 팔을 뻐기면서 걷는 당신 같은 정상인들이 이런 걸 더 찾는 거 모를 줄 알아? 점잖은 척, 고고한 척, 우월한 척하면서 인공자궁플라잔가 뭔가에 가서 정상인 영아를 주문하지."

빈은 귀를 막았다. 뒤도 돌아보지 않고 빠르게 걸었다. 잘못 접어든 미로 한가운데 있는 듯했다. 빈은 마음을 다잡으며 여기 온 목적만 생각했다.

모퉁이를 돌아 두리번거리며 헤맨 지 10여 분쯤 지났을 때 빈은 한 정상인 노파가 졸고 있는 진열대로 다가갔다. 노파는 모호한 인상을 풍겼다. 백발의 짧은 파마머리와 목과 얼굴에 자글자글한 피부만 보면 영락없는 노인인데, 눈동자와 입술, 치아가 생기로 빛났다. 발정 난 고양이의 눈빛같이 또렷하고 투명한 눈동자, 통통한 붉은 입술 사이로 드러난 가지런한 하얀 치아는 늙은이의 것이 아니었다. 정상인이 틀림없지만 어딘가 기괴하게 느껴지는 분위기가 있었다. 그래서 더 시선이 갔을까. 털보가 일러준 인상착의와 흡사했다. 빈은 물건들을 들여다보는 척하며 진열대 가까이로 다가갔다.

노파가 쇳소리 나는 목소리를 냈다.

"뭘 찾수?"

빈은 주위를 한 번 살핀 뒤 정보를 찾는다고 말했다. 노파의 눈가에 의뭉스러운 빛이 스쳤다. 노파는 어떤 정보를 찾느냐고 물었다.

"퓨처사에 대한 정보요."

순간 노파는 팔짱을 끼면서 눈을 가늘게 치떴다.

"퓨처사라……."

확신이 왔다. 털보가 말한 노파가 눈앞에 있었다. 노파가 살진 애벌레 같은 입술을 비틀며 손을 내밀었다. 빈은 지폐 든 봉투를 내밀었다. 봉투를 낚아챈 노파가 빈을 빤히 보며 목을 가까이 당겼다. 어떤 사내가 와서 퓨처사와 연관된 문서를 팔고 갔다고 속삭였다. 털보가 들려준 바로 그 내용이었다. 빈은 그 사내의 인상착의를 물었다.

"그건 모르겠는데."

노파는 장난하듯 입술을 쭉 내밀었다. 빈은 조급한 마음을 다스리며 침착하게 캐물었다.

"그럼 퓨처사와 연관된 문서라는 게 뭐죠?"

노파가 말없이 가만히 있자 빈은 두 번째 봉투를 꺼냈다. 봉투를 손에 쥐며 노파가 말했다.

"자세히 보진 않았어."

"지금 여기 있어요? 그사이 누가 가져간 건 아니겠죠?"

노파는 고개를 아래위로 끄덕였다. 빈은 노파를 향해 몸을 숙였다.

"문서 내용이 뭐죠?"

"계약서 같던데."

빈의 머릿속에 강필원 노트에 적힌 문장이 스쳤다.

'순간 벼랑 끝에 무방비로 선 기분에 휩싸였다. 나 역시 납치된 것이다.'

거짓말 같은 과거가 현실 속에 숨 쉬고 있었다. 빈은 노파의 눈을 응시했다. 노파는 문서를 팔고 간 사내에게 무슨 얘길 들었을까. 노파는 그 문서가 무엇인지 알면서 능청을 부리는 것 같았다.

"퓨처사에 대해 아시는 게 있을 듯한데 말씀해주시죠."

노파는 고개를 갸웃했다.

"왜 그게 궁금한 거지?"

빈이 대답하지 않자 노파는 눈을 내리깔며 입술을 비죽 내밀었다. 빈이 봉투를 더 꺼내자 그제야 노파는 만족스러운 표정을 보이고는 말없이 탁자 밑으로 몸을 굽혔다. 끄집어낸 상자 안의 내용물을 확인하며 빽빽이 들어찬 종이 뭉치들 위로 손가락을 미끄러뜨렸다. 잠시 뒤 노파는 서류 봉투 하나를 뽑아냈다. 빈은 서류 봉투를 받아들고는 누렇게 바랜 문서를 꺼냈다. '연구재료 공급계약서'라는 제목에 눈을 주었다. '연구재료'라는 말이 걸렸다. 페이지를 넘겨 읽을수록 수상한 단어들이 눈길을 잡았다.

한 명당, 인종별, 건강한 젊은 남녀……

세 페이지쯤 넘겼을 때 빈은 몸속의 피가 차가워지는 걸 느꼈다. 문서는 공급할 인간의 신체조건이 명시된, 말하자면 '인간조달계약서'였다. 바이오테크니컬랩과 퓨처사 간의 계약서였는데, 퓨처사의 회사명 옆에 찍힌 상징 로고가 눈을 잡아당겼다. 비행접시와 별이 나란히 있는 문양. 어디서 본 것 같은데 생각이 잘 나지 않았다. 빈의 표정이 어두워지자 노파가 말을 건넸다.

"팔고 간 그 작자는 이 계약서가 아주아주 굉장한 거라고 입에 침이 마르도록 설명했지. 어때, 사려우?"

"사겠습니다."

빈은 봉투 네 개를 더 내밀었다. 노파의 표정이 환해지는 것을 살피며 그 사내가 바이오테크니컬랩에 대해서 더 얘기한 건 없냐고 캐물었다. 노파는 두 눈을 가늘게 떴다.

"글쎄 어떻게 손에 넣었는지 모르지만 굉장한 계약서가 있다면서 팔겠다고 했지."

빈은 손에 쥔 계약서에 시선을 고정했다. 길고 긴 시간을 넘어 얼마나 많은 손을 돌았을까. 빈은 계속 노파를 몰아붙였다.

"바이오테크니컬랩이 구체적으로 어떤 연구소였는지 아는 대로 얘기해주세요."

노파는 붉은 입술 사이로 흰 이를 드러내며 미소를 지을 뿐이었다. 빈은 입안이 탔다. 이윽고 노파가 은밀한 어조로 속삭였다.

"바이오테크니컬랩은 단순한 연구소가 아니라고 들었어."

빈은 노파의 눈을 뚫어지게 보았다. 노파는 말을 이었다.

"바로 바이오소프트사의 전신이라고 했어. 바이오소프트의 오래전 연구소 이름이라고 했지, 아마."

"뭘 연구하던 곳이죠?"

"냉동인간."

시간은 새벽안개 속으로 가라앉고 있었다. 빈은 악몽에서 깨어나기는커녕 또 다른 악몽 속으로 빨려 들어간 느낌이었다. 어둠의 장터에서 빠져나와 밤공기를 길게 들이마시던 순간 스친 깨달음 때문이었다. 퓨처사의 상징 로고와 흡사한 문양을 어디서 봤는지 생각이 난 것이다. 유시모의 팔상박 문신에서였다. 같은 문양이었다.

이 시간에 빈의 연락을 기다릴 사람은 빈이 어둠의 장터에 간 걸 유일하게 알고 있는 털보일 터였다. 큰길가로 나오자마자 빈은 털보에게 전화했다. 연락을 기다렸던지 털보는 빈이 말하는 사이사이 "그래서?"를 연발하며 다음 말을 재촉했다. 수상한 계약서에 찍힌 퓨처사의 상징 로고를 언급하는 대목에선 말 없이 숨소리만 냈다. 빈은 털보의 놀란 표정을 상상할 수 있었다. 몇 초의 침묵 뒤 털보가 속삭였다. 유시모 사장이 깊게 얽혀 있을 공산이 크다는 이야기였다. 그 말은 빈이 핸드폰을 바지 주머니에 넣은 뒤에도 귓가에 맴돌았다.

빈은 고개를 들어 허공을 응시했다. 빌딩 꼭대기의 전광판마다 '정상인 영아 입양 설명회'의 홍보영상이 번쩍거렸다.

'두 다리, 두 팔을 뻐기면서 걷는 당신 같은 정상인들이 이런 걸 더 찾는 거 모를 줄 알아? 점잖은 척, 고고한 척, 우월한 척하면서 인공자궁플라잔가 뭔가에 가서 정상인 영아를 주문하지.'

늑대 얼굴 사내의 말이 악취처럼 따라왔다. 빈은 걸음을 빨리했다. 폭로를 도와달라던 제갈영웅의 목소리를 떠올리자 자괴감이 밀려왔다. 제갈영웅에게 도움을 약속하던 순간까지도 빈의 의지와 확신은 완벽하지 않았다. 빈은 뛰었다. 안개 속으로 숨고 싶었다. 그를 감싼 것은 자욱한 불안이었다.

빈은 자정을 넘길 때까지 『냉동인간』을 손에서 놓지 않았다. 주인공 M4004에 감정이입이 되는 자신을 느꼈다. 쫓기는 몸이 된 M4004가 위기에 봉착할 때마다 그 느낌은 강해졌다. M4004가 제3편에 등장했던 세눈박이 여자와 재회하는 장면에서 빈은 안도하기까지 했다.

세눈박이 여자는 철창 밖으로 M4004가 내민 신문 쪼가리를 봤을 때 경악했다. 쪼가리 귀퉁이에 적힌 "도와주세요."라는 글귀 때문이었다. 두 팔, 두 다리 인간이 글을 읽고 쓸 줄은 상상도 못한 것이다. 그 뒤로 이틀에 한 번 꼴로 그녀는 동물원을 찾아왔고, 보는 눈이 없는 틈을 타 철창 안으로 쪽지를 던져 넣었다. 그런 식으로 쪽지를 주고받으면서 그녀는 냉동인간의 진실을 알게 되었다. 그랬던 그녀를 M4004는 우리를 탈출하고 한참 뒤에야 다시 만난 것이다.

그녀는 그를 자신의 집으로 데려가 숨겨주었다. 죽은 남편이 입던 네 팔용 외투를 꺼내주었는데, 소매 두 개가 비어 덜렁거리자 며칠 뒤 의수 두 개를 구해와 텅 빈 두 소매에 끼워 네 팔 인의 모습으로 그를 완벽하게 위장시켰다.

## 32

바이오소프트사 C동 20층 대강당은 정상인 부부들로 만원이었다. 강연을 경청하는 표정마다 자부심과 엄숙함이, 강연자의 목소리에는 격조가 있었다. 강연자는 정상인 부부가 정상인 영아를 주문 입양해야 하는 의무, 권리, 혜택에 대해 설명했다. 퓨어바디 활용의 윤리적인 문제에 손톱만큼의 우려도 깃들 수 없이 명쾌한 설명이었다.

"아시다시피 퓨어바디는 우리와 같은 인간이 아니죠. 퓨어바디는 바이오소프트사가 자랑하는 첨단 연구개발 덕분에 탄생한 이 시대의 선물입니다. 다시 말씀드리지만 퓨어바디는 생식세포 생산기능이 싱싱하게 살아 있는 '청정육체'이자 고급 유전자를 함유한 소중한 자원입니다. 참석해주신 여러분은 안심하시고 인공자궁플라자에서 취향에 따라 여러분의 자녀를 계획하고 주문하시면 되겠습니다. 유전자 샘플자료를 보면 만족하실 겁니다. 얼마든지 원하시는 대로 키 크고, 잘생기고, 머리 좋은 정상 아이를 주문하실 수 있도록……."

관계자 좌석에 앉은 빈은 등을 기댄 채 눈을 감았다. 늘 들어온 익숙한 내용이었지만 어딘지 낯설고 불편했다. 윤지를 떠올렸을 때 명치끝이 답답해지기까지 했다. 강당 입구에서 윤지를 마주칠 줄은 몰랐다. 오랜만에 본 윤지는 키가 훤칠한 정상인 남편과 팔짱을 끼고 빈에게 다가왔다.

"몸은 다 회복된 모양이네. 아, 처음 보나? 여기, 우리 신랑. 아이를 주문할 계획이거든. 우리 신랑처럼 머리 좋고 예술적 재능이 있는 남자아이를 주문할까 해."

아니야. 이건 아니야.

눈을 뜬 빈은 일어서서 무대 앞을 가로질러 출구 쪽으로 걸어갔다. 따가운 시선들이 뒤통수에 꽂히는 걸 느꼈지만 뒤돌아보지 않았다.

로비는 텅 빈 채 조용했다. 엘리베이터에서 옥션 S의 문정훈과 마주쳤다.

"아직 몸이 안 좋은 거 아냐? 얼굴이 까슬한데."

"갑자기 일이 몰아쳐서 그런가 봐. 그건 뭐냐? 도록 나왔구나."

문정훈이 손에 든 도록 몇 권을 흔들어 보였다. 경매에 출품될 품목을 소개하는 두툼한 도록이었다. 곧 있을 3회가 기대된다는 문정훈의 말에 빈은 귀가 솔깃했다. 출품된 생명종 특허 중에 낙찰가가 기대되는 것들이 다수 포함됐다는 의미였다.

"작품들 기가 막혀. 볼래?"

빈은 한 권을 받아 들었다. 페이지를 넘기면서 출품 목록을 훑어보는데, 문정훈의 말마따나 눈이 휘둥그레질 만한 작품들이 적지 않았다. 페이지가 넘어갈 때마다 빈의 머릿속에 한 가지 생각이 짙어졌다.

빈은 문정훈에게 손 인사를 건네고 엘리베이터에서 나가자마자 복도 창가로 갔다. 그러고는 주위를 살핀 뒤 핸드폰을 꺼냈다.

수화기에서 젊은 여자의 목소리가 흘러나왔다.

"안녕하십니까? 생활문화창조를 선도하는 제우스입니다."

빈은 유시모 대표를 연결해달라고 부탁했다. 여자가 용건과 신분을 물었을 때 빈은 순간적으로 사칭이란 걸 하기로 했다.

"옥션 S의 나빈이라고 합니다. 생명종 특허 경매 건으로 전화드렸습니다. 일전에 사장님께서 부탁하셨거든요."

먹힐까. 빈은 숨을 골랐다. 기다리라는 말 뒤로 연결음이 들리더니 한참 만에 딱딱한 목소리가 흘러나왔다.

"아, 나 유시모요."

빈은 시치미를 떼고 정중하게 인사말을 건넸다. 건조하고 나른한 목소리가 물었다.

"옥션 S 직원이라고? 그건 그렇고, 난 아무것도 부탁한 게 없는데."

나빈이란 이름도, 목소리도 그는 기억하지 못했다. 빈은 다행이라고 여기며 곧 있을 경매 출품 품목에 포함된 생명종 특허들이 어떤 것들인지 재빨리 소개했다. 설명은 옥션 S 직원인 양 그럴듯하게 이어갈 수 있었다. 문정훈에게 평소 이것저것 물으며 경매품목에 대한 제반 지식을 축적한 덕분이었다. 오래 기다리지 않아 관심을 표하는 감탄사와 침 섞인 질문이 건너왔다. 기대한 대로였다. 전화 줘서 고맙다고까지 하는 걸 보면 유시모는 미끼를 제대로 물었다.

빈은 때를 놓치지 않고 밀어붙였다.

"도록을 한번 보시면 놀라실 겁니다. 제게 키스라도 하실 걸요. 도록 들고 오늘 찾아뵙겠습니다."

## 33

웃음소리에 뒤섞인 음악 소리가 공간을 뒤흔들었다. 빈은 어리둥절했다. 저녁 시간 사내 레스토랑은 마성표를 만나러 왔을 때와는 사뭇 다른 분위기였다. 빈은 홀이 내려다보이는 벽 쪽에서 유시모를 발견하고는 그가 앉은 테이블로 다가갔다.

"또 자네로군."

피곤한 듯 미간을 찌푸린 얼굴이 빈을 맞았다.

"지난번 결례는 사과드립니다. 오늘은 옥션 S 직원으로 왔습니다. 앉아도 될까요?"

"앉게. 그런데 옥션 S 직원 맞나?"

김빠진 목소리였다.

"네, 맞습니다."

"해괴한 일이군 그래. 이렇게 반듯한 젊은이가 지난번에 그 말 같지도 않은 소리를 꺼내던 그 젊은이라니 말일세."

"다시 한 번 사과드립니다. 그땐 제정신이 아니었거든요. 지난 일은 부디 잊어주십시오, 대표님."

빈은 몸 상태가 안 좋은 데다 신경이 날카로워진 상태였다고 둘러대며 거듭 양해를 구했다. 그런 뒤 유시모의 표정을 살피며 칭찬을 늘어놓았다.

"사내 레스토랑이 아주 멋진데요."

유시모는 그리 환하지 않은 미소를 물고는 한손으로 턱을 괸 채 빈을 보았다.

"저녁엔 분위기가 이렇게 달라지지. 내가 알아서 주문해뒀네."

그 말이 떨어지기가 무섭게 요리접시와 와인 잔이 앞에 놓였다. 둘은 잔을 부딪쳤다. 빈은 잔을 입에만 살짝 댔다가 떼고는 가방에서 경매도록을 꺼내 내밀었다. 그의 마음을 잡아야 했다. 문정훈에게 들은 대로 품목들에 대해 설명했다. 쉬지 않고 입을 움직이는 내내 머릿속에선 계산이 맞물려 돌아갔다. 효과는 나타났다. 호감이 일도록 적당히 과장을 곁들인 덕분이었다. 유시모는 연신 미소를 지었다. 지금껏 사들인 생명종 특허가 어떤 것들이었고, 자신의 안목이 얼마나 높고 까다로운지 늘어놓으며 으스대기 시작했다. 빈은 최대한 기분을 맞춰주었다. 그러자 유시모의 입에서 정계 거물들 이름이며, 그들과 맺은 친분을 과시하는 말까지 나왔다. 생각지 못한 틈새였다. 유시모가 어떤 성격의 인물인지 감이 왔다. 생각보다 쉬운 유형일지 몰랐다. 빈은 기분을 돋우는 말을 건네며 자서전 출간 이야기를 넌지시 던져봤다. 유시모의 눈꼬리가 올라가면서 벌어진 입술 사이로 흰 치아가 반짝였다. 유시모는 자서전이 급하게 나오게 된 이유를 목소리 낮추어 속삭였다.

"현재 환경국 장관 자리가 공석이잖나. 내가 내정될 가능성이 짙어진 때문이지."

빈은 놀라는 표정을 애써 감추었다.

그렇게 두 시간이 흘렀다. 유시모는 술을 꽤 많이 마셨다. 폭음 수준이었다. 빈은 그가 기분이 최고조임을 알아차렸다. 이정도로 술을 마실 줄은 몰랐다. 빈은 덩달아 취해 실수라도 할까 봐 정신을 바짝 차리며 술잔을 만지작거렸다.

유시모가 빈의 잔에 술병을 기울이며 호탕하게 웃었다.

"보기보다 자네, 융통성이란 게 뭔지 아는 것 같군. 맘에 들어. 좋아, 좋아. 우린 은근히 통하는 구석이 있어."

"대표님은 제가 닮고 싶은 면을 많이 가지고 계십니다. 다방면에 관심도 많으시고, 발도 넓으시고, 패션에도 일가견이 있으시고. 게다가 운동선수 못지않은 체력에 남성다운 근육까지……."

"근육? 자네가 내 근육을 보기라도 했나? 별일이구먼."

볼이 발그레진 유시모가 천진한 미소로 물었다. 빈이 말을 이었다.

"지난번에 찾아뵈었을 때 운동하고 계셨잖습니까. 그때 상체 근육을 봤는데, 대단하시던데요? 팔뚝 문신도 멋져 보였습니다."

빈은 슬쩍 유시모의 팔 쪽에 눈을 주었다. 하얀 와이셔츠로 가려진 팔뚝을 곧 보게 되리라는 기대로 말을 이었다.

"한 번 다시 볼 수 있다면 영광으로 알겠습니다. 볼 수 있을까요?"

유시모는 실없는 제의지만 못 보여줄 것도 없다는 듯 입을 비죽 내밀더니 소매의 단추를 풀기 시작했다. 빈은 유시모가 소매를 걷어 어깨까지 올리는 것을 숨죽이며 지켜보았다.

마침내 푸른색 비행접시와 별이 눈앞에 나타났다. 빈은 눈을 뗄 수 없었다. 문신은 퓨처사의 상징 로고와 정확히 일치했다.


## 34


거리의 풍경은 낯설었다. 지난번 그 길이 아니었다. 빈은 차창 밖으로 눈을 주며 아르고스에게 물었다.

"지하세계로 들어가는 입구가 대체 몇 개인 겁니까? 어떻게 그걸 다 기억할 수 있죠?"

"지하세계에서 더도 말고 딱 일 년만 살아봐. 쥐새끼처럼 온갖 통로와 거미줄 같은 터널과 선로들이 눈에 익을 때까지 말이야. 악취가 더는 악취로 느껴지지 않을 때까지. 그럼 지하세계의 세세한 구조도가 머릿속에 그려지지."

빈은 생각만으로도 아득하고 끔찍했다. 그도 언젠가는 지하세계의 미로 같은 구조를 머릿속에 그리게 될지 모른다는 상상은 하고 싶지 않았다. 전날 우편함에서 발견한 낭독회 안내장을 보고는 멈칫했던 자신을 떠올렸다. 안내장에 표시된 낭독회 일시가 가이아수호연대 정기모임 일시임을 짐작한 때문이었다.

지하세계에 또 내려간다는 게 내키지 않았다. 빈은 고개 돌려 아르고스를 보았다. 아르고스는 운전대를 단단히 잡고 정면을 응시하고 있었다.

도착한 곳은 시장 부근이었다. 벽마다 광고지가 덕지덕지 붙은 건물들 사이로 상인들과 손님들이 북새통을 이뤘다. 아르고스는 길가에 차를 주차한 뒤 입구에 야채박스가 쌓인 단층 건물 안으로 들어갔다. 빈은 아르고스를 따라 그가 사라진 벽과 박스더미 사이에 난 틈으로 몸을 들였다. 어둡고 텅 빈 공간 밑으로 계단이 이어져 있었다.

"여긴 오래전에 B역 출입구였어. 지하로 들어가는 입구 상당수가 숨겨져 있거나 폐쇄되어 있지."

빈은 아르고스가 손전등으로 비춰주는 희미한 빛을 밟으며 계단을 내려갔다. 계단참을 지날 때마다 어둠 속에서 움직이는 뭔가가 보였다. 벽에 기대앉아 졸거나 바닥에 드러누운 이형인들이었다. 내려갈수록 사방에서 온갖 소리가 뒤섞여 들려왔다. 말소리, 외치는 소리, 기침 소리, 웃음소리……. 얼마 뒤 넓은 통로가 나오더니 살림살이가 들어찬 칸막이 공간들이 끝없이 이어졌다.

플랫폼 끝 철제계단을 통해 선로로 내려선 아르고스가 손가락으로 터널 쪽을 가리켰다.

터널 속을 걸은 지 2시간쯤 지나자 또 다른 플랫폼이 보였다.

"옛날에 J 3가라는 역 이름을 가진 곳이야. 출구는 폐쇄되어 있어서 여러 차례 와보지 않고는 위치 찾기가 쉽지 않아. 우리 끼리는 이 구역을 7번 카타콤이라고 부르지."

빈은 아르고스를 따라 선로에 연결된 계단에 올라섰다. 촛불과 햇바늘의 혓바닥 너머 눈에 들어온 건 길게 이어진 불규칙하고 조악한 칸막이 공간들이었다. 어디선가 살진 쥐가 튀어나올 것 같았다. 빈은 다리에 뭔가가 닿을까 봐 사방을 살피며 잡동사니들로 혼잡한 통로를 지나갔다. 20분쯤 더 걸었을까. 10미터 전방에 밀집한 사람들이 보였다. 이형인들이었다. 아르고스는 그들 사이를 헤치고 들어갔다.

맨 앞쪽에 반정호가 보였다. 좌중을 휘어잡는, 흙처럼 부드러운 반정호의 목소리가 빈의 걸음을 한 발, 두 발 이끌었다. 보잘것없어 보이던 난쟁이의 신체는 거대해 보였다. 희미하게 어른대는 불빛 때문인지도 몰랐다. 빈은 반정호의 말을 경청하는 수많은 얼굴을 바라보았다. 반정호는 짧은 다리로 쉬지 않고 왔다 갔다 하며 날아온 질문들에 답변했다. 조금 뒤 얼굴들이 자리에서 일어서며 박수를 쳤고, 그 소리가 파도 소리처럼 넓은 공간을 울렸다.

아르고스가 귓속말로 속삭였다.

"우리가 너무 늦게 도착했네. 모임을 마무리하는가 봐. 자, 따라와."

빈은 그를 따라 얼굴들 사이를 가르며 반정호에게 다가갔다.

반정호 뒤로 매서운 눈빛들을 보았다. 정상인들이었고 대략 서른 명쯤 되었다. 빈은 직감적으로 그들이 퓨어바디임을 알아보고는 면면에 시선을 주었다. 그들도 굳은 표정으로 빈을 주시했는데, 빈은 어느 순간 소스라치게 놀랐다.

그들 중 한 중년 사내가 눈에 익었다. 판도라 빌딩에서 놓친 정상인 남자였다. 사내는 빈의 휘둥그레진 눈에 희미한 미소로 답했다.

빈이 격앙된 어조로 물었다.

"어떻게 당신이 여기 있는 거죠?"

옆에서 빈을 지켜보던 아르고스가 빈의 팔을 끌었다. 낮은 소리로 말했다.

"이분이 바로 강필원 씨라네."

빈은 고개를 저었다. 속고 있다는 생각이 스쳤다. 빈이 아르고스를 보며 소리쳤다.

"강필원은 죽었어! 당신이 그렇게 말했잖아. 구름도 1차 침투 때 강필원은 죽었다고."

반정호가 진정하라는 의미로 두 손바닥을 들어 올렸다.

"그 당시, 놈들이 언론에다가는 전원 사망했다고 발표했지만 실은 그렇지 않았어. 우리로선 성과가 컸지. 생각보다 많은 퓨어바디를 구출했다네. 놈들은 그런 사실을 숨긴 거지. 퓨어바디가 탈출했다는 말을 사람들에게 어떻게 설명할 수 있겠나."

"그럼 왜 죽었다고 거짓말을 한 거죠?"

아르고스는 강필원을 바라보며 머뭇댔지만 답변하지는 않았다. 빈이 계속 물었다.

"그럼 어머니는요? 어머니가 그 현장에서 죽은 건 맞습니까?"

빈의 목소리가 격해졌다. 반정호는 아르고스와 강필원에게 차례로 시선을 주고는 빈을 바라보며 고개를 끄덕였다. 안타까운 희생이었고 유감이라고 말했다. 빈이 계속 쏘아 물었다.

"사선을 넘나드는 그런 일에 어떻게 어머니가 합류하게 된 거죠?"

반정호는 그녀를 만류하기 힘들었다고 설명했다. 강필원은 고개를 돌린 채 말이 없었다. 빈의 시선이 강필원의 표정에 고정되었다. 알 수 없이 고요한 표정이었다. 빈이 시선을 돌려 아르고스에게 물었다.

"케이도 그때 그곳에서 죽은 게 맞나요?"

"케이?"

아르고스가 강필원을 보았다. 강필원이 아르고스의 시선을 받으며 어색한 미소를 지었다. 그러고는 빈이 아르고스에게 케이의 본명이 뭔지 아느냐고 물었을 때 강필원이 빈에게 한 걸음 다가섰다.

"내가 케이일세."

강필원은 손을 내밀어 악수를 청했다. 빈이 놀란 눈으로 그를 쳐다보았다.

"강필원이라면서요."

"케이이기도 하지. 제갈영웅만 날 케이라고 불렀어. 내가 케이라는 걸 몇 사람 빼곤 아무도 몰라."

어떻게 된 일인가. 빈은 아무것도 판단할 수 없었다.

"제갈영웅은 당신이 죽은 걸로 알던데, 어떻게 된 거죠?"

"그야 언론에서 그렇게 보도했으니까."

빈은 머뭇거리다가 마지못해 그의 손을 잡았다. 퓨어바디의 손이었다. 손마디마다 온기가 느껴졌다. 익명의 편지 발신자도 강필원일지 모른다는 생각이 스친 건 그 순간이었다. 빈은 강필원을 응시하며 떠오른 의혹을 입 밖으로 내어 물었다. 강필원이 고개를 끄덕이자 빈은 소리 없이 숨을 삼켰다. 흥분을 달래며 몇 가지를 더 물었다.

또다시 놀라운 사실을 확인한 빈은 입을 다물지 못했다. 제갈영웅이 아버지한테 칼부림을 하며 달려들었을 때 나타나 막아준 사람이 강필원이라는 것이었다.

"사실, 죽이려고 시도한 건 두 차례야. 그때마다 누군가가 나를 막았어."

제갈영웅이 했던 말들이 날아와 이야기의 빈틈을 메웠다. 빈은 강필원을 바라보았다. 아버지가 그 사건을 신고하지 않은 까닭을 이제야 알았다. 바로 강필원을 보호하기 위해서였다.

"아버지와 당신, 어떤 관계인 거죠?"

강필원은 아무 관계도 아니라고, 익명의 편지 때문에 그를

다치게 할 수는 없었다고, 그게 다였다고 대답했다. 빈은 개운
치 않았다. 아부 관계도 아닌데 왜 아버지는 강필원의 노트를
가지고 있었던 걸까. 강필원이 직접 아버지에게 건네주지 않았
다면 아버지가 몰래 손에 넣었다고밖에 설명이 되지 않았다.

"판도라 빌딩에서 마주쳤을 때는 왜 도망친 거죠?"

강필원이 빈을 고요한 눈빛으로 바라보았다.

"당시로선 피할 수밖에 없었지. 자네에게 어떻게 설명해야 할
지 알 수 없었거든. 분명히 자넨 날 오해하고 있었을 테니까."

"절 알아봤던 거네요?"

"그게 뭐 이상한 일인가?"

"그럼 투신현장에서 왜 절 지켜봤죠?"

빈의 말에 아르고스가 강필원을 바라보았다. 강필원이 말했
다.

"그……, 그건 말이야. 자네가 그 장소에 나타날 줄 몰랐어.
그래서 놀라웠지. 그게 다야."

정말일까. 정말 그게 다일까. 강필원의 표정은 모래바람이 이
는 황량한 사막 같았다. 빈은 머릿속 어딘가가 엉켜 있지만 그
게 어딘지 알 수 없는 막연함을 느꼈다. 그 막연함은 답답함과
울분으로 이어졌다. 목에 걸린 걸 게워내듯 아버지 이야기는 그
렇게 흘러나왔다. 아버지가 변을 당한 것 같다는 빈의 말이 짙
은 어둠을 퍼뜨렸다.

반정호가 말했다.

"그렇게 추정하게 된 경위를 말해보게."

빈은 음성메시지에 담긴 아버지의 목소리를 언급했고, 요양원 부근 산간도로에서 발견한 아버지의 차와 물건들에 대해서도 털어놓았다. 요양원에서 나온 뒤 일이 생긴 것 같다고 덧붙일 땐 목소리가 바닥 모를 나락으로 가라앉고 있었다.

빈은 계속 말했다.

"아버지는 그 물건들을 일부러 떨어뜨렸을 거예요. 누군가에게 발견되길 기대한 거죠."

머릿속에 있던 생각을 입 밖으로 꺼내고 나자 빈은 온몸이 마비된 것처럼 움직일 수 없었다. 아버지가 변을 당했다는 심증이 움직일 수 없는 현실이 되어버린 것이다.

반정호가 침통한 표정으로 입을 열었다.

"나 작가가 책을 출판하겠다고 했을 때 사실 불안했지. 감시를 당하는 것 같다는 얘기를 한 적 있었거든. 그런 책을 내려는 의도가 노출되면 나 작가가 저들 눈에 도드라지는 건 시간문제니까 말이야."

어느 누구도 뒷말을 잇지 않았다. 침묵이 흘렀다. 그사이 빈은 재킷 주머니에 수상한 계약서가 들어 있는 걸 상기했다. 강필원에게 물었다.

"퓨처사에 대해 들은 적이 있습니까? 그러니까 냉동되기 전에, 아니 납치되기 전에요."

"퓨처사?"

강필원은 고개를 저었다. 빈은 재킷 주머니에서 문제의 계약서를 꺼내 내밀었다. 계약서의 정체에 대해 설명을 보태며 수상한 내용의 문장을 손가락으로 가리켰다. 반정호와 강필원은 그 문장에 눈을 주다가 빈이 문서를 입수한 경위까지 들려주자 놀란 표정으로 서로를 마주 보았다.

반정호가 흥분 섞인 어조로 말했다.

"그동안 추정만 했었는데, 역시나였군."

"놀라운 사실은 또 있어요."

빈은 유시모의 팔 상박 문신을 언급하며 손가락으로 문서에 찍힌 퓨처사의 상징 로고를 가리켰다.

비행접시와 별.

강필원은 상징로고를 뚫어지게 보았다. 그의 표정 위로 불안이 드리워졌다. 강필원은 아르고스에게 문서를 보이며 작은 소리로 무슨 말인가를 주고받았다. 아르고스는 세 개의 눈으로 상징로고를 오래 들여다보더니 이윽고 고개를 들어 끄덕였다. 굳은 표정들이 서로의 눈을 바라보았다.

IV

# 가면

## 35

마성표를 전화로 불러냈다. 잡지 건으로 의논할 일이 있다는 핑계가 간신히 먹혔다. 제우스 빌딩 후문에 나타난 마성표는 빈과 함께 있는 아르고스를 알아보곤 얼굴이 하얗게 굳었다. 그는 아르고스의 추궁에 처음에는 발끈하며 시치미를 뗐다. 그러다가 아르고스가 집요하게 몰아붙이자 표정이 흔들리기까지는 그리 오래 걸리지 않았다. 더는 침묵하기 힘들었는지 그는 과거의 소소한 일들에서부터 도기식이 유시모 행세를 해왔다는 사실까지 털어놓기 시작했다. 아르고스가 "진짜 유시모 사장은 어떻게 됐소?" 하고 물었을 땐 시간을 끌며 고개를 돌렸다.

빈이 질러 물었다.

"유시모 사장, 도기식이 죽인 건가요?"

마성표는 궁지에 몰린 짐승 같았다. 벽에 등을 기댄 채 담배를 피워 무는 그의 손가락이 낚싯대의 찌처럼 흔들렸다. 담배 연기가 곡선을 그리며 사라지고 난 뒤 빈은 마성표가 엷은 웃음을 흘리는 것을 보았다. 마성표는 깊게 담배를 한 모금 빨았다. 그 모습에는 오랜 시간 움켜쥐었던 무언가를 내려놓는다는 안도감 같은 게 배어 있었다.

빈의 기대대로 마성표는 오래된 비밀을 꺼내기 시작했다.


유시모 사장은 보이지 않았다. 아침이면 일찍 카페에 나오던 사람이었다. 그런 그가 불쑥 여행을 떠났다고 안주인은 말했다. 안주인의 표정은 불안해 보였다. 유 사장은 여행을 즐기는 사람이 아니었다. 마성표는 도기식과 평소 심상치 않은 눈빛을 주고받던 안주인의 행동을 의심했으므로 생각 끝에 안주인이 카페에 나와 있는 틈을 타 근거리에 있는 사장 자택에 잠입했다. 그는 집 안을 살피다가 화장대 위에서 피가 말라붙은 재킷을 발견했다. 도기식의 재킷이었다. 마성표는 거실을 가로질러 욕실과 다른 방들을 모두 살폈다. 주방 안쪽에 지하실로 통하는 문이 보였다. 불을 켜고 지하실 계단을 내려가자 잡동사니들이 널린 바닥 곳곳에 핏자국이 흩어져 있었다. 사장이 쓰던 가발까지 찾아냈을 때 마성표의 짐작은 확신으로 굳어졌다. 마성표는 늦은 밤 다시 사장의 집으로 숨어들었다. 안주인을 지하실로 끌고 가 핏자국을 가리키며 추궁했다. 그녀는 부인했다. 사장이 돌아오면 해고하겠다고 오히려 큰소리쳤다. 그 기세가 꺾인 건 마성표가 사장의 피 묻은 가발을 눈앞에다 흔들어댔을 때였다. 그녀는 몸을 떨기 시작했다. 결국 자신은 그 자리에 있었을 뿐이라고, 죽인 건 도기식이라고 실토하고는 함구해줄 것을 요구했다.

"도기식이 다시 나타났을 때 어떤 모습이었죠?"

빈의 물음에 마성표는 담배 연기를 허공에 뱉었다. 마성표의 눈가에 냉소가 어렸다. 이내 그는 담배꽁초를 신발 끝으로 눌러 껐다.

"사라진 지 서너 달 뒤였나. 성형을 하고 나타났더군."

"유시모 얼굴로요?"

그는 고개를 끄덕였다.

"감쪽같이. 소름이 끼쳤지만 내색할 수 없었어. 지금까지 말이오."

마성표는 안주인이 7년 전에 자살했다는 이야기까지 꺼냈다. 자살이 아니라 살해되었을 게 분명하다고 말할 때는 주위를 살피기까지 했는데, 모든 걸 모른 척 함구하지 않았다면 자신도 그녀처럼 사라졌을 거라며 쓴웃음을 지었다.

아르고스의 택시가 안개 속으로 멀어지자 빈은 천천히 걸음을 옮겼다. 아르고스의 얼굴 가득히 묻어 있던 어둠이 그림자처럼 따라왔다. 걸을수록 빈은 깊고 어두운 늪을 향해 떠밀리고 있는 기분이었다.

정류장에서 버스를 기다린 지 2분 정도 지났을 때 어디선가 유리창이 깨지는 날카로운 소리가 들렸다. 빈은 정신을 가다듬고 소리가 난 쪽을 보았다. 정류장 벤치 뒤로 깨진 어항의 유리조각과 물웅덩이로 바닥이 흥건했다. 파란 형광 빛이 나는 붕어 두 마리가 파닥거렸다. 여자가 마주 선 남자를 노려보고 있는 걸로 보아 떨어뜨린 게 아니라 집어던진 모양이었다. 마주 선 두 남녀를 힐끔거리며 바라보는 사람들의 눈동자는 호기심으로 반짝였다. 그들 속에 소란에도 전혀 개의치 않고 빈을 바라보는 눈이 있었다. 두 사내였고, 그중 하나는 귀에 핸드폰을 대고 있었다. 단지 눈이 마주쳤던 걸까. 착각은 아닐까. 의문을 품을수록 빈은 숨조차 쉴 수 없었다. 예민해진 탓일 거야. 빈은 침착하자고 속으로 되뇌며 천천히 핸드폰을 꺼냈다. 약속을 깜박한 듯한 표정으로 전화를 거는 척하며 빈은 버스 정류장을 벗어나 될수록 빨리 걸었다. 빈이 향한 곳은 거리 위쪽의 작은 카페였다.

커피를 받아든 뒤 창가 쪽 테이블에 앉아 한동안 움직이지 않았다. 이렇게 꼼짝 않고 있으면 다시 평화로운 삶 속에 스며들지 몰랐다. 두려움과 함께 무거운 피로가 밀려왔다. 몸이 떨렸다. 커피 한 모금을 삼켰지만 심장이 요동치는 걸 가라앉힐

수는 없었다. 빈은 어항 속에 갇히기라도 한 듯 정상적인 세계
로부터 격리된 느낌이었다.

정상적인 세계.

"정상인 당신들이 말하는 정상이니 전형이니 이런 게 대체
뭐냐구요? 어차피 그건 가상의 산물일 뿐 아닌가요? 이형인들
이 없다면 정상이니 전형이니 따위가 무의미하겠죠. 당신 역시
이형일 뿐이라구요. 서로가 서로에게 이형일 뿐인 겁니다."

마리의 그 말이 머릿속을 울렸다. 빈은 통유리 너머 밖을 내
다보았다. 평상시와 다름없는 평범한 풍경이었지만 낯설었다.

아무것도 아닐 거야.

빈은 그렇게 되뇌었다. 커피 두 모금을 목구멍으로 넘겼다.
떨리는 손으로 가방에서 꺼낸 건 『냉동인간』 제6권이었다. 책표
지를 내려다보았다.

제갈영웅 장편소설.

강필원이 케이였다니. 그 사실은 여전히 소화되지 않는 이물
스러움이 있었다. 지하세계에서 강필원이 들려준 이야기들 역
시 그런 느낌이었다.


납치된 뒤 눈을 떴을 때 강필원은 꿈꾼 적 없는 시공간에 던
져져 있었다. 퓨어바디 연구센터라는 사육공간. 그곳은 또 하
나의 세계였다. 그는 배급되는 알약을 몰래 뱉었다. 그 덕분에
판단력과 기억력을 되찾을 수 있었고, 정신과 기억이 돌아온

다른 퓨어바디들과 치밀한 계획을 세워 탈출에 성공했다. 하지만 조우한 바깥 세계는 숨 막히는 잿빛 세계였다. 상층부가 부옇게 지워진 빌딩 숲 너머로 피딱지 같은 슬럼구역이 도시의 거대한 한 축으로 공존하는 세상이었다. 그는 거리를 헤매는 동안 자신이 신체 이형자들 속에 있다는 사실을 깨달았다. 그리고 퓨어바디를 사육하는 정상인들 속으로 숨어야만 하는 자신에 절망했다.

강필원은 지나온 시간을 그렇게 풀어내고는 절실함에 대해 이야기했다. 퓨어바디들의 탈출문제였다. 빈은 동의할 수 없었다. 인공자궁플라자를 운영할 수 없게 된다면 이형인만의 세상이 되는 건 시간문제였다.

빈은 고개를 저었다. 접어놓은 『냉동인간』 6권의 페이지를 열었다. 비밀결사대를 조직해 은폐된 사실들을 알리기 시작한 M4004의 행보가 궁금했다. 네 팔 인의 모습으로 위장한 결사대 요원들은 사람들이 많이 모이는 장소에서 전단지를 뿌렸다. 여론이 시끄러워지자 경찰들은 결사대의 근거지를 추적했다.

TV 화면에 M4004의 얼굴 사진이 떴다. 코끼리 귀를 가진 뉴스 앵커는 우리에서 탈출한 두 팔, 두 다리 인간이 두 달째 발견되지 않고 있는 가운데 그 개체를 관찰했던 연구원들과 사육사가 뒤늦게 새로운 사실을 알려왔다고 전했다. 탈출한 M4004는 읽고 쓸 줄 아는 개체로 연구가치가 높기 때문에 반드시 생포해야……

목이 죄는 긴박함을 느껴서일까. 책을 읽다가 빈은 제갈영웅의 부탁을 떠올렸다. 그것은 아버지의 절박함과 다르지 않은 고백이자 증언이었고, 소멸의 두려움 앞에서 겨우 내는 마지막 숨소리였다. 시간이 갈수록 마지막 그 숨소리는 꺼지고 말 것이다. 거기까지 생각이 미치자 빈은 읽던 페이지에서 시선을 거두었다. 빈은 머릿속에 스친 하나의 생각에 집중했다.

박영기의 사고회로에 의혹을 이식시켜 보는 건 어떨까.

퓨어바디 사냥꾼에게 도기식을 던져 두 인물의 민낯을 대면케 하는 것이다. 빈은 핸드폰을 꺼내 번호를 눌렀다.

박영기의 부드러운 목소리가 미끄러져 나왔다.

"이봐, 빈. 자네 그동안 왜 연락이 없었나. 지금 어딘가?"

부드러운 목소리가 이토록 섬뜩하게 들리기는 처음이었다. 어깨뼈를 따라 소름이 돋았다. 빈은 목소리를 가다듬은 뒤 집에 가는 길이라고 대답했다.

"목소리가 왜 그런가. 어디 아프기라도 한 건가?"

"기운이 없어서요."

"저런. 기운 내게. 아직 아버지한테서는 연락이 오지 않은 겐가?"

빈은 핸드폰을 꼭 쥐고 주위로 시선을 훑은 뒤 창밖을 주시했다. 엿보는 눈이 있는지도 모른다는 생각 때문이었다. 병실에서 빈을 지켜보던 차갑고 집요한 눈. 그 서늘했던 기억이 또다시 밀려왔다.

"그런데 전화는 무슨 일로?"

"월요일. 그러니까 내일 오후에 경매가 열립니다. 그날 제우스사 유시모 대표가 오기로 돼 있어요. 그날 오십시오. 오시면 유시모 대표의 정체를 확인시켜 드리겠습니다."

웃음소리가 들려왔다.

"자네, 또 그 소리구먼. 유시모 대표의 정체?"

빈은 흔들리지 않고 끝까지 말을 이었다.

"저녁 6시에 바이오소프트사 C동 20층에서 열립니다. 기다리겠습니다. 그때 뵙죠."

전화를 끊은 뒤 빈은 창밖을 살폈다. 어느 길로 갈지 정하지도 않은 채 무작정 카페를 빠져나왔다. 몇 초마다 뒤를 돌아봤다. 불안은 그림자처럼 따라왔다. 시선을 돌릴 때마다 눈이 마주치거나 고개를 돌리는 모든 이들이 자신을 뒤쫓는 것처럼 보였다.


## 36


박영기는 홀 맞은편 기둥 앞에 서 있었다. 빈은 박영기 옆으로 바짝 다가서며 속삭였다.

"아주 놀라운 비밀이 있습니다."

박영기가 빈에게로 고개를 돌렸다. 빈은 그의 눈썹이 미세하게 파락거리는 것을 살피며 유 대표가 퓨어바디인 게 틀림없다고 덧붙여 말했다. 박영기가 어이없다는 듯 빈을 쳐다보았다.

"조금만 기다리세요. 경매가 끝나면 유 대표를 탐색할 기회가 있을 겁니다. 박 기자님은 지켜보시기만 하면 됩니다. 어때요?"

박영기가 고개를 갸웃하며 미소 지었다. 빈도 화답하듯 미소를 보였지만 이상하게 보였을까 봐 불안했다. 마침 유 대표가 한 손을 들며 성큼 다가왔다.

"여기서 또 만나다니 반갑습니다."

유 대표는 박영기를 보고 놀란 듯했지만 악수를 청할 때는 입가에 미소가 걸렸다. 빈은 소리 없이 숨을 골랐다. 새로운 긴장이 시작된 것이다. 빈은 생명종 특허의 경제적, 예술적 가치에 대해 떠들어대는 유시모를 바라보며 그의 얼굴 위를 기어 다니는 박영기의 시선을 감지했다. 그의 시선은 안 움직이는 듯하면서도 천천히 다리를 바꾸는 거미의 은밀함 같았다.

이윽고 경매 시작 안내를 알리는 방송이 흘렀다. 출품 품목에 대한 관심과 기대를 한껏 드러내던 유시모가 말을 멈추고는 홀 안으로 앞장섰고 빈은 박영기의 표정을 살피며 유시모의 뒤를 따랐다.

경매사가 단상 앞에 올라섰다. 출품작들을 고가에 낙찰시키는 재주가 비상한 경매사였다. 이번에는 어떤 이변을 만들까. 빈은 경매를 처음 지켜보는 사람처럼 긴장했다. 계산 때문이었다. 유인한 만큼 유시모의 손에 멋진 게 들어가야 했다.

무대 벽에 설치된 대형모니터의 화면이 커졌다. 첫 번째 출품작이 나타났다. 오이와 당근이 반씩 붙은 SI782 오이당근. 열매채소인 오이와 뿌리채소인 당근이 어떻게 반씩 붙어 성장할 수 있는지 연구팀들의 작업성과가 화면에 스쳐 지나갔다. 그 종을 개발하는 과정에서 어떤 시행착오를 거쳤는지도 자료로 함께 제공됐다.

준비한 자료화면이 다 나가자 경매사는 객석으로 몸을 돌려 기대를 유도하는 몇 마디를 날렸다.

"자, 그럼 긴장해주세요. 누가 이 멋진 생명종의 새 주인이 될까요. 경매 시작가는……"

경매사가 액수를 큰소리로 외치자 화면에 표시된 응찰액수가 시시각각 올라갔다. 전자패들을 쥔 응찰자들의 눈이 일제히 화면에 쏠렸다. 침 넘어가는 소리, 탄성……. 시간이 흐르고 있었다. 오이당근 종 특허는 결국 10분 만에 누군가가 부른 금액에 낙찰됐다. 그런 식으로 경매는 차례차례 마지막을 향해 흘러갔다. 두 번째, 세 번째……, 여섯 번째…….

다음은 두통 치유에 효과가 있는 HE332 옥수수였다. HE332 옥수수 종자 특허 역시 이날 예상가를 넘는 금액에 낙찰되었다. 경매사의 "낙찰되었습니다!" 소리가 떨어지자마자 경매장엔 박수 소리가 쏟아졌다.

주인공은 다름 아닌 유시모였다.

잔 부딪히는 소리는 투명하고 날카로웠다.

"정말 멋진 작품들이 많더군요. 생각 같아선 다 손에 넣고 싶을 정도였다니까."

흥분한 유시모는 같은 말을 세 번이나 반복했다. 빈은 고개를 끄덕이며 술잔 너머로 박영기의 표정을 살폈다. 냄새 맡은 사냥개의 눈빛인 걸 보면 박영기는 경매 시작 전부터 신경이 곤두서 있었다. 박영기의 시선은 줄곧 유시모를 향했다. 취기가 도는지 얼굴 전체가 미소로 흥건해진 유시모는 제우스의 사내 레스토랑 홀 전체를 나른한 눈빛으로 훑었다. 그의 입에서 환경국 장관 자리에 자신이 비공식 내정되었다는 이야기가 흘러나왔다.

"소문대로군요. 이거야말로 빅뉴스네요. 미리 축하드립니다."

박영기가 말했다.

몇 차례 잔이 더 부딪쳤고, 임기를 마치지 못하고 물러난 이전 환경국 장관에 대한 뒷담화가 웃음소리에 버무려졌다.

네 병째 술병이 비워질 즈음 틈을 엿보던 빈이 끼어들었다.

"참, 기억났어요."

유시모와 박영기가 말을 멈추고 빈을 보았다. 유시모가 가시지 않은 미소를 입에 문 채 물었다.

"기억났다니, 뭐가?"

"대표님 팔 상박에 그려진 그 멋진 문양 말이에요. 어디서 봤는지 기억났어요."

유시모는 눈썹을 올려 떴다. 빈은 긴장이 드러나지 않도록 흥이 난 목소리로 요청했다.

"팔 좀 걷어보세요."

취기로 눈 밑까지 벌건 유시모가 빈을 쳐다보았다. 눈치 챈 건 아닐까. 왜 저렇게 보는 걸까. 빈은 유시모가 소매 단추를 풀어 어깨까지 걷어 올리는 것을 지켜보았다. 마침내 팔뚝 상박에 푸른 문신이 드러났다. 빈은 심장 소리가 귀에서 울리는 걸 느꼈다. 손가락을 들어 문신을 가리키기까지 시간은 영원처럼 길었다.

빈은 이야기를 시작했다. 오래전 인신매매 조직이었던 퓨처사의 로고문양에 대해. 유시모의 얼굴에서 미소가 사라졌다. 예상한 반응이었다. 빈은 순간을 놓치지 않고 농담하듯 질문을 툭 던졌다.

"퓨처사라고 혹시 들어본 적 없으세요?"

유시모의 표정이 흐려졌다. 빈은 가방에서 반으로 접은 계약서 몇 장을 꺼내 두 사람 앞에 펼쳤다.

"이건 아주 오래전 계약서예요. 바이오소프트사의 전신인 바이오테크니컬랩이 퓨처사와 체결한 건데, 퓨처사 회사명 앞에 상징 로고와 여기 이 문신 좀 보세요. 어때요, 똑같죠?"

유시모는 소매 단을 당겨 내리고는 남은 술을 입안에 털어 넣었다. 그러더니 큰 소리로 웃으며 빈의 잔에 술을 따랐다.

"재미있군."

박영기가 잔을 부딪치며 한마디 거들었다.

"거참, 희한합니다."

박영기의 눈동자가 하얀빛을 냈다. 빈이 밀어붙였다.

"소설 속에 나오는 냉동인간이신지도 모르죠."

빈은 취한 척 "농담입니다." 하고 웃으며 박영기를 엿보았다. 시멘트 같은 표정 너머 소리 없이 작동하는 사고회로를 상상했다. 빈은 두 사람을 번갈아 보며 목소리를 낮춰 말을 이었다.

"잘 보세요. 재미있어요. 이 계약서는 아주 이상합니다."

빈은 문제가 되는 문구에 손가락을 댔다. 유시모의 눈빛이 종이 위에서 흔들리는 것을 감지했다. 빈은 박영기에게 눈길을 보내며 말을 이었다.

"이 연구소는 납치된 사람들을 데려다가 뭘 했을까요? 자, 그러니까 이런 거죠. 사람들을 냉동인간 연구에 활용했던 겁니다. 생각하고 말하고 느끼는 사람들을 말이죠. 나무 기자는 그걸 폭로하는 내용으로 책을 내려고 했었습니다."

침묵이 흘렀다. 빈은 박영기의 시선이 옆얼굴을 긋는 것을 느꼈다. 시선이 긋고 간 부위가 피가 흐르는 것처럼 화끈거렸다. 유시모의 소맷자락은 손목까지 내려와 있었고, 바닥을 드러낸 술병들이 쓰러져 있었다. 유시모는 피곤하다며 테이블에서 일어났다.

빈은 제우스사 빌딩 밖으로 나왔다. 미지근한 공기가 얼굴을 감쌌다. 앞서 걷던 박영기가 고개를 돌려 멈춰 섰다.

"언제부터 그런 생각을 하고 있었던 거지?"

문신과 퓨어바디 이야기가 오갈 때부터 그는 그걸 묻고 싶었을 것이다.

"어떤 생각 말씀이죠?"

빈은 고개를 갸웃했다.

"오늘 한 얘기 전부. 그 이야기들을 기정사실처럼 말하던데. 나무 기자가 출판하려던 책 내용에 대해서도 말이야."

박영기는 찌르는 듯한 어조로 계속 물었다. 그 책 원고 내용을 추측한 거냐고, 아니면 원고를 찾은 거냐고. 빈은 대답하지 않았다. 박영기의 탁한 눈빛이 가늘어졌다. 마침 택시가 왔고, 빈은 차를 세워 비틀거리는 박영기를 뒷좌석에 밀어 넣었다. 차 문을 닫기 전에 빈은 미소를 보이며 말했다.

"'제우스사 CEO가 사실은 퓨어바디였다.' 기사 헤드로 어떻습니까? 이거 굉장한 특종감 아닙니까? 그럼 조심해서 들어가십시오."

박영기를 태운 택시가 대로변 끝에서 작아지고 있었다. 빈은 높고 단단한 유리벽을 깨부순 기분이었다. 하지만 동시에 불안이 더 낮게, 더 빠른 속도로 포복해 오는 것을 느꼈다. 빈은 제우스 빌딩으로 다시 들어갔다.

# 37

"아직 할 말이 남았나?"

유시모가 술잔을 내려놓으며 말했다. 집무실 안으로 들어선 빈은 맞은편 소파에 앉았다. 유시모를 바라보았다. 어떻게 하면 도기식을 가면 밖으로 유인해낼 수 있을까. 빈은 박영기가 유시모의 정체를 알고 있다는 말로 시작했다. 유시모의 표정은 변하지 않았다. 조롱하는 듯한 미소가 입가에 나타났다가 사라졌을 뿐이었다. 빈은 박 기자가 그를 주시해왔다는 말로 한 번 더 자극했다. 유시모는 웃음을 터뜨렸다.

"자넨 아직도 농담인가? 농담도 자꾸 들으면 피곤한 법이지."

빈은 벼르던 말을 던졌다.

"당신이 도기식인 거 알고 있습니다."

유시모는 여전히 소파에 기댄 채 움직이지 않았다. 빈은 그의 표정을 응시했다. 침묵의 시간이 길어질수록 심장이 타들어갔다. 저자가 어떻게 나올까. 저 머릿속에서 무슨 계산이 돌아가고 있는 걸까. 유시모의 아내를 죽인 것처럼 나를 죽이려 들까. 아버지의 증발도 저자의 짓일까. 빈은 땀이 고인 손바닥을 바지에 문질렀다.

얼마쯤 지났을까. 무표정했던 유시모의 얼굴에 비릿한 미소가 스쳤다. 그는 잔을 내려놓고 가볍게 박수를 세 번 쳤다.

"눈썰미 하나 좋군. 뭘 말해줄까. 퓨처사에 대해 물었나?"

마침내 도기식이 자신을 드러냈다. 무엇이든 털어놓을 것처럼 너무 쉽게 표정의 자물쇠를 풀어놓고 있었다. 바라던 바였지만 빈은 막상 맞닥뜨리자 손끝이 떨려오는 것을 느꼈다. 교미 후 상대를 잡아먹을 셈으로 자신을 내놓는 암사마귀의 유혹처럼 도기식은 일순 나약해 보이기까지 했다. 빈은 도기식에게서 눈을 뗄 수 없었다. 눈을 감고 긴 숨을 내쉬는 도기식. 유시모였던 조금 전과 분명히 다른 분위기가 있었다.

"도기식, 퓨처사. 이 두 이름을 다시 떠올리게 될 줄이야. 재밌군"

도기식은 친절한 안내자의 입술을 가진 듯 과거의 시간을 불러오기 시작했다.


그가 출소한 지 보름쯤 되었을 때였다. 처음엔 세상 밖으로 나가면 고향에 내려가 농사짓고 살 생각이었다. 전 조직의 후배가 찾아와 어떤 회사를 소개하지만 않았다면 그렇게 됐을지 몰랐다. 회사는 번듯해 보였다. 그런 회사가 전과자도 받아준다는 사실에 마음이 열렸다. 운이 좋다고 생각했지만 그 생각은 오래 가지 않았다. 그에게 주어진 일은 납치였다. 사기, 주가조작, 폭행으로 교도소에서 긴 시간을 썩힌 그는 거절하지 못했다. 누군가를 추적하고 조사한 뒤 흔적 없이 사라지게 하는 일이라고 했다. 그로서는 쉬웠다. 손에 피 묻힐 일 없이 납치만 해서 넘기면 되니 가뿐하기까지 했다. 도기식이 그 가뿐한 일에 짜증을 느끼기 시작한 건 일흔네 번째 사람을 납치한 즈음이었다. 돈도 돈이지만, 납치건 뭐건 시키는 대로 일한다는 게 성미에 맞지 않았다. 도기식은 계획도, 룰도 그가 만들고 제 손으로 주물러야 직성이 풀렸다.

어느 날, 우연히 펼친 신문에서 광고 하나가 그의 눈을 당겼다. 냉동인간 연구센터에서 내건 신청자 모집 광고였다. 처음 보는 광고는 아니었다. 서너 달 전쯤 인터넷에 뜬 걸 보았다. 그때만 해도 유령회사나 불법적인 제안과 연관된 정보쯤으로 여겼고, 지하철 차량 출입문에 광고 스티커로까지 나붙은 걸 봤을 때도 고개를 갸웃했었다.

생명 연장의 꿈이 냉동인간 연구로 마침내 현실이 되다!

냉동인간에 대한 소문과 호기심이 사람들 사이를 떠돈 건 언제부터였을까. 도기식은 신문에 난 냉동인간 신청자 모집 광고에서 눈을 떼지 못했다. 한때 수재 소리 들으며 미래를 꿈꿨던 과거를 떠올릴수록 현재의 삶이 지긋지긋했다. 현재를 탈출할 수만 있다면 까짓것 냉동인간이 못 될 것도 없다고, 미래세계에서 새로운 인생을 시작해보자고 생각했다. 도기식은 더 망설이지 않고 냉동인간 연구센터를 찾아갔다.

그러나 긴 시간을 점프해 냉동에서 깨어난 도기식은 기억을 되찾은 뒤 놀라운 사실을 알게 되었다. 그는 납치된 사람들과 한데 섞여 있었던 것이다. 어떻게 납치됐는지 그들이 겪은 상황과 수법에 대해 들었을 땐 온몸이 다시 얼어붙었다. 도기식은 혼란에 사로잡혔다. 지긋지긋한 세상에서 탈출했다고 생각했지만, 실패한 탈출이었고 깨어난 세상은 기대했던 미래의 모습이 아니었다.

　말을 멈춘 도기식은 담배를 물어 불을 붙였다. 빈은 도기식을 응시했다.

　"결국 당신도 피해자 아닙니까? 퓨어바디잖아요."

　도기식은 몸을 좀 더 뒤로 기대며 어린 학생에게 가르치는 듯한 어조로 말했다.

　"조금만 생각을 바꾸면 편하게 살 수 있다네."

　도기식은 표정 하나 흩뜨리지 않았다. 빈은 그를 바짝 조일 셈으로 박 기자가 눈치 챈 이상 안전치 못할 거라고 말했다. 도기식은 웃었다.

　"내 팔뚝 문신과 퓨처사 로고가 일치한다는 건 누가 봐도 틀림없는 사실이겠지. 하지만 그것만 갖고 박영기 그자가 나를 퓨어바디라고 몰아세울 수 있을까?"

　"그는 퓨어바디 사냥꾼입니다."

　"알아. 하지만 난 유시모야. 제우스사 대표라고. 완벽하게. 이까짓 문신 갖고 날 위협해? 우습군."

빈은 피랍자들에 대한 죄책감을 상기시키는 말로도 자극했지만, 도기식은 술잔을 천천히 흔들며 차분한 미소를 지을 뿐이었다.

"무슨 대답을 듣고 싶어서 그러나? 죄책감? 맙소사. 그러니까 나더러 퓨어바디 해방에 힘을 보태라, 그 말을 하고 싶은 건가?"

퓨어바디 해방?

빈은 순간 자신이 도기식을 몰아세우는 이유가 헷갈렸다. 퓨어바디의 해방을 말하려고 했던 것은 아니었다.

"이봐. 가이아수호연대가 퓨어바디들이 불쌍해서 돕는 줄 아나? 그들이 바라는 건 전 인류가 이형인이 되는 것뿐이라고. 그렇게 되면 평등한 세상이 될 거라고 착각하는 거지. 생각해봐. 이 세상이 이형인들로 득실대는 꼴을. 생각만 해도 끔찍하지 않은가. 구름도에 남아 있는 퓨어바디들에겐 유감스러운 일이지만, 그들은 현재 정상인들이 중심인 이 사회와 정상의 가치가 존속할 수 있는 마지노선이자 자원이야."

빈은 혀가 마비된 듯 목소리가 나오지 않았다. 침묵이 길게 이어졌다. 도기식을 바라보았다. 빈은 도기식의 위장된 얼굴에서 피로감을 읽고 있었다. 그건 제갈영웅의 퀭한 낯빛에서도 보았던 체념과 뒤섞인 회한이었다. 전혀 다른 사람들일지라도 깊은 밑바닥에 고인 어둠과 고독은 다르지 않았다. 잔 속 얼음이 녹으면서 부딪는 소리가 침묵을 갈랐다.

그가 물었다.

"그 계약서 본 사람이 또 있나? 나, 박영기, 자네, 그 외에?"

빈이 고개를 끄덕였다. 도기식은 누군지 알 것 같다는 듯 옅은 숨을 뱉었다.

"자넨 오늘 쓸데없는 일을 꾸몄네."

도기식은 입술 끝으로 쓴웃음을 흘렸다.

"난 자네가 걱정스러운 걸. 그들은 날 의심할 수 없지. 의심한다 해도 제우스사 대표인 날 무너뜨릴 수 없어. 하지만 자네 따윈 쥐도 새도 모르게 삭제할 수 있거든. 자넨 그 악질 사냥꾼 앞에서 까분 셈이야."

빈은 물살이 센 급류 한가운데 선 기분이었다. 껍데기 밖으로 모습을 드러낸 도기식을 주시했다. 도기식이 이어 말했다.

"박영기 그자가 날 인터뷰하겠다고 찾아온 적이 있지. 그때 난 사실 뜨끔했어. 박영기가 어떤 자라는 건 잘 알고 있었으니 뭔가 냄새를 맡고 온 게 아닌가 싶었거든. 난 실제로 그가 어느 행사장에서 한 사내에게 절도혐의를 뒤집어씌운 뒤 사설 요원을 동원해 밖으로 끌어내는 걸 목격했지. 난 그 사내가 퓨어바디라는 걸 알아봤어. 구름도에 있을 때 본 적이 있는 사내였으니까."

도기식의 눈은 불안하게 흔들렸다. 빈이 찔러 물었다.

"하나 묻죠. 지난번에 왜 아버지 아니, 나무 기자를 모른다고 거짓말을 했습니까?"

"거짓말? 그냥 생각하기도 번거로워서 말이지. 옳아, 나무 기자가 아버지였군."

도기식이 소리 내어 웃었다.

"자네 아버지가 집요하게 날 물고 늘어졌던 걸 생각하면 말도 하기 싫었어. 가만있자, 나무 기자와 박영기 기자 두 사람, 그러고 보니 걸리는 게 있군."

빈은 도기식의 얼굴을 응시했다.

"자네 아버지가 날 찾아와 귀찮게 물고 늘어지던 어느 날이었지……."

도기식이 아버지를 집무실에서 내보내는 과정에서 아버지는 공교롭게도 박영기 기자와 부딪쳤다. 바로 F 신문에 실릴 CEO 인터뷰 약속이 잡힌 날이었다. 아버지와 박영기는 서로를 차갑게 바라보았는데, 아버지가 나간 뒤 박영기가 무슨 이유로 소란이 벌어진 거냐고 물었다.

"그래서요. 뭐라고 대답했죠?"

빈이 흥분한 어조로 물었다. 도기식은 자신이 그에게 뭐라고 대답했는지 잘 기억나지는 않지만, 지겹게 찾아오던 아버지가 그날 뒤로 나타나지 않았다고 그때 일을 들려주었다. 박영기와 아버지가 마주 서서 눈싸움을 벌이던 장면을 웃음기 묻은 목소리로 묘사했는데, 마치 둘 사이의 긴장이 세상에서 가장 재미있는 이야기인 듯했다.

도기식의 멱살을 잡고 싶은 걸 억지로 참는 동안 빈은 의문

하나가 떠올랐다. 가슴 한구석에 박혀 알알한 염증을 일으키던 의문.

빈은 도기식의 말을 자르며 물었다.

"하나 더 묻죠. 구름도에서 탈출한 뒤 어느 공원 벤치에서 아기를 주웠다고 들었는데, 그게 어디였죠?"

파피루스 노인이 들려준 대로라면, 도기식이 구름도에서 퓨어바디 일행과 함께 탈출한 게 맞다면, 탈출 뒤 길에서 주웠다는 아이에 대해 도기식은 뭔가 알고 있을 것이다.

"아기?"

도기식은 뜬금없이 무슨 소리냐는 표정으로 고개를 갸웃했다.

"아기라…… 아, 그러고 보니 생각나네."

빈은 도기식을 뚫어져라 바라보았다.

"공원 벤치는 무슨. 탈출할 때부터 데리고 나온 아기가 하나 있었지."

"탈출할 때부터?"

"퓨어바디용 영아 사육장에 있던 아기야. 계획에도 없었는데 탈출할 때 함께 나온 아르고스라는 세눈박이 도우미가 제멋대로 데리고 나왔지."

"영아 사육장? 거기서 데려온 아기가 확실한가요?"

"가만있자. 그래, 아기 발바닥에 인식표가 찍혀 있었는데…… 바코드 말이야."

빈은 얼굴에서 피가 다 빠져나가는 기분이었다.

"아르고스 그자가 왜 그랬는지는 모르겠어. 내가 쓸데없이 아기는 왜 데리고 나왔느냐고 아르고스한테 화를 냈는데 끝까지 입을 다물더라고."


## 38


빈은 손을 들어 택시를 잡았다. 기사에게 주소를 불러준 후 몸을 뒤로 기댔다. 도기식을 만난 소감을 누가 묻는다면 꿈속에서 유령을 본 기분이라고 말하고 싶었다. 빈은 왼쪽 신발을 벗어 양말을 잡아당겼다. 오른쪽 무릎 위에 누운 왼발바닥이 푸른 얼룩을 드러냈다.

피부 깊숙이 퍼진 올록돌록한 자국.

빈은 지금껏 상상도, 짐작도 하지 못한 숨겨졌던 자신과 마주하고 있었다. 손가락으로 푸른 얼룩을 더듬자 냉기가 온몸으로 퍼졌다. 머릿속에선 퍼즐 조각들이 끼워 맞춰졌다. 어린 빈의 울음소리가 들려왔다. 어머니와 아버지가 보였다. 그들은 아이가 죽을 것 같이 빽빽 우는데도 아이의 자그마한 발바닥에서 바코드를 지우려고 애쓰고 있었다. 빈은 시선을 차창 쪽으로 돌렸다. 어둠에 박힌 선인장 가시 같은 네온들이 뒤로 사라졌다. 유리창에 눈을 바짝 대자 빌딩 꼭대기의 전광판마다 '정상인 영아 입양 설명회' 광고 영상이 보였다. 빈은 공허한 웃음을 입술 끝으로 뱉었다. 주문 생산된 정상인 영아. 정상인의 인구증식의 도구인 수많은 퓨어바디. 퓨어바디용으로 만들어진 개체인 빈.

나는 그런 존재였어.

아르고스가 데리고 탈출하지 않았다면 빈은 무균사육장에서 성인 퓨어바디로 자라 생식세포 생산수단으로 소모됐을 것이다. 빈은 창에 머리를 기댔다. 속이 울렁거렸다. 시큼하고 뜨거운 무언가가 목구멍을 넘어올 것 같았다. 창문을 열어 바깥 공기를 들이마셨다.

빈은 차에서 내려 집을 올려다보았다. 창문 밖으로 새어나온 불빛이 보였다. 그는 분명 불을 끄고 외출했었다. 엘리베이터에서 내려 문 앞으로 다가갔다. 문이 열려 있었다. 빈은 안으로 들어갔다. 방마다 문이 활짝 열려 있고, 책상을 뒤진 흔적이 남아있었다. 뒤집힌 서랍들 밑으로 내용물들이 바닥에 널려 있었다.

빈은 얇은 얼음 위를 걷는 기분으로 발을 옮겼다. 일순 멈춰서서 귀를 기울였다. 아무 소리도 들리지 않았다. 거실로 나와 쓰러진 의자를 바로 세우는데, 탁자 위에 담배꽁초 세 개와 쌓인 재가 눈에 들어왔다. 꽁초에선 흰 연기가 피어올랐다. 빈은 고개를 돌려 집 안 구석구석을 시선으로 살폈다.

어머니 방에서 인기척이 들린 건 그때였다. 구두 소리였다. 빈은 발소리를 내지 않고 뒷걸음질 쳤다. 구두 소리가 다시 들리자 빈은 재빨리 밖으로 내달렸다. 숨도 쉬지 않고 달렸다. 어디로 가는지는 중요하지 않았다. 두려움에서 벗어날 수 있다면 어디든 상관없었다. 뒤쫓아 오던 거친 숨소리와 발소리는 들리지 않았다. 밤안개 속에 처음 보는 거리와 빌딩들이 빈의 뒤로, 어둠 속으로 사라졌다.

얼마쯤 달렸을까. 시장 입구가 시작되는지 어둠에 잠긴 천막들이 나타났다. 가건물 벽 옆으로 서 있거나 쌓인 리어카들과 철제박스들이 보였다. 그것들 뒤로 살랑이는 나뭇잎들 사이에서 무너진 천장과 난간이 모습을 드러냈다. 주변은 무성한 잡초가 웃자라 있고, 쓰다 버린 가구와 온갖 폐자재 더미가 널브러져 있었다. 빈은 지하로 뚫린 시커먼 구멍이 있는 난간 쪽으로 가까이 다가갔다.

이곳으로 들어가면 어디와 연결되는 걸까.

빈에게 답변해줄 이는 아무도 없었다. 휘익, 바람 소리만이 관자놀이를 스쳐 지나갔다가 다시 소리를 냈다. 검은 구멍이 숨을 쉬고 있었다. 빈은 구멍 속으로 발을 들여놓았다.

안은 지척도 분간하기 어려울 만큼 컴컴했다. 빈은 발끝으로 바닥을 가늠하며 더듬더듬 나아갔다. 작은 소음도 메아리로 들리는 칠흑 같은 어둠 속으로.

빈은 한 발, 한 발 밑으로 내딛었다. 계단은 수직갱도처럼 느껴졌다. 손으로 더듬거리다가 넘어져 구르기도 했다. 바닥에 부딪힌 어깨와 허리가 통증으로 타올랐지만 걸음을 멈추지 않았다.

얼마쯤 내려갔는지 빈은 가늠할 수 없었다. 멈춰 서서 숨을 가다듬었다. 시선이 어둠에 익자 온갖 생각들이 주위를 맴돌면서 희미한 상들이 눈앞에 나타났다. 어머니 화진의 모습, 빈의 방문을 나가던 아버지의 쓸쓸한 등, 제갈영웅의 황폐한 웃음, 반정호의 단단한 눈빛, 한 사내의 투신장면, 이글거리던 도기식의 눈……. 그리고 마리와 찍은 유년시절의 사진과 발바닥의 얼룩까지. 머릿속은 온갖 상념으로 뒤엉켰다.

무언가가 시선에 잡혔다. 조금씩 움직이고 있었다. 사람들의 실루엣이었다. 그것들은 벽에 기대앉아 졸거나 드러누워 있었다. 그들 중 하나가 엉덩이를 털며 일어나 걷기 시작했다. 오랑우탄처럼 팔이 긴 사내였다.

빈은 따라가 보기로 했다. 한참을 내려갔다. 말소리, 기침 소리, 웃음소리가 사방에서 들릴 때마다 주체할 수 없이 심장이 뛰었다. 두리번거렸다. 칸막이 된 공간들이 시야에 들어왔다. 그 앞으로 기둥에 등을 기댄 채 이야기를 나누는 이형인 몇이 보였다. 바닥에 세워둔 작은 손전등 불빛 덕분에 그들의 얼굴 생김새와 신체 특징 정도는 알아볼 수 있었다.

앞서 가던 오랑우탄이 그들 사이에 끼어 앉더니 곧바로 빈을 불러 세웠다.

"이봐. 아까부터 날 따라오는데, 대체 뭐야?"

빈은 멈칫했다.

"어디 보자. 빤질빤질하게 차려입은 모양새를 보니 이 지하세계에 드나들 법한 놈은 아닌 것 같고. 여긴 무슨 일로 내려온 거지? 염탐꾼이면 넌 죽었어."

오랑우탄의 눈은 잡아먹을 듯이 번들거렸다. 빈은 얼른 고개를 저었다. 두 사내가 일어나더니 빈의 가슴팍을 치면서 거칠게 몸을 수색했다. 두툼한 손 여덟 개가 목에서부터 가슴, 배, 허리, 무릎과 발목까지 순식간에 훑고 지나갔다. 빈은 정신을 차릴 수 없었다. 산채로 토막 나는 듯한 느낌이었다. 두 사내는 팔이 넷인 이형인들이었다. 한 명은 얼굴에 긴 흉터가 있고, 다른 한 명은 머리에 두건을 둘렀다. 건질 만한 걸 찾지 못했는지 긴 흉터와 두건이 어깨를 으쓱하며 물러섰다. 오랑우탄이 계속 추궁하자 빈은 관자놀이가 팔딱거리면서 머릿속이 뒤엉키는 기분이었다. 급해서 무작정 내려왔다고 얼버무렸다. 틀린 말은 아니었다.

"쫓기는 몸이다, 이거야? 옳아, 무슨 사고를 친 모양이네?"

오랑우탄이 탁한 눈빛으로 빈을 건너다보며 웃었다.

"무슨 이유로 쫓기는지는 모르지만 이곳에 들어온 이상 누구든 널 찾아내기 힘들 거야. 시신이 돼서 썩어 문드러져도 아무도 모를 테니."

빈은 그 말이 더 겁났다. 오랑우탄의 살짝 열린 입술 사이로 누런 이가 보였다.

"지하세계에 숨어든 사람끼리는 아무리 흉한 짓을 저질렀어도 이곳 지하세계의 공감대라는 걸 거스를 수 없지. 우리 모두가 다 갈 곳 없는 난민 아닌가."

우리 모두가 난민 아닌가?

빈은 순간적으로 모욕을 느꼈지만 자신도 모르게 그 사실을 받아들이고 있었다. 빈은 벽에 기댄 채 손전등 빛이 저며 놓은 오랑우탄의 얼굴을 바라보았다.

빈이 물었다.

"언제부터 이곳에서 살았죠?"

오랑우탄이 힐끗 빈의 얼굴을 훑더니 이내 대답했다.

"숨어든 지 일 년쯤 돼. 처음엔 힘들었지만 있을 만한 곳이지. 난민보호소에 비하면 천국이지."

"난민보호소? 그곳에서 빠져나온 건가요?"

오랑우탄이 고개를 끄덕였다. 그러고는 두 팔로 팔베개를 한 뒤 벽에 머리를 기대며 차갑게 웃었다.

"거긴 보호소가 아니야. 끔찍한 감옥이지."

빈은 그곳 이야기를 해달라고 부탁했다.

"난민보호소가 세워지는 곳이 어떤 곳인 줄 아나?"

빈은 대답하지 않았다. 생각해본 적이 없었다.

"사람이 살기 힘든 범람원이나 비탈지, 오염된 폐산업 지대라고. 무가치한 땅 말이야. 곳곳에 썩은 물 때문에 악취가 풍기고 들쥐와 모기, 파리 같은 곤충들로 넘쳐나지. 전염병이 돌아 죽는 사람이 많아. 폭행과 살인사건이 벌어져도 대책이 없어. 난민들 대부분이 재해에 취약한 빈민구역에 사는 우리 같은 가난한 이형인들이야. 정부가 마치 우리 난민들을 위해 무료로 물자를 지원하고 보호를 하는 것처럼 번드르르하게 홍보하지만, 말짱 포장일 뿐이야. 인권? 복지? 개뿔. 일자리를 준다는 것도 죄다 건설 일용직이지. 그 형편없는 임금이라도 제대로 주는 줄 아나? 난 그 부스러기 같은 돈도 넉 달 치나 못 받았어. 우릴 대체 사람으로 보는 거냐고. 죽으라는 거지, 쳇!"

그의 눈이 속속들이 긁어내듯 빈을 살폈다.

"이젠 자네 얘길 해봐. 무슨 사고를 쳤기에 이 밤에 이곳에 떨어졌는지."

빈은 자신을 쳐다보는 이들에게 뭐라고 말해야 할지 알 수 없었다. 머뭇대다가 꺼낸 말은 결국 아까와 다르지 않았다. 친구 따라 일전에 몇 번 왔었는데, 급하게 그 친구의 도움이 필요한 일이 생겨서 이쪽 출입구로 내려왔을 뿐이라고.

"그때 갔던 곳이 오래전에 J 3가 역이라고 불리던 곳이었는데, 여기서 얼마나 먼가요?"

"가까운 거리는 아니지만 그렇게 먼 것도 아니지. 친구가 거기 있나?"

빈은 고개를 끄덕이며 거기에 가면 친구를 만날 수 있을 것 같다고 말했다. 오랑우탄이 두건에게 눈을 주었다.

"이봐, 자네가 길 안내 좀 하지, 그래? 터널마다 아는 놈들 많잖아. 중간쯤 가서 아는 놈 만나면 부탁 좀 하고 오라고."

두건은 이마를 찌푸리며 빈을 흘겨보았다. 그의 처진 눈에는 세상의 권태가 고여 있었다. 그는 바닥에 침을 퉤 뱉은 뒤 무릎을 펴고 일어섰다.

희미한 손전등 불빛이 터널 벽을 훑었다. 두건이 등에 짊어진 큼직한 배낭에서 그가 들고 있는 것과 똑같은 손전등을 꺼내 빈에게 내밀었다.

"공짜는 없는 거야. 이거 사. 어둠 속에서 헤매려면 이런 건 필수야. 횃불이나 촛불보단 이게 안전하고 간편하지."

빈은 그가 달라는 금액을 지불하고 손전등을 받아 들었다. 그의 말대로 하나쯤 손에 쥐니 앞을 가늠하며 나가기가 수월해졌다. 터널 안은 어둠을 그어대는 야광봉 빛들로 살아 움직였고, 숨소리처럼 단조로운 발소리가 사방에서 울려왔다.

두건을 따라 두 시간쯤 걷자 빈은 피로가 근육을 짓누르는 걸 느꼈다. 이마에 맺힌 땀방울이 얼굴에 주르륵 흘러내렸다.

"바짝 따라와. 안 그러면 이 지하세계에서 빙빙 돌다 굶어 죽거나 성질 사나운 놈한테 걸려 맞아 죽거나야."

빈은 대답하지 않았다. 이 사내가 불편했다. 두건은 계속 입술을 움직였다.

"이 지하에는 많은 수의 사람이 살고 있지. 사연이 있는 정상인들도 있지만, 대부분이 이형인들이야. 난민에다 빈민인 게지. 여기 꼬마들 상당수는 태어나서 지금까지 단 한 번도 지상의 공기를 마셔보지 못했어. 이 어두운 곳이 원래 세계인 양 살고 있다고. 마치 당신 같은 정상인들이 지금 돌아가는 세상이 그래 왔으니 문제가 없다고 생각하는 것처럼 말이야."

비꼬는 말투였다. 빈은 말을 달지 않았다. 대꾸할 말이 떠오르지 않았다. 손전등 빛이 닿는 바닥과 터널 끝을 바라보며 걷기만 했다.

얼마쯤 갔을까. 약 10미터 전방에 플랫폼이 나타났다. 두건이 말했다.

"잠시 쉬었다가 가자고."

빈은 그를 따라 플랫폼으로 올라섰다. 사람들이 많았다. 웃음소리, 흥얼거리는 소리, 승강이를 벌이는 소리가 사방에서 튀어나왔다. 두건이 북적이는 사람들 틈을 파고들어 나아갔다. 바닥에 무언가를 늘어놓고 파는 사람들이 보였는데, 두건은 그들 옆으로 난 빈자리로 가더니 가방에서 둘둘 말은 비닐 장판을 꺼냈다. 그러고는 장판 위에 가방에서 꺼낸 물건들을 쏟아냈다. 다양한 디자인의 손전등들이었다. 두건이 말했다.

"딱 세 시간만 장사 좀 하고 가자고. 댁은 구경이나 하고 있으면 돼."

빈은 히죽대는 두건의 얼굴을 보자 화가 솟았지만 아무 말도 하지 않았다. 그의 말대로 구경이나 하면서 시간을 때우는 수밖에 별 도리가 없었다. 진열된 물건들은 생필품이 주를 이루었다. 통조림이나 유통기한이 긴 비닐 포장된 식료품류, 옷가지류, 바퀴벌레 퇴치제, 소독약이나 피부연고제 같은 약품류, 물……, 그리고 책 등이었다. 빈은 진열대 앞을 지나면서 시선을 이리저리 돌렸다. 어둠의 장터와는 분위기가 달랐다. 이곳엔 추레한 삶의 쉰내와 절박함이 있었다.

진열대 일곱 곳을 막 지났을 때였다. 책 파는 상인이 눈에 들어왔다. 책 상인은 스포츠머리에 견종 도베르만처럼 길고 뾰족한 두 귀가 머리 위로 꼿꼿하게 서 있었다. 그와 눈이 마주쳤지만, 빈은 미소만 보이곤 종이상자 안의 책들로 시선을 돌렸다. 뜻밖에 아버지의 책 『사라진 것들에 대한 이야기』 시리즈를 발견한 건 큼지막한 상자들 안을 들여다본 지 10분이 채 지나지 않아서였다. 빈은 반색하며 책을 한 권 집어 들었다. 도베르만이 그를 아래위로 살폈다.

"지상에서 온 모양인데, 여긴 무슨 일로 온 거지?"

경계가 느껴지는 어조였다. 빈은 책 겉표지를 열다가 시선을 들었다. 눈앞의 이자, 평범한 상인은 아닌 것 같았다. 사람을 보자마자 대뜸 건네는 첫마디부터가 달랐다. 직감이 왔다. 가이아수호연대와 연결된 자일까. 아버지의 책이 담긴 종이상자를 제일 잘 보이는 위치에 둔 것만으로도 빈은 그렇게 믿고 싶었다. 빈은 대답 대신 주위로 시선을 한 번 훑고는 '나무'라는 이름을 들어봤느냐고 물었다. 도베르만의 눈이 커졌다.

"그 사람 이름을 어떻게 알지?"

빈은 안도했다. 잠시 뜸을 들이고 나서 금기를 발설하는 조심스러운 표정으로 말을 이었다.

"그분을 만나고 싶은데 어디로 가야 합니까?"

"왜 만나려고 하는 거요?"

"난…… 난 퓨어바디예요."

빈은 얼굴이 화끈거렸지만 매달려야 한다는 생각뿐이었다. 최근 들어 나무 씨를 본 사람이 없는 것 같다는 도베르만의 대답이 차가운 바람처럼 빈의 귀를 때렸다. 아버지의 증발을 거듭 확인받고 있었다.

"그럼, 가이아수호연대 반정호 대표를 만나려면 어떻게 가야 하는지 알려주세요."

빈은 매달리듯 부탁했다. 도베르만은 빈을 안쓰럽다는 듯 쳐다보고는 자리에서 일어섰다. 두리번거리더니 누군가를 불렀다. 열다섯쯤 되어 보이는 소년이 건너편 칸막이 공간에서 나와 빠른 걸음으로 다가왔다. 팔이 여섯인 소년이었다.

도베르만은 소년에게 소곤거리고는 다시 빈에게 다가와 말했다.

"손전등 파는 저치는 아마 오늘 내로 움직이지 않을 거요. 가끔 여길 오는 사람이라 잘 알거든. 그러니 이 아일 따라가요."

# 사육당하는 과거

## 39

"나무 아저씨를 잘 아니?"

"네."

소년의 목소리엔 수줍음이 묻어 있었다. 빈은 손전등의 희미한 빛 너머로 소년의 옆얼굴을 바라보았다.

"어떻게 잘 아는데? 얘기해줄래?"

소년은 "아저씨는요." 하며 자신이 좋아하는 소설 속 주인공을 묘사하듯 이야기를 꺼냈다. 빈은 아버지 이야기를 어두운 지하세계에서, 그것도 이 낯선 이형인 소년에게 듣게 될 줄은 몰랐다. 소년이 말을 쉬면 "그래서?", "정말이니?" 하며 더 얘기해보라고 재촉했다. 소년은 나무에 대해 신이 나서 말했다. 빈은 아버지가 아닌 다른 누군가에 대한 이야기를 듣는 것 같았다. 낯선 느낌이 더해지면 더해질수록 답답하게만 보였던 아버지의 모습들이 떠올랐다.

몹시 더웠던 여름, 초등학생이었던 빈은 친구들과 물놀이 공원에 가고 싶었다. 아버지는 허락하지 않았다. 발바닥 얼룩 때문인 건 물어보지 않아도 뻔했다. 물이 무릎까지만 오는 위험하지 않은 곳이라는 말은 할 필요도 없었다. 시선 많은 곳에서 양말 벗는 걸 아버지는 용서하지 않았다. 빈은 "얼룩일 뿐인데." 하고 대꾸했지만 통하지 않았다. 아버지는 입을 삐죽 내밀고 손등으로 눈물을 훔치는 빈을 보곤 아버지도 함께 간다는 조건을 붙여 허락했다. 물놀이장에 도착했을 때 친구들은 빈과 아버지를 힐끔대며 자기들끼리 물놀이장 안으로 뛰어 들어갔다. 빈이 물속에서 노는 친구들을 무릎에 턱을 괴고 바라보자 아버지가 가방을 열어 무언가를 꺼냈다. 노란색 오리발이었다.

"이렇게 얕은 데서 누가 오리발을 신어? 다 웃어. 놀린다고!"

빈은 눈이 동그래져서는 입을 비죽댔다. 아버지는 주위를 한번 살피고는 빈 앞에 쭈그리고 앉아 빈의 왼쪽 양말을 벗겼다. 아버지가 왼쪽과 오른쪽을 번갈아 가며 오리발을 신겨주는 동안 빈은 입을 내민 채 가만히 있었다.

아버지가 말했다.

"일어서봐."

빈이 툴툴대며 일어서자 아버지가 그의 엉덩이를 두드렸다.

"불편해도 신어. 그래도 이 녀석아, 네가 제일 멋져 보여. 아빠는."

그때 그 답답하던 아버지가 기억에서 흐릿해지고 있었다.

소년이 말을 이었다.

"나는 그분 이야기를 들을 때가 참 좋았어요. 뭐랄까. 따뜻한 물속에 몸을 담그는 것처럼 아주 평온해지는 느낌이었거든요. 내가 그런 이야길 아저씨한테 한 적이 있는데, 아저씬 퓨어바디와 대화할 때 그런 느낌을 받는다고 하셨어요."

퓨어바디와…….

빈은 소년의 말을 혀끝으로 되뇌었다. 가슴속으로 먼지바람이 이는 것을 느꼈다.

"그, 그랬구나."

빈은 자신을 바라보는 소년에게 애써 미소를 지어주었다.

"넌 이곳에서 언제부터 살게 된 거니?"

소년은 처음엔 주저하더니 작아진 목소리로 대답했다.

"두 살 때요. 부모님과 헤어졌거든요."

"왜?"

"네 번째로 태어났기 때문이래요. 아빠, 엄마가 날 살리기 위해서 날 이곳으로 내려 보낸 거죠. 난 원망 안 해요. 어쩔 수 없었을 테니까요."

빈은 걸음을 멈췄다. 혼자 저만치 나아가고 있는 소년을 바라보았다. 소년은 손전등 불빛이 닿은 곳을 똑바로 바라보며 걷고 있었다. 어느 이형인 부부가 용케 숨긴 네 번째 아이인 소년.

그 소년의 발소리가 어둠 속에서 심장소리처럼 들려왔다.

플랫폼이 가까워지자 희미한 불빛이 보였다. 걸은 지 3시간쯤 지난 듯했다. 빈은 걷는 내내 피로와 고통을 느꼈다. 숨을 고르며 선로에서 플랫폼으로 올라가는 철제계단을 탔다.

이윽고 넓은 공간이 보이자 아르고스의 말이 스쳤다.

"우리끼리는 이 구역을 7번 카타콤이라고 부르지."

빈은 이제 방향을 알아볼 수 있었다. 칸막이 친 공간들로 이어진 긴 통로를 돌아 10분쯤 더 걸었다. 사람들이 모여 있었지만 그 속엔 아르고스도, 반정호도 없었다.

소년이 왼쪽에 붙은 문 앞에 멈춰 서더니 빈에게 오라며 손짓했다.

"여기서 기다려 보세요."

소년은 주위를 한 번 살핀 뒤 빈에게 문을 밀어주고는 고개를 끄덕였다. 빈은 문 안으로 들어가려다 말고 소년에게 손을 내밀었다. 소년은 수줍어하며 여섯 개의 손 중에 위쪽 두 손을 내밀어 빈의 손을 잡았다. 소년의 손은 작고 따뜻했다. 빈은 두 손뿐만 아니라 나머지 네 손도 차례차례 잡고는 온기를 나눴다. 한 걸음 다가가 소년의 어깨를 두 팔로 안았다.

"조심해서 돌아가. 나 때문에 고생했다."

빈은 저만치 멀어지는 소년에게 손을 흔들었다. 소년이 점점 작아져 점이 될 때까지 시선으로 배웅했다.

안으로 들어가 문을 닫았다. 사방에 걸린 지도와 알 수 없는 도표들이 눈을 잡아당겼다. 이어 벽과 중앙 기둥 사이로 즐비한 파티션과 책상과 의자가 보였다. 말소리가 들렸다. 안쪽 파티션 너머였다.

빈은 그쪽으로 다가갔다. 파티션 안쪽으로 두 남자의 등과 어깨가 보였다. 발소리를 들었는지 그들이 뒤를 돌아보았다. 강필원과 아르고스였다. 아르고스가 놀란 목소리로 물었다.

"빈, 혼자서 여길 어떻게 온 거지?"

빈은 달려들어 아르고스의 멱살을 잡고 흔들었다.

"나는 누구죠?"

아르고스의 몸은 힘없이 흔들렸고 얼굴에서는 표정이 사라졌다.

"내가 퓨어바디였나요?"

빈이 목소리를 높였다. 아르고스는 입술을 꾹 문 채 움직이지 않았다. 고개를 끄덕인 건 잠시 뒤였다.

"결국 알게 됐군. 그래, 자넨 퓨어바디용으로 만들어진 아이야."

대답은 숨소리처럼 새어나왔다. 빈의 두 손이 아르고스에게서 떨어졌다. 쥐었던 멱살을 힘껏 밀어버렸다는 게 정확할 것이다. 휘청거리다 중심을 잡은 아르고스는 멍해진 세 눈으로 강필원을 힐끔 보더니 다시 빈에게로 눈을 돌려 말했다.

"소개해줄 사람이 있어."

목소리는 나지막했다. 빈은 얼굴을 들어 아르고스를 응시했다. 그의 얼굴에 드리운 조심스러움은 익사할 것만 같은 깊이가 있었다. 빈은 숨을 고르며 아르고스가 옆에 선 강필원의 손을 잡는 걸 지켜보았다. 아르고스가 말했다.

"이분이 네 아버지다. 정확하게 말하자면 생물학적 아버지 지."

일순 시간이 정지된 듯 빈은 움직일 수 없었다. 귀를 의심했다. 아르고스의 얼굴을 뚫어지게 바라보다가 강필원 쪽으로 시선을 돌렸다. 내가 무슨 소리를 들은 건가. 생물학적 아버지라니. 그런 건 이형인에게나 해당되는 소리가 아닌가. 이 세상에 생물학적 아버지를 만난 정상인은 없다. 만날 수도 없다. 그런데 빈의 눈앞에 생물학적 아버지라는 자가 서 있었다. 빈의 시선은 흔들렸다. 강필원은 미안하다는 말을 하려는 사람처럼 입가에 어색한 미소를 물었다.

아르고스가 세 눈을 빈에게 고정했다.

"영아 사육장에서 아기 상자가 배열된 선반을 지나다가 한 아기를 발견했지. 유전자 정보에 강필원과 정화진의 정보가 표시된 아이였어. 그걸 발견하고 그냥 지나칠 수 없었다. 그래서 탈출하는 날 몰래 안고 나온 거야. 그게 바로 너야."

어머니 역시 생물학적 어머니였다는 소리가 아닌가.

빈은 고개를 젓기만 했다. 아르고스가 계속 말을 이었다.

"나는 그 사실을 아무에게도 발설하지 않았어. 나중에야 두 사람. 그러니까 정화진 씨와 강필원 씨에게 알려주었지."

나무 작가도 그 사실을 알고 있었다는 말까지 들었을 ㄸ 빈은 아랫입술을 깨물었다. 빈은 강필원의 얼굴을 바라보았다. 어린 빈의 초상화가 떠올랐다. 어머니가 빈의 다섯 살 모습을 그린 그 그림. 빈은 비로소 깨달았다. 빈의 방에 들어와 자신이 그린 초상화를 어루만지던 어머니. 그때 어머니가 바라보고 어루만진 건 어린 빈의 초상화가 아니라 강필원이었다는 것을.

강필원이 빈과 눈을 맞추며 말했다.

"네 어머니가 합류하겠다는 걸 끝까지 말리지 못한 나를 저주했다."

아르고스가 빈의 손을 잡아끌더니 강필원의 손을 억지로 잡게 했다. 빈의 손바닥에 닿은 강필원의 손은 축축했다. 유전자를 준 친아비의 손이었다. 어떤 목소리가 가슴속에서 밀어내라고 명령했고, 그를 조롱했다. 빈은 슬그머니 손을 뺐다.

문이 열렸다. 안으로 들어선 반정호의 눈이 탐조등처럼 움직였다. 그는 분위기를 감지했는지 세 사람을 번갈아 쳐다보고는 빈을 주시했다. 빈은 강필원에게서 눈을 떼지 못한 채 굳은 표정이었다. 얼마 뒤 분위기가 가라앉은 듯하자 반정호는 빈에게 물었다.

"이 밤에 혼자 여기까지 무슨 일이지?"

빈은 대답 없이 허공으로 시선을 돌렸다. 어느 누구도 대답을 재촉하지 않았지만, 침묵이 길어질수록 견딜 수 없는 건 빈이었다. 목구멍으로 울분이 차오르고 있었다. 마침내 빈은 자초지종을 털어놓기 시작했다. 말하는 동안 강필원에게는 한 번도 시선을 주지 않았다. 강필원의 표정에 어떤 바람이 스쳐 지나갔는지 아무도 알아채지 못했다. 모두들 빈의 이야기에 귀가 쏠려 있었다.

박 기자가 동석한 술자리에서 보인 유시모의 반응과 가면을 벗은 도기식 이야기까지 흘러나오자 반정호가 두 손을 모으며 말했다.

"유시모, 아니 도기식을 만나봐야겠어. 내 눈으로 직접 확인해야 해."

반정호의 목소리에는 흥분이 실려 있었다. 그는 어떻게든 도기식을 만날 기회를 만들어보자며 눈을 반짝였다. 반정호는 도기식을 설득할 수만 있다면 퓨어바디 해방의 시기를 앞당길 수 있다고 생각하는 듯했다. 빈은 아무 말도 할 수 없었다.

## 40

마리는 문을 열자마자 빈을 재빨리 안으로 잡아끌었다. 그러고는 복도로 목을 빼 주위를 살핀 뒤 문을 닫아 잠금쇠를 걸었다.

"그동안 어떻게 된 거야? 일주일 동안 연락도 안 되고."

마리의 표정은 어두웠다. 빈은 의아해할 틈도 없이 마리의 입

에서 현상수배 사진이 나붙었다는 소식을 들었다. 경찰이 제갈
영웅 살해용의자로 빈을 지목한 것이다.

빈은 마리가 핸드폰 웹스카이 검색에서 찾아준 기사를 훑
어보았다. '제갈영웅 살해사건의 유력한 용의자 밝혀지다.'라는
제목에 빈의 얼굴이 있었다. 어디서 찍힌 사진인지 빈은 알 수
없었다. 흐릿한 화질에다 묘한 각도에서 찍힌 얼굴은 범죄자처
럼 보였다. 기사는 빈을 잘 아는 주변 사람들의 진술을 토대로
빈의 혐의를 사실화했다.


경찰은 과거 『냉동인간』 시리즈로 숱한 화제를 모으던 유명 소설
가 제갈영웅의 유력한 살해용의자로 지목된 나빈의 행방을 찾고
있다. 이전에도 소설 『냉동인간』에 빠져 스스로를 냉동인간, 혹은
퓨어바디로 착각한 사람들이 사회적으로 문제를 일으킨 사례는
종종 있었다. 그들은 소설에 빠진 나머지 자신이 허구 속 인물이라
고 생각하는 심각한 망상증을 보였는데, 현재 용의자로 지목된 나
빈도 주변 사람들의 증언을 종합해보면 바로 그런 부류임이 틀림없
다는 게 전문가들의 소견이다.

직장 동료 김모 씨는 "폭행 사건 이후부터 그 친구가 이상했어요.
넋 나간 사람처럼 멍하다가도 초조해 보였고, 제갈영웅의 『냉동인
간』을 읽어봤냐고 심각하게 묻기까지 하더군요. 최근에는 회사에
서 진행하는 설명회 행사 도중에 정신 나간 사람처럼 일어나 나가
더라고요."라고 대답했고, 가까이 지냈다는 옥선 S의 문모 씨는 "정

말 안타까운 일이죠. 소심한 데가 있지만 성실한 친구였거든요. 하지만 폭행사건 이후부터 사람이 이상해진 것은 분명한 것 같습니다. 퓨어바디가 우리 인간과 똑같이 말하고 생각한다면서 사람들이 알고 있는 게 잘못된 것이고, 모든 게 다 은폐됐다는 이상한 말까지 했거든요."라고 증언했다. 제갈영웅의 시신을 발견한 동료작가의 미망인 진모 씨는 "제갈영웅 작가의 집 앞에서 용의자와 직접 마주쳤어요. 상의할 게 있어서 방문했는데, 바로 그 사내가 작가의 집 앞에서 얼쩡대더군요. 그때도 뭔가 수상해 보였어요. 정말 소름끼칩니다."라며……

"이제 어떻게 할 거야?"

마리의 목소리는 떨렸다. 빈은 우두커니 선 채 시선을 허공에 묻었다. 그 모습이 불안해 보였는지 마리가 그의 어깨를 조심스럽게 밀어 소파에 앉혔다.

빈은 숨소리를 뱉듯 말했다.

"모르겠어. 내가 퓨어바디라는 사실 외엔."

"무슨 소리야?"

마리의 표정은 굳어 있었다. 빈은 그녀를 바라보며 힘없이 웃었다.

"무슨 소리긴. 말 그대로야. 나 퓨어바디라고. 퓨어바디 말이야."

두 사람의 시선은 고요히 움직였다. 빈은 자신의 이야기를 털어놓았다. 마리가 고개를 저으려 하자 양말을 벗어 발바닥의 얼룩을 보여주며 바코드의 흔적이라고 설명했다.

"자, 이래도 못 믿겠어?"

마리는 손가락으로 빈의 발바닥 얼룩을 어루만졌다. 쓴 약을 억지로 목구멍으로 넘기는 듯한 표정이었다.

"걱정 마. 난 안 잡혀."

빈이 웃으며 말했다. 웃을 수밖에 없었다. 막막한 어둠에서 정신을 잃지 않으려면 억지웃음이라도 붙들어야 했다. 빈은 자신이 이형인 부부의 네 번째 아이가 된 것만 같았다. 살기 위해 부모에게 버려져야 할 아이. 숨어야만 할 아이. 빈은 그 아이와 자신이 다르지 않다고 느꼈다.

다음 날 아침, 마리는 커다란 쇼핑백을 빈에게 내밀었다. 그 안에서 나온 것은 여러 개의 가발과 챙 모자와 허름한 재킷류였다. 마리는 어리둥절해하는 빈에게 재킷을 입혔다. 곱슬머리 가발과 챙 모자를 꼼꼼하게 매만지며 씌워준 뒤 그를 거울 앞에 세웠다. 마지막으로 검은색 뿔테 안경까지 씌우자 빈은 다른 사람처럼 보였다.

"이 정도면 널 알아보지 못할 거야."

빈은 거울 속 자신의 모습을 바라보며 물었다.

"이런 게 갑자기 어디서 났어?"

마리는 잠시 뜸을 들이고는 대답했다.

"그 사람 물건이야."

투신자살한 그 남자. 빈은 마리가 그 남자에게 입혀주었던 옷과 가발을 착용하고 거울 앞에 서 있었다. 고층빌딩 옥상 난간에 서 있던 그 남자가 눈앞에 스쳤다. 외치기 위해 존재하는 것처럼 끊임없이 외치던 남자. 허공에 몸을 던진 그의 마지막 모습. 빈은 혀가 사라진 듯 텅 빈 입을 가진 남자를 거울 속에서 마주하고 있었다. 마리가 빈의 어깨 뒤로 얼굴을 내밀었다.

"너한테도 꽤 잘 어울리는걸. 감쪽같고 말이야."

그 말끝에 마리는 네 팔로 빈의 어깨를 부드럽게 감싸고는 말없이 눈을 감았다. 고통을 참는 듯 거울 속에 비친 그녀의 미간엔 세로줄이 가늘게 나타났다. 빈은 느낄 수 있었다. 마리가 이 순간 안고 있는 것은 빈이 아니라 그 남자라는 걸. 빈은 꼼짝할 수 없었다. 아니, 꼼짝하지 않았다.


## 41


지상으로 올라온 이후 빈의 시간은 어둠이었다. 안개가 공모한 어둠이었다. 하루의 끝을 향해 질주하지만 끝이 보이지 않는 어둠이었다. 하얀 낮도 어둠이었고, 푸르스름한 저녁도 어둠이었다. 끈끈한 공기가 비닐처럼 피부에 닿았고, 먼지 냄새가 코끝을 스쳤다. 빈은 거리를 휘둘러보았다. 얼마쯤 뛰었고 또 얼마쯤 걸었을까. 멀리서 구급차 사이렌 소리가 들려왔다. 빈은 소리가 들려온 어둠 속 어딘가를 바라보았다. 그러곤 다시 앞을 향해 걸었다. 쇼윈도에 비친 한 젊은 남자의 모습이 눈을 잡아당겼다. 그 앞으로 다가갔다. '실종됐던 널 만났어. 기분이 어때?' 남자의 건조한 눈빛이 묻고 있었다. 빈은 남자의 얼굴에 침울한 미소가 스치는 걸 바라보다가 고개를 가로저으며 뒤로 물러섰다. 변장한 모습이었지만 시선들에서 완전히 벗어났다는 자유로움은 없었다. 불안은 여전히 존재했다. 빈은 자신도 모르게 고개를 돌려 주위를 살폈다. 이전의 그가 아님을 깨달았다. 빈은 주머니에서 핸드폰을 꺼내 발로 힘껏 밟아 부순 뒤 쓰레기통에 던졌다.

그는 방향을 돌려 걸음을 내딛기 시작했다. 걸음이 조금씩 빨라졌다. 달렸다. 건물들의 불빛이 사라질 때까지, 숨이 멎을 것 같은 고통을 느낄 때까지 그는 달리고 또 달렸다.

강필원을 만나기로 한 장소가 점점 가까워지고 있었다.

판도라월드 빌딩 맞은편 도로변에 아르고스의 차가 서 있었다. 빈은 창유리를 두드리고는 조수석으로 몸을 밀어 넣었다. 차 안은 바깥과 차단된 작은 우주가 된다. 틈 없이 가득한 고요. 고요는 밀어처럼 감각을 건드리고 길을 만든다. 그 길 끝에 강필원이 있었다. 빈은 운전석에 앉은 강필원을 바라보았다. 그가 바로 옆에 있는데도 아득하게 긴 길 끝에서 그를 바라보는 기분이었다. 지상으로 올라오기 전, 강필원은 빈에게 만나자고 했다. 하고 싶은 말이 있다고 했다. 빈은 대답하지 않았다. 하지만 시간이 지날수록 강필원이 언급한 날짜와 장소는 계속 귓가에 맴돌았다.

한 시간쯤 늦었지만 결국 빈은 왔다. 강필원은 약속 장소를 떠나지 않고 차 안에 꼼짝 않고 앉아 있었다.

"올 줄 알았다."

"할 말이 뭔가요?"

"나만큼이나 너도 내게 할 말이 많을 것 같은데, 일단 이동하자."

차가 움직이기 시작했다. 거리가 차창 뒤로 달아나고 있었다. 강필원은 시선을 앞으로 고정한 채였고, 빈은 그런 그를 가만히 견뎠다.

"어머니를 사랑했나요?"

침묵을 깬 빈의 첫 물음이었다. 강필원은 고개를 천천히 끄덕였다.

"언제부터요?"

"네가 내 아들이라는 사실을 구름도에서 탈출한 이후 알게 되면서 사랑하는 사이가 됐다. 그전엔 네 어머니를 알지 못했어. 네가 네 어머니와 나를 이어주었다."

"왜 어머니랑 같이 지내지 않았죠?"

"퓨어바디는 살아 있어도 살아 있는 게 아니잖니. 너도 알다시피 말이다. 명확한 신분 없이는 쉽게 발각되고 말지. 그렇게 되면 다시 구름도로 끌려가거나 죽임을 당하게 되니까. 어떻게

든 숨은 채로 살아야 했어. 마침 나무 기자가 네 어머니에게 좋은 감정을 가지고 있는 걸 알게 되었다. 나는 나무 기자, 그러니까 네 아버지를 지켜봤어. 그 사람이라면 너와 네 어머니를 잘 보살펴줄 것 같았지. 그래서 나는 네 어머니에게 말도 없이 한동안 나타나지 않았다. 그게 최선이라고 생각했기 때문이야. 그 사이 내가 바란 대로 나무 씨와 네 어머니가 부부로 살게 된 걸 아르고스에게 전해 듣고는 안도했다. 진심으로 말이다. 멀리서 너와 네 어머니를 지켜봤어. 네가 어떻게 자라고 있는지도 계속 봐왔지."

빈은 차창 밖으로 시선을 고정했다. 어린 시절 어머니와 아버지가 자주 언쟁을 벌이며 집안에 냉기를 퍼뜨리던 날들을 떠올렸다. 언젠가부터 어머니의 외출이 잦아졌고, 아버지의 얼굴은 타들어갔다. 그 갈등의 중심에 가시처럼 꽂혀 있던 존재가 바로 옆에 앉아 있었다.

"난 아직도 이해가 안 가요. 어머니가 왜 그렇게 죽어야 했는지."

빈이 말했다.

"모든 게 내 실수였다. 네가 여섯 살이 되던 해, 집 근처에서 지켜보다 너를 데리고 집에서 나오던 네 어머니와 눈이 마주쳤지. 난 그때 네 어머니 앞에 나타나서는 안 되었어."

어머니는 집 근처에서 강필원과 마주친 뒤 달라졌다. 집을 비우는 일이 잦아졌고, 거짓말을 하고 넋 나간 사람처럼 허둥

댔다. 그 이유를 나무가 알게 되는 날이 왔다. 나무는 그녀가 강필원을 만나고 있었고, 그를 이전보다 더 사랑한다는 사실에 절망했다. 그녀가 자신에게 미안해한다는 걸 알았지만 그럴수록 그는 자신의 초라함을 견딜 수 없었다. 아이를 빌미로 그녀를 붙잡는 것도 설득력이 없었다. 빈은 강필원의 아이였다. 나무는 수상한 외출에 대한 그녀의 서툰 평계를 말없이 들어주었고, 황폐해진 가슴을 어린 빈에게만큼은 철저히 숨겼다. 나무는 그녀를 위한 가면이었고 껍데기였으며, 언제든 그녀가 떠날 수 있는 은신처였다.

구름도 침투 작전을 앞두고 강필원의 고민은 깊었다. 잘못되면 거기서 죽거나 생포될 수 있었다. 강필원은 자신에게 집착하는 그녀가 걱정됐다.

"도망가서 살아요. 우리."

그녀는 그렇게 말했지만 강필원은 생각이 달랐다. 세상에 대한 그의 분노는 컸다. 강필원은 그녀를 달랬고, 돌아가라고 위협하기까지 했다. 그녀는 그가 끝내 구름도에 가겠다면 자신도 따라가겠다고 매달렸다. 빈은 어머니가 아버지 나무와 다툰 이유를 비로소 이해했다.

강필원은 계속 말했다.

"나무 씨는 그녀가 죽은 뒤로 너를 더 아끼고 보살폈어. 가이아수호연대를 도왔고, 퓨어바디들의 해방을 위해, 진실을 알리기 위해 애썼지. 친구가 되고 싶은 사람이었지만 나는 선뜻 다가설 수 없었어."

빈은 고독을 생각했다. 나무가 지닌 고독의 무게와 강필원이 지녀온 고독의 무게를 두 아버지가 서로 바라보면서 다가서지 못하는 거리의 의미를 생각했다. 문득 강필원의 과거가 궁금해졌다.

"납치되기 전엔 어땠어요?"

"뭐가?"

"당신의 꿈, 일상, 고민, 사랑하는 사람, 뭐 그런 거."

강필원은 바람소리 같은 웃음을 흘렸다.

"떠올리면 괴롭지. 나도 지금의 너만큼 꿈 많고 의욕 넘치는 젊은이였으니까. 하지만 모든 꿈, 가능성, 고민, 좋아했던 많은 사람을 한꺼번에 잃어버렸지. 납치된 그때, 나는 내 과거와 함께 죽었다. 냉동되었다가 다시 깨어나 이렇게 움직이고 있는 내가 과거의 나일까? 아니지, 아니야. 죽고 싶을 뿐이었어. 그런데도 내가 지금 이렇게 살아 있구나. 왜인지 아니? 분노 때문이다. 그리고 또 하나가 있지."

강필원은 정면을 응시한 채 긴 숨을 뱉었다.

"바로 너 때문이다."

빈은 고개를 돌려 강필원을 바라보았다.

"너만 아니었으면 난 이런 지옥에서 지금까지 살아 있지 않았을 거다. 자살했겠지. 또 네가 아니었다면 네 엄마를 알지도, 알아보지도 못했을 거야. 난 네 엄마를 사랑했고, 너를 사랑했다. 남녀가 사랑해서 생긴 아이의 소중함만큼이나 그녀와 나를 이어준 너였기에 더 소중했어. 단순히 네가 내 핏줄이어서가 아니야. 이해하겠니? 그 사랑이 날 지금까지 버티게 한 거야. 너 때문에 무언가를 하고 싶었다. 퓨어바디의 삶에 대해 생각했어. 퓨어바디를 위한 일은 너를 위한 일이니까. 그리고 생명, 존재 자체를 위한 일인 거지. 내가 할 수 있는 일이라면 무엇이든 하고 싶었어. 시간을 점프해 미래에 와서 보니 영혼을 빼앗긴 자들, 자신들이 누군지도 모르는 자들 속에 내가 있더구나. 그들을 보면서 나는 깨달았어. 내가 무엇을 해야 하는지 말이다."

"그게 소설 쓰는 일이었나요? 냉동인간?"

강필원은 처음으로 작은 미소를 물었다.

"내가 미래에 와서 한 가지 웃을 수 있었던 게 뭔지 아니? 바로 소설이라는 장르가 살아 있다는 거야. 인간이 존재하는 한 이야기는 그림자처럼 인간을 따라다닌다는 걸 확인한 셈이지."

"껍데기가 필요했겠군요."

"껍데기?"

그는 잠시 시든 웃음을 물고는 고개를 끄덕였다.

"그래, 그랬지. 소설을 써서 발표하려면 껍데기가 필요했어. 나는 신분도 이름도 없는 유령이니까."

"제갈영웅 작가는 말 그대로 당신의 껍데기로 살았어요. 당신에게 빚을 갚고 싶다고, 발표한 모든 작품의 원저자가 퓨어바디였던 걸 폭로하겠다고 했어요. 그러고는 살해당한 거죠. 당신이 그를 선택하지만 않았다면……."

"그래. 안다. 인정해. 나는 그의 삶에 끼어든 불청객이었어. 내 삶이 어느 날 송두리째 얼어버린 동시에 사라져버린 것처럼 제갈영웅도 그날, 나를 만남과 동시에 나락으로 떨어진 거지. 난 그의 집에서 집필에 몰두하면서도 끊임없이 분노를 버리고 벼렸어. 구름도 침투 작전에 그를 인질로 활용까지 했고 말이야. 그렇게 물불 안 가리고 잔인해질 만큼 난 끓어오르는 분노를 견딜 수 없었어. 이해할 수 있겠니?"

빈은 대답하지 않았다.

"넌 이해할 수 없겠지. 나에게 퓨어바디의 해방은 절실한 문제였어."

"퓨어바디의 해방?"

빈은 입술 끝으로 나지막하게 되뇌었다.

"그 안에 갇힌 수많은 퓨어바디를 생각해봤니? 그들은 인간이면서 인간이 아닌 채로 살아 있어. 사는 것이 아니라 살아 있을 뿐이지. 퓨어바디란 사육당하는 살아 있는 과거야. 과거를 사육하는 이런 미친 인간들을 보게 될 줄을 몰랐어."

강필원은 한숨을 뱉으며 주먹으로 핸들을 쳤다. 빈은 그를 한참 바라보고는 나지막한 목소리로 물었다.

"퓨어바디들을 모두 구출하게 되면 인공자궁플라자에서 정상인 영아는 태어나지 않겠죠?"

"그렇다."

차 안에 침묵이 흘렀다. 침묵은 바라볼 뿐 서로 다가서지 못하는 두 행성 같았다. 감정과 의미의 부스러기가 그들만의 우주를 떠돌고 있었다.

빈은 100미터 앞 도로변에 서 있는 공중전화박스를 가리켰다.

"잠시만요. 저 앞에 세워주세요."

빈은 차에서 내려 유시모에게 전화했다. 통화가 연결되기까지 눈을 감고 긴 어둠을 느꼈다. 통화가 연결되었다. 유시모의 상기된 목소리가 들렸다. 살인사건 기사를 언급하며 어떻게 된 거냐고 묻고 있었다. 빈은 누명일 뿐이라고 대답하곤 그 일로 알려줄 게 있으니 저녁에 집무실로 가겠다고 말했다. 시간을 끌고 싶지 않았다. 숨소리만 들렸다. 유시모는 선뜻 승낙하지 않았다. 뭔가를 궁리하고 망설이는지 몰랐다. 쫓기는 몸이라는 게 만남에 걸림돌이 될 수 있겠다고 생각하자 빈은 불안으로 혀가 타들어갔다. 도기식을 만날 기회를 만들어보자던 반정호의 목소리가 귀에서 맴돌았다. 마리의 남자가 빌딩 난간에서 추락하던 모습도 눈앞을 스쳤다. 잠시 뒤 유시모의 목소리가 건너왔다.

"알겠네. 저녁에 보세."

빈은 방문할 시간을 말하고 전화를 끊은 뒤 안도했다.

강필원은 차창으로 빈을 지켜보았다. 빈이 누구와 통화를 했는지 짐작하고도 남음이 있었다. 강필원은 빈이 전화를 끊고 빠른 걸음으로 돌아와 차 문을 열 때까지 그에게서 눈을 떼지 않았다. 빈이 조수석으로 몸을 들이고 차 문을 닫자 강필원은 그의 어깨를 가볍게 두드렸다.


## 42


승강기 문은 27층에서 열렸다. 홀 안을 울리는 빠르고 무거운 선율이 귀를 찔렀다. 빈은 홀을 가로질러 주방 쪽으로 갔다. 그곳에 있던 두 사람과 눈이 마주치자 빈은 고개를 끄덕이고는 엘리베이터 방향으로 걸음을 옮겼다. 소스라치는 느낌을 받은 건 채 열 걸음도 못 가서였다. 사람들 어깨 너머로 낯익은 얼굴이 눈에 스친 것이다. 빈은 뒤돌아보았다. 없었다. 긴장돼서 잘 못 본 것일지 모른다고 마음을 다독였지만 개운치 않았다.

빈이 집무실 안으로 들어서자 유시모가 소파에서 상체를 세우며 그를 바라보았다.

"누구?"

"접니다. 나빈."

"그 꼴이 뭔가?"

"대표님처럼 변신까지는 아니고 변장이란 걸 했죠."

그 말이 귀에 거슬렸는지 유시모는 빈을 마뜩찮은 눈길로 쳐다보았다.

"살인사건 기사, 그거 어떻게 된 건가?"

그는 전화에서 물었던 걸 다시 물었다. 몰라서 묻는 표정이 아니었다. 누명일 뿐이라는 빈의 해명에 유시모는 비릿한 미소를 지었다.

"박영기의 작품이군."

빈의 짐작에 구체성을 주는 한마디였다. 제갈영웅은 바이오소프트사의 촉수에 의해 사라졌다. 그 촉수가 이제 빈을 향해 있었다. 곧이어 난 노크 소리. 두 사람의 시선이 동시에 문 쪽을 향했다. 유시모가 소리쳤다.

"아무도 들어오지 말라 했는데, 누군가?"

밖에서 마성표의 목소리가 들렸다.

"저녁 식사입니다."

유시모는 문을 열어주라고 빈에게 손짓했다. 빈이 문손잡이를 당기자 마성표와 함께 웨이터 복장을 한 두 사내가 식사 수레를 밀며 들어왔다. 마성표가 빈에게 눈짓을 한 뒤 문을 닫고 나가자마자 두 사내가 웨이터 복장을 벗어던졌다. 강필원과 반정호였다.

반정호가 웃는 낯으로 말했다.

"안녕하셨소, 도기식 씨."

이어 강필원이 거들었다.

"용케 살아 계셨군. 놀라운 생명력이야."

"역시 당신들이었어."

유시모의 입가에 미소가 걸렸다. 반갑지 않은 누군가와 마주쳤을 때 보일 법한 급조된 미소였다. 그는 이런 상황이 오리라고 예감했을까. 유시모는 금세 분위기를 부드럽게 만드는 노련함을 보였다. 얼떨떨해진 건 빈이었다. 아버지의 종이 뭉치 속 인물들이 눈앞에서 대화를 나누고 있었다.

빈은 집무실 밖으로 나가 27층 사내 레스토랑으로 내려갔다. 음악 소리와 웃음소리로 홀은 후끈했다. 빈은 모자챙을 조금 밑으로 당기고는 사람들 사이로 길을 내면서 걸어갔다. 바를 지나 오른쪽 모퉁이를 돌면서 주위를 살폈다. 잘못 본 것일까. 빈은 어깨와 어깨 사이, 등과 가슴 사이를 헤집고 나가 출입문을 밀었다가 닫았다.

그래, 착각한 거였어.

하지만 착각이 아님을 알게 되기까지는 채 몇 분도 걸리지 않았다. 엘리베이터 앞에 섰을 때였다. 빈은 옆구리에 묵직한 금속의 냉기를 느꼈다.

"변장이 수준급은 아니군."

박영기의 목소리가 솜털처럼 목덜미를 지나갔다. 빈은 얼굴을 돌렸다. 박영기가 이를 드러내며 웃고 있었다.

"은밀한 미팅이 있다던데."

어떻게 해야 할까. 빈은 아무 생각도 나지 않았다. 모른다고 잡아뗐다. 술이나 한잔하려고 왔을 뿐이라고 태연한 목소리로 말했다. 소음기가 장착된 권총이 옆구리를 더 세게 파고들었다.

"시끄럽군. 그나저나 내가 전에 자네와 닮은 사람이 있다고 했던 말 기억하나?"

상황을 즐기는 듯한 어조였다. 빈은 대답하지 않았다.

"찾았다네. 구름도 영아사육장에서 오래 전에 사라진 TSJ203799번. 바로 자네."

빈은 놀라지 않았다. 자신을 일련번호로 불렀다는 게 불쾌할 뿐이었다. 빈의 일련번호를 알고 있다는 사실은 박영기가 빈에게 접근한 목적을 명확하게 했다. 박영기의 안중엔 나무의 안전 따위는 애초부터 없었다. 아버지의 마지막 모습을 본 자가 박영기였다.

"축하할 일이로군요."

"그렇지. 자네 아버지는 그 일련번호를 영원히 자네가 모르길 바랐겠지만 말이야."

"아버지는 어딨죠?"

박영기는 턱을 위로 올리며 "아주 높은 곳에 날아갔지. 저 위에." 하고 희미한 미소를 물었다.

"은밀한 미팅이 있는 곳으로 빨리 가지. 앞장서."

방향을 돌려. 다른 곳으로 유인해.

빈의 머릿속에서 목소리가 미친 듯이 속삭였다. 하지만 빈은 총구에 계속 떠밀리고 있었다.

유시모의 집무실 앞에 이르자 박영기는 문 열고 들어가라고 윽박질렀다. 빈이 움직이지 않자 그는 주먹으로 문을 두드리다가 소리쳤다.

"문 열지 않으면 나빈은 죽는다!"

문이 열렸다. 열린 문 안에서 유시모가 놀란 표정으로 박영기와 빈을 번갈아 보았다.

"이게 무슨 짓이오?"

박영기가 문 안으로 밀고 들어왔다.

"유시모 대표님, 누굴 만나고 있기에 이리 문을 꼭 잠그고 있는 겁니까?"

비아냥대는 어조였다. 유시모는 혼자 생각 좀 할 게 있어 방해받을까 싶어 문을 잠근 것뿐이라고 대답했다.

"그런데 잔이 세 개나 있군요. 손님이 있으셨나 봅니다."

소파 뒤에서 반정호가 종종걸음으로 걸어 나왔다.

"가이아수호연대 대표를 드디어 여기서 보는군요."

박영기는 힐끗 반정호를 쳐다보고는 다시 유시모에게 시선을 주었다. 총구는 여전히 빈의 관자놀이에 바짝 댄 채였다. 박영기가 한 손으로 재킷 주머니에서 핸드폰을 꺼내 들었을 때였다. 커튼 뒤에서 강필원이 튀어나와 빈을 빼내고 박영기를 벽에 거칠게 밀어붙였다. 박영기의 손에서 떨어진 핸드폰이 바닥 위를 굴렀다.

"넌 뭐야!"

박영기가 강필원의 손아귀에서 벗어나려고 몸부림쳤다. 강필원은 끄떡도 하지 않았다. 박영기가 무릎을 힘껏 걷어찼지만 강필원은 이를 악물며 손에 더 힘을 주었다. 박영기의 손에서 미끄러져 내린 총이 바닥에 떨어졌다. 강필원은 발로 총은 쳐냈다. 총은 유시모 앞으로 미끄러져 갔다. 손목을 빼내려 안간힘을 쓰던 박영기는 강필원의 제압으로 바닥에 쓰러졌다.

"물러서!"

모두가 움찔하며 시선을 돌린 곳에 유시모가 총을 들고 있었다. 몸을 일으킨 박영기가 빈과 강필원을 차례로 주시하며 유시모에게 총을 요구했다. 유시모는 박영기가 내민 손을 묵묵히 바라보았다.

"오늘 이곳에 가이아수호연대 대표가 와 있었다는 걸 모른 척해주겠소?"

박영기가 유시모의 손에서 총을 뺏어 들었다. 유시모는 저항하기는커녕 총을 순순히 건네준 모양새였다. 빈은 뒤로 물러섰다. 시선을 내리깐 채 입술을 다문 유시모의 모습은 뭔가 억지로 견디는 듯했다. 구석으로 몰린 강필원이 빈의 눈에 들어왔다. 그는 위태로워 보였다. 더는 물러설 곳이 없어 보였다. 빈의 시선은 강필원의 피로에 지친 눈빛과 총구 사이에서 헤맸다.

순간 빈은 몸을 날려 박영기를 덮쳤다. 박영기는 벽에 어깨를 부딪치며 바닥에 엎어졌다. 빈은 박영기와 몸싸움을 벌였다. 긴박한 몇 초의 순간은 영원처럼 길게 느껴졌다. 어느새 중심을 잡고 일어선 박영기는 손에 쥔 총으로 빈을 겨냥했다.

"자네 아버지는 살려달라는 말을 끝까지 하지 않더군. 자네는 어때? 살고 싶나?"

빈은 입술을 꾹 문 채 숨을 삼켰다. 숨 가쁜 몇 초가 흘렀다. 강필원이 박영기에게 달려든 건 순식간이었다. 박영기가 총구를 강필원 쪽으로 돌리려 하자 강필원은 바닥에 깔린 박영기의 손목을 비틀었다. 엉겨 붙은 두 사람은 바닥에서 엎치락뒤치락 굴렀고, 불끈 쥔 손들이 바닥에서 허공으로 꺾어졌다 치솟았다. 위로 올라탄 박영기가 강필원의 손아귀에서 손목을 빼내며 몸을 일으켰다.

총알이 발사된 건 그때였다. 이어 쿵, 하는 둔탁한 소리가 났다. 그 소리는 빈의 머릿속에서 거대한 진동으로 울렸다. 굳어 있던 빈의 표정에 금이 갔다. 빈의 입에서는 아무 소리도 터져 나오지 않았다. 빈은 강필원에게 다가갔다. 바닥에 쓰러진 강필원의 얼굴 주위로 넓어지는 피 웅덩이를 보았다. 빈은 그 자리에서 움직이지 못했다. 보다 못한 반정호가 빈을 잡아끌었다. 먼저 자리를 뜨라는 의미였다. 빈은 용의자로 쫓기는 몸이었다. 빈은 반정호의 손에 한 걸음 떠밀렸다. 뜻밖의 광경이 벌어진 건 그때였다. 유시모가 순식간에 박영기를 덮친 것이다. 박영기 위로 올라탄 유시모는 이를 악문 채 그의 목을 졸랐다. 조르는 게 아니라 눌러 끊어버릴 듯했다. 그의 부릅뜬 눈에서 빈은 공포와 조바심을 보았다. 가면 밖으로 드러난 도기식을 본 것이다.

반정호가 빈의 어깨를 세게 밀었다.

"뒤는 우리가 알아서 할 테니. 어서 가라."


# 43

깊은 밤, 빈은 어둠 속에 묻혀 있었다. 빈은 스스로에게 아무 것도 설명할 수 없었다. 강필원. 그를 안 시간은 짧다. 잠시 잡 았던 손바닥의 축축함과 체온이 다였다. 좀 더 오랫동안 손을 잡았더라면. 그에게 조금이라도 미소를 보여주었더라면. 빈은 한 번도 그를 아버지라고 부르지 않았다. 상상해본 적 없는 생 물학적 아버지는 한순간의 환영처럼 빈의 손끝에서 사라졌다.

환영이었을까. 과거라는 것, 근원이라는 것 모두 환영에 불과 한 것인가. 나는 누구란 말인가. 지금의 나 역시 환영일 뿐일까.

마리는 어둠 속에서 두 손에 얼굴을 파묻고 하염없이 앉아 있는 빈을 바라보았다. 빈이 얼굴을 든 건 마리가 내뱉은 긴 한 숨 끝에서였다. 눈가가 뜨거워졌다. 빈은 비로소 자신의 숨소리 에 귀를 기울일 수 있었다.

"빨리 일어나봐."

빈은 눈꺼풀을 열었다. 마리의 얼굴이 가까이 보였다. 흔들 리는 눈빛은 불안을 말하고 있었다. 새벽녘에 잠이 든 빈은 소 파에서 몸을 일으켰다. 방금 TV 뉴스에 보도됐다면서 마리가 들려준 속보에 빈은 소스라치게 놀랐다. 믿을 수 없었다. 빈이 멍한 표정으로 고개를 젓자 마리는 핸드폰으로 웹스카이에서 검색한 기사를 보여주었다.

제갈영웅 살해 용의자 나빈, 제우스사 사장실로 잠입해 3명 살해 후 도주!

용의자 나빈의 행방을 추적 중이라는 내용이었다. 빈은 기사 내용을 잘못 읽은 게 아닌가 싶어 두 번이나 훑어보았다. 빈이 변장한 채 침입해 유시모를 위협했고, 그 과정에서 취재차 방문한 박영기 기자뿐만 아니라 빈과 함께 왔던 신원을 알 수 없는 두 명의 다른 사내까지 살해하고 달아났다니. 믿기 힘든 건 경찰이 사건 정황을 유시모의 증언을 토대로 파악 중이라는 대목이었다.

빈은 유시모, 아니 도기식을 떠올렸다. 무장해제한 채 모든 것을 털어놓던 모습, 강필원이 숨지자 박영기의 목을 미친 듯이 조르던 모습. 연기였을까. 분명한 건 도기식은 유시모라는 껍데기를 끝까지 포기하지 않았다는 것이다. 반정호를 두고 먼저 나오는 것이 아니었다. 빈은 두 손으로 머리를 감싼 채 눈을 감았다. 강필원과 반정호, 두 사람 모두를 죽인 건 자신인지도 몰랐다.

마리가 어깨를 두드리고는 손에 쪽지를 쥐어주었다. 아침에 아르고스가 와서 전해주고 간 쪽지였다. 쪽지에는 판도라 빌딩 서커스 좌석권 한 장이 붙어 있고, 모임 일시가 적혀 있었다.

빈은 잿빛 안개로 뒤덮인 거리를 걷고 있었다. 사방을 둘러보았다. 지상세계의 풍경은 지하세계와 달라 보이지 않았다. 지상과 지하가 위태로운 일상을 공유하는 그 사이에 콘크리트 두께만큼의 경계만 있을 뿐이다. 빈은 행인들의 눈빛과 표정에서 일상화된 재앙을 읽고 있는 자신이 낯설었다.

변장한 빈을 알아보는 사람은 없었다. 대신 빈은 도시 곳곳에 붙은 자신의 사진과 마주쳐야 했다. 사진은 어디에나 있었다. 버스나 택시 승강장에, 건물 벽에, 마트 입구에…… 빈은 이곳저곳 돌아다녔다. 고층 빌딩 꼭대기 전광판마다 '정상인 영아 입양 설명회' 홍보영상이 흘렀다. 전광판이 부릅뜬 눈처럼 빈을 내려다보며 따라왔다.

상가 앞에 설치된 대형 공용 TV 주위로 겹을 이룬 사람들이 보였다. 화면에서는 '긴급 진단'이라는 제목을 던 시사 토론 프로그램이 흘렀다.

26세의 정상인 남성이며, 신장 175센티미터, 약간 마른 체형, 둥근 얼굴……

아나운서의 설명이 나가자 화면에 사진이 떴다. 빈의 얼굴이었다. 빈은 화면을 응시했다. 화면이 바뀌면서 사회학과 교수와 정신보건학과 교수가 나란히 앉은 스튜디오가 비춰졌다. 평소 성실하고 반듯했던 정상인이 어떻게 정상에서 벗어난 이상행동을 하고, 살인까지 할 수 있는가에 대해서 다루고 있었다. 잠시 뒤, 보조 아나운서가 거리에서 시민과 인터뷰한 영상이 나타났다.

A 시민 : 정상인인 데다 번듯한 직장에서 인구조절 집행관 일을 하는 사람이 그런 끔찍한 일을 저지를 수 있다는 사실에 경악했어요. 정신 똑바로 차리지 않으면 저렇게 맛이 갈 수 있다는 걸 이번에 깨달았습니다.

B 시민 : 재해도 잦고 테러 위협으로 일상이 불안하다 보니 스트레스로 정신에 문제가 생기는 사람들이 많아지는 것 같습니다. 시민의 정신건강에 더 많은 신경을 써야 하지 않을까요?

C 시민 : 이게 다 그 『냉동인간』이라는 이상한 소설 때문입니다. 얼마 전 이 소설책이 금서 목록에 추가되었다고 들었는데 정말 잘된 일입니다. 불온서적에 추가해야 할 금서 목록이 더 없나 샅샅이 찾아봐야 한다고 생각합니다.

D 시민 : 그런 위험한 정신이상자는 빨리 붙잡혔으면 좋겠어요. 불안해서 밤에 다니는 것도 겁난다니까요.

토론자들의 발언이나 시민들의 의견은 하나같이 나빈을 정신이상자로 몰고 있었다.

난 살인자가 아니야. 정신이상자가 아니라고.

빈은 속으로 소리쳤다. 숨어야 했다. 누군가가 고개 돌려 빈을 힐끔댈 것만 같았다. 뒷걸음질했다. 공중전화박스가 보였다. 커피숍 옆에 설치된 공중전화박스 주위는 한적했다. 빈은 오래 망설이지 않고 공중전화로 가 수화기를 들었다.

목소리가 들리자 빈은 위조신분증을 만들어줄 수 있느냐고 다짜고짜 물었다.

"물론이지. 그나저나 기사내용, 그거 어떻게 된 거야?"

털보의 걱정하는 목소리가 귓속을 울렸다. 빈은 모르겠다고 말했다.

"분명한 건 난 아무도 죽이지 않았다는 거예요."

빈은 자세하게 설명할 기운도 남아 있지 않았다. 눈을 감으며 이마를 손등으로 짚었다.

"뭔가 잘못된 거라고 짐작했지. 난 자넬 믿어. 아무튼 일이 고약하게 돌아가는구먼. 제발 조심해야 하네."

털보가 말했다.

빈은 전화를 끊고 시간을 확인했다. 그러고는 곧바로 판도라 빌딩 18층으로 향했다.

서커스 좌석표를 검표한 뒤 자리를 찾아 이형인들 사이에 앉았다. 옆자리에 아르고스가 먼저 와 있었다. 서커스가 시작되자 그가 귀 가까이 입을 대고 속삭였다. 빈이 고개를 끄덕인 건 반정호와 강필원의 죽음 이후 가이아수호연대 내부의 변동이 있었고, 구름도 2차 침투 계획이 예정대로 진행될 거라는 몇 마디에 대해서였다. 그 다음에 이어진 말에는 반응하지 않았다. 생각이 달아난 곳을 빈 자신도 알지 못했다.

아르고스는 넋 나간 듯 보이는 빈의 상태를 알아차렸다. 말을 멈추고는 그를 데리고 공연장 밖으로 나갔다.

두 사람은 지하 주차장 4층 어두침침한 안쪽을 향했다. 구석에 주차된 승합차 뒤를 돌자 작은 철문이 나왔다. 빈은 아르고스를 따라 그 철문 안으로 들어갔다.

다시 어둠이었다. 빈은 작은 손전등의 희미한 빛에 기대 통로를 더듬어 나갔다. 앞장선 아르고스는 말이 없었다. 얼마쯤 시간이 지났을까. 두 사람은 통로 끝 작은 문을 밀고 나갔다. 긴 계단의 중간 계단참이 나왔고, 발을 내디뎌 계단을 다 내려왔을 때 마주 보이는 구석 기둥 옆으로 철제의자 여러 개가 보였다. 쉬었다 가자는 아르고스의 제안에 빈은 그의 옆에 앉았다.

아르고스가 등받이에서 등을 떼며 마른 숨을 뱉었다. 숨에 실려 나온 몇 마디 말에 빈이 고개를 돌려 물었다.

"보고 싶다고요?"

빈은 분명히 그렇게 들었다.

"누구를요?"

"다. 걸걸한 우리 반 대표 보고 싶고, 자네 두 애비도 말이야"

아르고스의 세 눈이 어둠 어딘가를 응시했다. 꾹 다문 입술 끝에 걸린 미소가 쓸쓸해 보였다. 목이 메는 걸 억지로 참는, 빈이 아르고스에게서 처음으로 보는 표정이었다. 아르고스는 많은 표정을 짓는 사람이 아니었다. 어쩌면 그는 표정이란 걸 지을 줄 모르는 사람일 거라고 빈은 생각했다. 그런 그가 그와 전혀 어울리지 않는 말을 뱉었다. 보고 싶다고. 게다가 보고 싶은 대상이 바로 빈의 두 아버지라니. 순간 빈은 의문이 스쳤다.

강필원과 나무, 두 사람은 만난 적이 있을까.

빈이 그 점에 대해 묻자 아르고스는 고개를 저었다. 서로의 존재에 대해서는 알고 있었지만 정식으로 만나 대화를 나눈 적은 없었다는 것이다.

"그런데 어떻게 해서 강필원 씨 노트가 아버지의 원고 뭉치 속에서 나왔을까요?"

"자네 어머니 유품일 거야. 강필원 씨가 말없이 모습을 감추자 자네 어머니는 실의에 빠졌지. 그러고는 강필원 씨가 지녔던 물건들을 찾아내는 데 집착했는데, 그때 그 노트가 자네 어머니 손에 들어간 모양이야. 자네 어머니마저 구름도 1차 침투 때 죽고 나자 그 노트는 나무 씨 손에 들어간 게지. 자네 아버지는 자네 어머니, 그러니까 화진 씨가 소중히 하는 것, 남긴 것 모두를 소중히 했어. 화진 씨가 강필원 씨를 사랑한다는 걸 처음부터 알고 있었으면서도 그녀가 소중히 했던 강필원 씨의 물건들조차 간직하려고 했지. 거기엔 자네도 있어. 솔직히 난 그 세 사람 사이에서 죄인이 된 것 같은 기분일 때가 많았다네. 하지만 자네를 영아 사육장에서 데리고 나온 걸 후회한 적은 없어."

아르고스는 그 말끝에 나무와 나빈을 멀리서 바라만 보던 강필원이 나무만큼이나 안타까웠다고 말했다. 말을 마친 그는 세 눈을 지그시 감았다.

"지난번 자네를 만났을 때 난 강필원 씨에 대해 말할 수 없었어. 자네가 퓨어바디라는 사실조차 말일세. 그가 그걸 원했거든. 그는 그게 자네를 위한 거라고 생각했지. 그리고 화진 씨에 대해서도 말일세."

"엄마와 강필원 씨는 탈출 뒤에 가까워진 거라고 들었는데, 어떻게 날 데리고 나올 생각을 한 거죠?"

"답례였어."

아르고스의 설명은 길게 이어졌다. 탈출을 도모하는 과정에서 아르고스는 우연하게 영아 사육장에 들어가게 되었고, 한 아기의 등록정보 앞에서 움직이지 못했다. 아기는 강필원의 생식세포로 태어난 신생아였다. 강필원을 몰랐다면 그냥 지나쳤을지도 몰랐다. 하지만 강필원에게 무언가를 선물하고 싶었던 아르고스는 신생아의 등록정보에서 정화진의 정보까지 확인하고는 마음이 섰다. 그녀는 탈출모의를 하는 무리의 일원이었던 것이다. 아르고스는 아기가 강필원에게 선물이 될 거라고 생각했다. 그래서 그는 탈출할 때 영아 사육장에서 아이를 몰래 안고 나왔다.

"강필원 씨는 내가 누군지 생각하게 해줬어. 의심하고, 판단

하고, 깨어 있다는 게 어떤 의미인지 가르쳐주었지. 내게 따뜻
하게 손을 내밀어준 유일한 사람이었어."

강필원이 아르고스의 마음을 열지 못했다면, 아르고스가 아
니었다면 빈은 멸균 사육장 밖으로 나오지 못했다. 생물학적
부모를 만나지 못했을 뿐만 아니라 나무를 알지 못했을 것이
다. 무엇보다 자신이 누군지 알지 못했을 것이다. 빈은 아르고
스를 바라보았다. 바라보는 것만으로도 따뜻한 물속에 몸을 담
근 것 같은 자연스럽고 긍정적인 기운이 느껴졌다. 빈은 처음으
로 아르고스에 대해 궁금해졌다.

"가족은 어떻게 되죠?"

빈이 물었다.

"가족?"

아르고스가 빈을 바라보았다. 힘없이 웃었다.

"나는 네 번째 아이였어."

빈은 눈을 감았다. 수많은 네 번째 아이가 한꺼번에 빈에게
외치는 것 같았다.

"부모 얼굴도 기억나지 않아. 아기 때 집행원들에게 거둬져서
보호소에서 자랐지. 일할 수 있는 열여섯 살이 되었을 때 훈련
을 받고 구름도 퓨어바디 연구센터에서 안내원으로 일하게 된
거야. 한 번 들어가면 죽을 때까지 밖으로 나올 수 없어. 그 내
부가 어떻게 돌아가는지 정보가 밖으로 흘러나가면 안 되니까.
거기서 일하는 안내원, 청소원 등 관리부 직원들이 다 아기 때

강제로 거둬졌던 네 번째 아이들이었지."


44


　검색대를 지나는 그 짧은 몇 초는 길었다. 빈은 검색대를 무사히 통과해 리셉션 홀 안으로 들어갔다. 털보가 구해준 위조 신분증은 요긴했다. 마리가 공들인 변장도 감쪽같았다. 거울 앞에서 몇 번이나 안경과 가발을 바꿔가며 꼼꼼히 손봐준 마리의 솜씨는 완벽했다. 덕분에 빈은 환경국 장관 취임 축하 피로연장에 시간에 맞춰 입장할 수 있었다.

　조명 아래 무리 지어 떠다니는 똑같은 미소들. 시야의 모든 것이 이미지의 기괴한 조합으로 보였다가 지워졌다. 빈은 와인 한 모금을 목구멍으로 천천히 넘기며 주위를 둘러보았다. 온몸의 신경이 팽팽하게 당겨졌다. 성장한 정상인들 속에서 시선들이 서로 신호를 보내고 있었다. 시선들은 퓨어바디들과 이형인들이었다. 반정호의 죽음 이후 아르고스를 중심으로 재편된 가이아수호연대는 더 과감하고 주도면밀해졌다. 숨죽인 분노와 열망은 변화를 선호하는 법이었다. 끊임없는 정비와 움직임이 필요했다. 퓨어바디들과 이형인들은 톱니바퀴처럼 맞물려 움직였다. 지금 이 순간 빈 역시 톱니바퀴 중 하나였다.

　아르고스로부터 이날의 도모에 합류할 것을 제안받았을 때 빈은 쉽게 응하지 못했다. 그의 제안은 빈에게 경계의 안과 밖, 어느 쪽에 설 것인지 선택을 요구했다. 유시모를 납치하는 이유를 빈은 잘 알고 있었다. 유시모를 납치해 어떻게 하든 상관없지만, 그를 인질로 삼는다는 걸 알았을 때 인질 활용의 목적이 걸렸다. 빈은 일주일간 숨어 다니며 고민했다. 지하세계의 거미줄 같은 통로와 구역들을 오가며 지상에서의 삶을 포기하거나 숨을 곳이 필요한 이형인들과 퓨어바디들을 만났다. 그들은 난민이기도 했다. 빈도 다르지 않았다. 빈은 그들과 섞여 시간을 보내며 대화를 나누는 동안 자신의 가슴속에서 울리는 목소리를 들을 수 있었다.

와인잔을 든 문정훈이 빈의 앞을 지나갔다. 그는 변장한 빈을 알아보지 못했다. 그는 퓨어바디가 생각하고 흥분하고 느끼고 말하는 인간이라고 상상해본 적 없는 수많은 정상인 중 하나였으므로 빈의 행동과 말을 이해하지 못했다.

"사람이 이상해진 것은 분명한 것 같습니다."

빈은 살인사건 기사에서 읽은 문정훈의 인터뷰 내용을 떠올렸다. 쓴웃음조차 나오지 않았다. 긴장의 순간을 빈은 건너고 있었다.

음악 소리가 낮아지자 웅성거리는 소리도 잦아들었다. 쉿 하는 소리가 사방에서 날아왔다. 빈은 연단 쪽으로 시선을 돌렸다. 마이크 앞에 유시모가 서 있었다. 그가 인사말을 시작하자 홀 안에 침묵이 감돌았다. 유시모는 그에게 모아진 거대한 시선 덩어리를 쥐락펴락하며 웃음과 박수를 이끌어냈다. 굵직한 목소리는 흰 치아를 드러낸 그의 부드러운 미소와 잘 어울렸다. 빈은 그를 똑바로 바라보았다. 유시모가 내뱉던 말이 떠올랐다.

"조금만 생각을 바꾸면 편하게 살 수 있다네. 난 유시모야. 제우스사 대표라고. 완벽하게. 이까짓 문신 갖고 날 위협해? 우습군."

유시모는 빈이 생각했던 것보다 노련한 야심가였고 그의 질주엔 브레이크가 없었다. 그가 무슨 말을 마치자 홀 안은 합창하듯 연호로 들끓기 시작했다. 그가 와인잔을 들어 올리며 "환경국의 내일을 위하여!"라고 외치는 순간 박수가 터져 나왔다. 까마득한 오래전 범죄에 친숙했던 자가 끈질기게 살아남아 저 자리에 서 있었다. 끊임없이 움켜쥐고, 먹어치우고, 올라서려는 욕망의 관성이라니. 빈은 큐틴질의 새까만 등껍질과 가공할 만한 번식력을 자랑하는 덩치 큰 바퀴벌레를 보는 기분이었다.

파티가 무르익고 있었다. 음악은 계속 바뀌었고, 사람들은 웃는 낯으로만 설정된 로봇처럼 환한 표정으로 파티를 즐겼다. 빈의 시선은 유시모를 훑고 있었다. 유시모는 화장실 쪽 통로로 움직였다. 빈은 그가 화장실 가는 횟수가 빈번해지는 걸 주시하던 차였고, 술잔에 녹아든 배설촉진성분이 효과를 보이기 시작했음을 간파했다. 유시모는 무척 신중하고 까다로운 사람이지만, 술이 들어가면 제 흥에 쉽게 휘둘리고 절제력을 잃는다는 빈틈이 있었다.

요원들의 준비된 동작들은 정확하고 깔끔했다. 계획한 대로였다. 화장실에서 대기 중이던 요원이 마취 수건으로 유시모의 입과 코를 막았다. 청소용 수레에 그를 싣고 걸레 더미로 덮은 채 그곳을 벗어나기까지는 불과 5분도 걸리지 않았다.

얼마쯤 갔을까. 흔들리는 차량 뒷좌석에서 신음이 들렸다. 안대로 눈이 가려지고 테이프로 입이 막힌 유시모는 몸을 뒤틀며 웅얼웅얼 소리를 냈다. 유시모의 몸에서 걸레 냄새와 뒤섞인 악취가 났다. 빈은 인질의 몸부림을 바라보았다. 온기 없는 웃음이 얼굴 전체로 번지는 것을 느꼈다. 심장박동이 빨라졌다. 심장 소리. 빈은 귀 기울였다. 혼자만의 심장 소리가 아닌 것 같았다. 지금 이 상황이 강필원의 노트에서 읽은 장면과 닮아 있다는 생각 때문이었다. 빈은 퓨어바디들이 구름도를 탈출하던 오래전 그 급박한 순간 속에 그들과 함께 있다고 느꼈다. 그들의 심장 소리가 들렸다. 기록 속의 그 숨 가쁘고 절박한 상황은 현재진행형이었다. 그 어느 때보다 빈은 자신이 퓨어바디임을 직시했다. 구름도 안에 수많은 퓨어바디가 갇혀 있는 한, 빈은 퓨어바디였다.

# 에필로그

바다는 우물대는 수많은 입술의 더미다. 검푸른 입술들은 끊임없이 움직이며 말한다. 배 위에 선 나빈은 그 입술들이 내는 소리에 귀 기울였다. 그 소리는 속삭임일 수 있고, 유혹의 허밍일 수 있고, 비난의 언사일 수 있고, 차가운 증언일 수 있었다. 빈은 그 소리에 동참했다. 그는 잿빛 안개 저 너머로 멀어지는 무언가를 바라보았다. 바다의 풍경이 된 지 오래인 쓰레기 더미들. 먼 과거에서 버려진 그것들은 난민처럼 바다를 목적 없이 떠돌았다.

'우리 모두가 다 갈 곳 없는 난민 아닌가.'

빈은 지하세계에서 만난 이형인 사내의 그 말을 떠올렸다. 난민. 어디에서 시작해서 어디로 흘러가는가. 끝은 어디인가. 빈은 얼굴에 달라붙는 미적지근하고 비릿한 바다 내음이 코끝을 지나 몸속 깊이 퍼지는 것을 느꼈다. 눈을 감았다가 떴다. 머리카락이 들썩였다. 배는 속도를 내 나아가고 구름도는 점점 가까워졌다. 초조함이 밀려들었다. 유시모가 효과적인 방패가 되어줄지, 퓨어바디 탈출 계획이 성공할지, 아무것도 장담할 수 없는 까닭이었다.

분명한 건 계획대로 성공한다면, 퓨어바디들이 멸균 사육장 밖으로 모두 뛰쳐나온다면, 정상아의 울음소리를 더 이상 들을 수 없게 될 것이고, 눈 두 개에 양팔, 양다리를 가진 정상인이 사라져 이 세상은 이형인들로 완벽해진다는 것이었다.

나는 정말 그것을 원한 걸까. 정상인이라는 말도 사라지게 될까. 이런 세상에서 이형 아닌 인간이 있을까. 무엇이 정상일까.

빈은 답할 자신이 없었다. 머릿속에 의문만 기어들었다. 아버지라면 뭐라고 답할까. 아버지는 빈에게 할 말이 있다고 했다. 음성메시지에 남겨진 완성되지 않은 채 끊긴 아버지의 뒷말을 빈은 상상했다. 사라지면서 남긴 뒷말. 이 세상의 사라진 것들과 지금도 계속 사라지고 있는 것들에 대한 이야기. 그 이야기 속으로 아버지 역시 사라져버렸다. 이를테면 유적지, 식물종, 동물종, 언어, 삼각주, 섬, 만년설과 함께. 사라진 것들은 흔적을 남기고 싶어 한다고. 그 흔적은 말을 한다고 했던 아버지의 목소리가 검푸른 입술들에 실려 들려왔다. 강필원만큼이나 아버지 나무는 빈을 사랑한 낯선 누군가였고, 낯선 만큼 그리운, 잃어버린 낙원이 되었다.

빈은 바지 주머니에서 새 모양의 나무 펜던트 목걸이를 꺼내 꼭 쥐었다. 아르고스와 파피루스 할아버지에게 들은 이야기를 꿰어 맞춰보았다.


책 꾸러미를 든 노인이 왼쪽 창문에 보였다가 오른쪽 창문으로 나타났다. 그 옆으로 그녀가 보였다. 나무는 파피루스 헌책방 문을 열고 들어갔다. 반갑게 알은체를 하는 노인의 등 뒤로 그녀의 멍한 눈빛을 마주했다. 그녀는 제우스 카페에서 봤을 때보다 수척해진 모습이었다.

나무는 그때 그녀를 처음 보았다. 반정호가 테이블에 둘러앉은 사람들을 나무에게 은밀히 소개해주던 그 긴장된 순간 사람들 속에서. 그녀는 어딘가 불안해 보였다. 옆에 앉은 한 남자에게 시선을 주고 있었는데, 그 시선은 마치 소멸할 듯한 먼 시간의 부스러기를 눈으로 긁어모으고 있는 듯했다. 그랬던 눈빛과 낯빛이 지금은 불 꺼진 싸늘한 방 창문이 되어 있었다.

나무의 시선이 불편한지 그녀는 지하 서고로 내려갔다. 잠시 뒤 나무도 그녀를 따라 계단을 내려갔다. 지하 서고 안의 불빛이 침묵을 더 무겁게 했다. 벽을 따라 상자와 책이 쌓인 안쪽 구석에 그녀가 보였다. 작은 책상에 앉아 책을 보던 그녀가 발소리에 시선을 들었다. 그녀는 나무를 쳐다보고는 시선을 다시 책으로 떨어뜨렸다. 나무는 그녀 손에 들린 책을 내려다보며 "무슨 의미가 있는 책입니까?" 하고 물었지만 아무 대답도 듣지 못했다. 돌을 앞에 두고 중얼거린 기분이었다. 그녀는 거대한 육지 공룡이 한두 번 밟고 지나갔을지도 모를 긴 고독의 시간에 깎이고 으스러진 어느 돌 조각 같았다. 나무는 고개 숙인 그녀의 옆얼굴을 말없이 바라보았다.

파피루스에 드나든 지 두 달이 지났을 때 나무는 죽은 사람을 살려낸 듯한 희열을 맛보게 되었다. 그녀가 그의 질문에 한두 마디씩 대답하기 시작한 것이다. 반정호에게 들은 대로 퓨어바디들의 심리상태가 안정되도록 배려해야 했으므로 나무는 기다렸다. 기다린 데 대한 보상은 소중했다. 먼 과거세계에서 온 냉동인간을 매일 그리워하게 될 줄은 몰랐다. 그것이 단순히 호기심이나 연민이 아님을 나무는 잘 알고 있었다. 그것은 차갑게 식지 않도록 지키고 싶은 온기에 대한 시선이었다. 사랑이었고 소중함이었다. 그녀가 안고 있던 아기의 미소도 그에겐 그래서 소중했다. 그녀는 얼마 후 나무의 아내가 되었다. 나무가 그녀의 마음을 얻기 위해 보인 노력은 생명이 깃든 한 편의 시였다. 하지만 나빈이 일곱 살이 되던 해 나무는 그녀를 잃었다. 나무는 그의 만류를 뿌리치고 문밖을 나서던 그녀의 마지막 뒷모습에 자신이 영영 갇히게 될 줄은 몰랐다.

나무의 잃어버린 낙원은 그렇게 시작되었다.

〈끝〉

# 작가의 말

이 소설은 아주 우연하고 단순한 상상에서 시작되었다. 깨어난 냉동인간은 어떤 미래를 경험하게 될까. 어떤 미래인을 만날까. 상상은 물음으로 바뀌었다. 이내 그 물음은 물음표가 집요하게 들러붙어 낚시 바늘의 미늘처럼 다른 물음들을 끌어왔고, 냉동인간이 느끼게 될, 낯설고도 익숙한 어떤 분노와 슬픔을 먼 미래에서 떠밀려온 난파선의 잔해처럼 이 소설 속에 드리우게 했다.

처음엔 그 낯설고도 익숙한 분노 혹은 슬픔이란 것을 이름 모를 혹성의 먼지나 돌조각처럼 아득한 것으로 그리려 했다. 소설을 다 써갈 즈음 그럴 수 없음을 깨달았다. 냉동인간이 느낄 분노와 슬픔은 현재 우리가 느끼는 층위의 것과 한 치도 다르지 않을 것이기 때문이었다. 범위와 파괴력을 가늠할 수 없는 것이 인간의 탐욕과 폭력이라면 그것을 바라보고 저항하는 데서 오는 분노와 슬픔은 가슴을 뜨겁게 하고, 인간의 감정을 인간적이게 하는 최전선일 테니까.

사라진, 사라지고 있는 것들을 떠올릴 때도 분노와 슬픔이 스민다. 사막화되어 가는 도시와 숲, 녹아내리는 북극의 얼음과 만년설. 멸종됐거나 멸종 위기에 처한 동식물들……. 그리고 언어를 언급하지 않을 수 없겠다. 언어가 사라지고 나면 기억과 함께 역사도 종이 위에 몇 줄만 남긴 채 지워진다. 사라지는 것이다. 그 언어를 사용했던 개개인들의 구체적인 이름과 수줍은 웃음과 숨소리와 소소했던 일상도.

정치인의 선거용 홍보문구나 기업의 제품광고 말고는 가슴 따뜻하게 장밋빛 미래를 속삭여줄 혀가 사라진 지금 사랑을 말하는 혀마저 멸종될지도 모른다는 불안이 스친다. 위로나 용기를 주는 혀도, 보고 싶다고 행복하자고 말해줄 혀도 사라질까.

더 많은 것이 사라지기 전에 사랑한다고, 보고 싶다고, 힘내라고, 죄 없이 억울하게 사라진 이들에게 잊지 않겠다고 말할 줄 아는 혀와 기억부터 지켜야겠다는 작은 생각을 해본다.

책이 나오도록 애써주신 새움출판사 관계자분들에게 깊은 감사를 드린다. 그리고 이 소설의 독자에게 따뜻한 인사를 전한다.

2016년 2월

김휘